Terrible vertu

Ellen Feldman

Terrible vertu

Traduit de l'anglais (États-Unis)
par Valérie Le Plouhinec

cherche midi

Vous pouvez consulter notre catalogue général
et l'annonce de nos prochaines parutions sur notre site :
www.cherche-midi.com

Directeurs de collection : Arnaud Hofmarcher & Marie Misandeau

Titre original : *Terrible Virtue*
Éditeur original : HarperCollins

30, place d'Italie
75013 Paris

Mis en pages par Nord Compo
Dépôt légal : octobre 2019
ISBN 978-2-7491-6156-3

À Laurie Blackburn
et Fred Allen
et encore et toujours
à Stephen

Seule la femme rebelle, lorsqu'elle sort des usages que lui imposent les conventions bourgeoises, peut faire œuvre d'une terrible vertu.

Margaret Sanger, 1914

Prologue

Toute ma vie durant, on m'a posé la même question. *Margaret*, me disait-on. *Maggie*, *Marge*, *Peg*, *Darling* dans la haute société, *Dear* chez les femmes moins chics, et on sentait bien à leur ton de voix qu'elles n'arrivaient pas à se décider entre réprobation et envie, ou peut-être une réprobation née de l'envie. *Qu'est-ce qui t'a poussée à agir ainsi ? Pourquoi avoir tout sacrifié, mari, enfants, une vie normale* – quoi que cela puisse vouloir dire – *à la cause ?* Un ami converti aux théories freudiennes a un jour convenu de financer mon magazine, *The Woman Rebel*, à condition que j'entreprenne une thérapie afin de découvrir la vraie motivation derrière mon désir de le publier. Je n'avais nul besoin de psychanalyse pour connaître mes motivations. Et ce n'était pas un sacrifice. Je ne leur ai jamais répondu cela, toutefois. L'honnêteté n'est pas toujours le meilleur des choix, contrairement au dicton que ces bonnes âmes brodaient volontiers au point de croix. Non, je leur parlais plutôt de Sadie Sachs.

L'histoire de Sadie faisait taire tout le monde. Une

histoire déchirante. Et vraie, ajoutais-je toujours, car c'est encore une chose qu'on a dite de moi toute ma vie, que j'enjolivais, que j'inventais des mythes à propos de moi-même, en un mot que je mentais. Même J. J. m'en a accusée.

« Dis la vérité, Peg, il n'y a jamais eu de Sadie Sachs. »

Je l'ai toisé avec ce regard que je pouvais avoir, qui l'envoyait au diable. Un regard qui faisait battre Bill en retraite, ou qui le mettait dans une rage noire. J. J., cela l'excitait, au contraire.

« Tu as raison. Il n'y a jamais eu une Sadie Sachs. Elles étaient des milliers. Des millions. »

Y compris ma mère. Cela, je le lui ai tu, mais il a compris. Dieu, que cet homme était compréhensif.

Ma mère, cassée en deux au-dessus d'une lessiveuse pleine des chemises, chaussettes et caleçons sales de son mari et de ses enfants ; ma mère, penchée sur une soupe maigre, diluée au maximum pour nourrir treize bouches affamées ; ma mère, à genoux sur un plancher maculé de boue qu'aucune quantité d'huile de coude ne pourrait rendre propre. Ma mère émaciée, usée, creusant sa propre tombe, c'est elle qui m'a motivée. Elle et les femmes de la colline. Celles qui étaient tout le contraire de ma mère. J'aurais pu les tuer pour cela. Mais je les aimais à égale mesure. Les voilà, mes motivations. Ma mère, les femmes de la colline, et le gouffre béant qui les séparait.

Ah, oui, et l'amour, aussi. L'amour m'a motivée. Mais une autre question demeure, qui ne m'est venue qu'ici, dans cette chambre blanche et aseptisée de cette prison qu'on appelle l'hospice. Et c'est Peggy qui me la pose.

Elle entre en se faufilant, sans que ses pieds nus fassent

un bruit sur le lino, contrairement au chuintement des semelles de crêpe des infirmières et au cliquetis des talons de mes petites-filles en visite. Elle s'assoit sur le lit et me fixe de ses yeux bleus des mers du Sud, impitoyables comme les prêtres, les politiciens et les procureurs qui m'ont combattue toute ma vie.

Je peux te demander quelque chose, maman ? Le ton de sa voix m'étonne. J'y entends une timidité teintée de tendresse. Je m'attendais à de la colère.

Je lui dis qu'elle peut tout me demander, bien que mon cœur déficient tambourine dans ma poitrine flétrie. Je sais déjà ce qui vient.

Si c'était à refaire, le referais-tu ?

Et maintenant, dans ce lit étroit dénué d'amour, dans cette chambre stérile et blanche, placée face au souvenir que je me suis efforcée toute ma vie d'effacer, avec les remords que je pensais avoir noyés dans le puits de la vie, je suis incapable de lui donner une réponse.

La question du sacrifice ne manque peut-être pas de pertinence, au fond.

1

Une nuit, à bord d'un train, alors que j'allais donner une conférence Dieu sait où, je me suis réveillée en proie à la nausée. Oh non, ai-je pensé. Encore une grossesse. Ce n'était pas juste, moi qui faisais tellement attention. Puis j'ai fait mes calculs. Je ne pouvais pas être enceinte. Pour m'apaiser, j'ai relevé le store au-dessus de ma couchette et regardé dehors. Juste à temps pour voir filer le panneau de la gare que nous traversions. Corning. Même après tant d'années, le seul fait d'y passer avait le pouvoir de me soulever le cœur.

Je suis incapable de me rappeler une époque où je ne rêvais pas d'évasion. Quand les sales gosses du voisinage se moquaient de moi, je me disais que je leur montrerais, un jour. Lorsque Miss Graves m'a fait chasser des bancs de l'école, j'ai juré de ne plus jamais y retourner. Quel âge avais-je alors ? Quinze ans ? Seize ?

J'étais si fière ce matin-là, à parader avec mes gants neufs en chevreau blanc tout doux brodés de petits myosotis bleus et roses. D'accord, pas tout à fait neufs.

C'était un don de Mme Abbott via ma sœur Mary. Mais ils avaient à peine été portés. Les Abbott étaient comme cela.

Mary était en place chez les Abbott, qui étaient parents des Houghton, propriétaires de la verrerie Corning Glass, elle-même propriétaire de la ville de Corning. Ma mère disait que Mary était chanceuse d'avoir un si bon emploi. Mon père, de son côté, jugeait que c'étaient les Abbott qui avaient de la chance, car une fille moins clémente que Mary les aurait depuis longtemps assassinés dans leurs lits pour les gages minables qu'ils versaient et la manière dont ils profitaient d'elle. Mary, elle, ne faisait pas de commentaires, mais il faut dire qu'elle avait le privilège de vivre là-haut, sur la colline, même si sa chambrette était perchée sous les combles, où l'eau gelait en hiver et où elle-même bouillait en été.

Ce matin-là, je retrouvai mes camarades sur le chemin l'école, en ralentissant de temps en temps pour leur donner l'occasion de me rattraper. Je voulais que tout le monde voie mes gants neufs. Et en effet, l'une après l'autre, les filles poussèrent des oh et des ah et me demandèrent d'où je tenais de si jolis gants. Un cadeau, répondis-je en cultivant le mystère. Brigit O'Mara me supplia de la laisser les essayer.

« Peut-être plus tard. »

C'était un mensonge. Je n'avais aucune intention de laisser quiconque mettre les mains dessus, et encore moins dedans.

L'enseignante aussi les remarqua. Comment aurait-elle pu les manquer, alors que je levais la main bien haut pour répondre à la première question ?

« Quels jolis gants », dit Miss Graves, sur quoi je fis

pivoter mon poignet pour que tout le monde profite du spectacle.

Voilà qui leur apprendrait à se moquer de moi !

« Sont-ce des myosotis ? » demanda-t-elle.

Je m'autorisai un sourire princier et reconnus que c'en étaient.

« Je me demande où Margaret Higgins a déniché de si beaux gants », lança-t-elle alors à la cantonade.

J'ignorais encore ce qu'elle mijotait, mais le ton de sa voix me fit baisser la main.

« Elle dit que c'est un cadeau, précisa Brigit.

— Un cadeau ? » Les sourcils noirs de Miss Graves, une ligne continue qui lui barrait le bas du front, se haussèrent vivement. « Qui a bien pu faire à Margaret Higgins un si beau cadeau ? On se le demande.

— C'est ma sœur Mary », avouai-je.

Tout le monde allait savoir, maintenant, que les gants étaient une aumône de Mme Abbott.

« Et où Mary Higgins peut-elle bien dégoter de si jolis gants à offrir à sa petite sœur ? » continua Miss Graves.

J'attendis d'être raillée pour mes robes, mes chaussures et mes chapeaux de seconde main.

« Pensez-vous qu'elle a fait un pacte avec quelqu'un ? »

Mes prétendues amies se mirent à glousser. Un garçon éclata d'un rire strident. Je savais ce qui m'attendait désormais, et c'était bien pire qu'une raillerie sur des vêtements d'occasion.

Mon père était le libre-penseur de la ville. « Les enfants du diable ! Les enfants du diable ! » braillaient d'autres gamins en nous poursuivant dans les rues non pavées, poussiéreuses en automne, boueuses au printemps. Tantôt je prenais mes jambes à mon cou, tantôt je tentais de rendre les coups. Lorsque je me battais, je rentrais chez moi la robe déchirée, tachée, ensanglantée, au grand dam de ma mère. Une fille ne se bat pas, disait-elle toujours.

J'étais accoutumée aux moqueries dans la rue, mais pas en classe. Du moins, pas de la part d'un professeur.

Je cachai mes mains sous mon pupitre.

« Les sœurs Higgins auraient-elles passé un pacte avec le diable pour avoir ces jolis gants ? Qu'en pensez-vous ? »

Elle n'eut rien à ajouter. Ce furent d'abord les garçons qui reprirent le cri de guerre, bientôt rejoints par quelques filles.

« Les enfants du diable ! Les enfants du diable ! »

Je posai mes mains gantées sur le pupitre, m'appuyai dessus pour me lever, traversai la classe et sortis en claquant la porte. Lorsque je déboulai dans la cour, le soleil s'abattit de tout son poids sur ma honte mais je continuai d'avancer en esquivant les carrioles, les piétons et un homme à bicyclette.

« Moins vite, Margaret Higgins ! » me lança une femme.

« Ho, y a pas le feu ! » s'écria le cycliste.

J'avais les cheveux dans la figure, la respiration hachée, mais il était hors de question que je m'arrête. Sautant pardessus une traverse, je retombai durement sur mes pieds. Ma cheville se tordit dans une ornière. Mes mains se tendirent d'abord par réflexe pour amortir la chute, mais, tout aussi instinctivement, filèrent se cacher dans mon dos. Ma hanche heurta une pierre, une douleur me poignarda l'épaule. Je tombai la joue contre le sol. Mais j'avais sauvé les gants en chevreau blanc tout doux aux myosotis roses et bleus.

Je ne retournerais pas en classe. Personne ne pourrait m'y obliger. Mes parents n'essayèrent même pas. Ma mère, chagrinée pour ses deux aînées qui avaient un diplôme d'études secondaires mais ni mari ni enfants, prétexta qu'elle avait toujours besoin d'un coup de main à la maison. Mon père jubilait. Il aimait à dire que l'institution scolaire n'était qu'un outil d'abrutissement des masses conçu pour instiller les âneries capitalistes.

« Moi-même, je suis autodidacte, claironnait-il. Et nous sommes du même bois, toi et moi, Peg. »

Mes grandes sœurs avaient d'autres idées en tête. Nan rentra de Buffalo où elle était secrétaire, Mary descendit de la colline, et elles m'emmenèrent dans les prés, loin de nos parents. Là, elles me firent asseoir sur un tronc pour me secouer les puces.

Mary : Tu veux passer le reste de ta vie à Corning ?

Nan : Tu tiens vraiment à épouser un ouvrier de la verrerie et te mettre à pondre des gosses, un par an, jusqu'à te retrouver au bout du rouleau sans avoir jamais rien vu du monde ?

Tu tiens à finir comme maman ?

Cela, elles ne le dirent pas, mais nous le pensions toutes les trois. S'il y avait un point sur lequel les sœurs Higgins étaient d'accord, c'était pour ne jamais se marier.

Nan me tendit une brochure. En la lisant, je sentis un élancement dans mon épaule. J'étais encore meurtrie par ma chute. On voyait sur la première page l'image d'une grosse bâtisse en pierre. En dessous, cette inscription : Claverack College et Hudson River Institute, pensionnat mixte dans la vallée de l'Hudson.

J'ouvris la brochure et je commençai à lire. Un programme réservé aux femmes proposait des études en développement moral, physique et social.

« Mary et moi allons nous cotiser pour te payer les cours, dit Nan.

— Et tu travailleras en cuisine pour gagner ta chambre et le couvert », ajouta Mary.

Dix jours plus tard, par une soirée clémente de septembre, je gravissais la colline pour faire mes adieux à Mary.

Le soleil était bas dans le ciel, rose comme un lapin dépecé. Sous un dais de feuillage bruissant, je longeais une large avenue. Contrairement aux rues du pied de la colline, celles où je fuyais les accusations d'être une enfant du diable, celle-ci était pavée, si bien que je n'aurais pas pu soulever de la poussière même si je l'avais voulu. Les odeurs d'une demi-douzaine de soupers, dont Marie disait qu'on les appelait dîners ici, tandis que le dîner était appelé déjeuner, s'échappaient par les fenêtres ouvertes qu'un fin grillage préservait des insectes. Et sur ces vagues odorantes voguaient des voix. J'étais partagée à leur propos. Mon père, l'athée de service jamais à court d'opinions incendiaires, le tailleur de pierre grand buveur dont les bons catholiques de la ville évitaient comme le péché les élégants monuments mortuaires, s'en gaussait. Plates comme le monde avant Colomb, disait-il, et dures comme le rocher de Plymouth. J'entendais en effet qu'elles n'avaient aucune musicalité, mais ce qui leur manquait d'inflexions irlandaises, elles le rattrapaient par l'absence de baratin.

Je passai devant des vérandas deux ou trois fois grandes

comme notre petit salon, garnies de fauteuils en osier blancs, de balancelles huilées pour éviter tout grincement et de géraniums flamboyants qui jaillissaient de robustes jardinières ou se balançaient dans des corbeilles suspendues. Un gazon doux comme un tapis et vert comme les dollars dévalait les vastes jardins jusqu'à la rue.

Sur l'une des pelouses couleur de billet vert, une famille s'adonnait à une partie de croquet. Ils étaient quatre, le père, la mère, une fille et un garçon. Je savais qu'aucun autre enfant n'était tapi dans la maison derrière eux, pourtant assez grande pour loger une marmaille de huit, dix, voire douze rejetons. Je le vis à la blancheur de leurs vêtements, immaculés comme cette fable de la conception que le curé fourguait à ses ouailles au pied de la colline ; et aussi au sourire serein de la mère lorsque, sur un mouvement de ses bras, le maillet heurtait la boule avec un bruit mat ; et aux éclats de joie confiante et insouciante qui montaient des enfants lorsque la boule roulait sous les arceaux. Je le sus à la manière dont ils semblaient flotter dans la douceur du soir, légers comme des aigrettes de pissenlit. Le spectacle de ce quatuor parfait qui jamais n'avait eu à se battre pour un peu de nourriture, d'amour ou d'attention, qui jamais n'avait été humilié devant toute la classe, qui jamais n'avait eu honte de rien, me prit au collet comme l'eût fait un agent de police. Et je plaide coupable – d'envie, d'orgueil blessé, de honte.

Peu de choses dans la vie échouent à nous décevoir. Le soupirant énamouré devient le mari possessif et inquisiteur. L'amant qui écrivait des lettres assez ardentes pour vous brûler les doigts devient cet inconnu qui vous attend sur un quai de gare avec un air de chien battu, dans un costume mal coupé. Les femmes qui se disent vos amies se livrent à des imitations cruelles dans votre dos. Claverack, en revanche, était à la hauteur de toutes les espérances. Claverack et le mouvement.

Je découvris que j'étais intelligente. Miss Graves et les autres professeurs de Corning avaient gardé le secret sur ce point. Je découvris aussi que j'étais jolie. Cette information-là, c'était ma mère qui l'avait gardée secrète. À la maison, la jolie était Ethel, notre benjamine et la préférée de ma mère. Mais à Claverack, les reflets roux dans mes cheveux châtains faisaient de moi une blonde vénitienne, les lueurs vertes dans mes yeux noisette me donnaient un regard émeraude, et mon teint pâle était de lait.

Être jolie et intelligente, toutefois, ne suffisait pas. Je n'avais pas oublié l'aura de cette famille, là-haut sur la colline. Je me démenais pour faire taire les échos de l'accent irlandais de mon père. J'imitais les jolies voix cultivées des autres élèves venus d'autres collines dominant les paysages de leur enfance. Je singeais leur manière de se vêtir, de se mouvoir et de se tenir à table. Pas question de changer la fourchette de main pour la porter à la bouche. J'appris à jouer au croquet. Oui, nous jouions au croquet à Claverack, comme les autres sur la colline. Jour après jour, je sentais mes aspérités s'aplanir. Je devenais une pierre polie, luisante à l'extérieur, dure à l'intérieur, là où cela comptait. Lors des assemblées mensuelles, je discourais sur Susan B. Anthony, sur Elizabeth Cady Stanton et sur l'amendement pour le suffrage des femmes, d'une voix des plus cultivées, bien sûr.

Personne ne semblait se formaliser que je paie ma

chambre et mes repas en travaillant dans les cuisines. Personne sauf moi. Je cachais mes mains rougies dans mes poches ou dans les replis de ma jupe. Je me récurais le visage, le cou et les cheveux de crainte d'empester la viande et les patates du dîner de la veille. Et le récurage devait fonctionner, car Cory Alberson disait toujours que je sentais la rose, les lys ou l'herbe coupée. Plus tard, il me dirait que j'avais un goût de miel coulant de son rayon.

Cory, venu des terres sauvages de Long Island, était le garçon le plus populaire de Claverack. Les filles l'adulaient, les garçons l'admiraient, les professeurs l'approuvaient. Mais ce n'était pas un poseur. S'il l'avait été, jamais il ne m'aurait convaincue de faire le mur pour le rejoindre en secret dans la remise abandonnée, nuit après nuit.

Un soir, dans cette remise, il dégagea sa bouche habile de la mienne et me tourna le dos pour fouiller dans le tas de vêtements entremêlés sur le sol poussiéreux. Lorsqu'il se retourna vers moi, il tenait quelque chose dans sa main. Comme je ne distinguais pas ce que c'était dans le mince rayon de lune qui traversait la vitre sale, je lui posai la question. Mon père avait toujours encouragé ma curiosité.

« Une capote anglaise. »

Il me souffla ces mots dans la bouche, puis déchira le sachet.

Je le regardai avec fascination l'enfiler. Si seulement il y avait eu plus de lumière ! La chose faite, il se tourna de nouveau vers moi, et j'oubliai ses paroles dans l'étourdissant prodige de ce que nous faisions. Mais plus tard, lorsque nous eûmes repris notre souffle, je compris soudain que c'était ainsi que les femmes de la colline conservaient l'espace dans leur maison et la joie chez leurs maris, l'amour de leurs enfants et leur propre jeunesse. C'était là un véritable miracle, meilleur que tout ce que l'Église avait jamais pu imaginer.

« Tu sais, Peg, me dit-il quelques nuits plus tard alors que nous nous rhabillions, cela ne change rien.

— Quoi donc ?

— Ce qui se passe ici. »

Je ne comprenais pas. De mon point de vue, ce qui se passait dans la remise faisait toute la différence. Ces nuits interdites avaient transformé un corps que je connaissais à peine en instrument d'émerveillement. La pure réalité physique de ma personne me stupéfiait. Comment pouvait-il penser que cela ne changeait rien ?

« J'ai toujours l'intention de t'épouser », continua-t-il.

Je ne pus qu'éclater de rire. S'il fallait se marier, l'acte d'amour me semblait être la meilleure raison qui soit. Il aurait fallu être fou pour y renoncer !

Dehors, la nuit de janvier était déjà tombée, mais à l'intérieur les lumières étaient vives et les radiateurs sifflaient et cliquetaient. Contrairement à la maison du pied de la colline, Claverack était équipé de l'électricité, du chauffage central et de l'eau courante. La pièce baignait dans la chaleur et dans les arômes de pommade capillaire, de poudre de riz et de l'haleine sucrée d'une douzaine de pipelettes. Nous étions jeudi soir. Beaucoup s'apprêtaient à rentrer chez elles pour le week-end. Moi, non. Je rentrais rarement. J'allais passer le week-end chez ma meilleure amie, Amelia Stuart.

Miss Fletcher apparut à la porte. Le silence se fit et la nuit sembla peser contre les fenêtres. Miss Fletcher était l'assistante du révérend docteur Flack chargée des filles, l'ange sombre qui les convoquait dans le bureau du directeur pour qu'elles y reçoivent des sermons, des punitions ou, comme cela s'était produit une fois depuis mon arrivée, l'annonce d'un renvoi. Mais je n'étais pas inquiète. Ce n'était jamais moi que Miss Fletcher venait chercher. J'étais trop maligne pour elle.

Elle entra dans le dortoir et avança dans l'allée centrale, dépassant Amelia, dépassant Frannie Sawyer, dépassant Charity Gaines, qui mima un soupir de soulagement derrière son dos. Elle s'arrêta face à moi. J'étais certaine que c'était une erreur. Ou peut-être qu'elle allait me questionner à propos d'une camarade. Je ne dirais rien. La loyauté est un de mes points forts.

« Vous êtes demandée dans le bureau du révérend docteur Flack, mademoiselle Higgins. »

Je ne m'en faisais toujours pas. La pire réprimande que le Dr Flack m'avait jamais infligée était tombée lorsque j'avais entraîné une bande de camarades à sortir en douce pour se rendre au bal. Il m'avait dit que j'étais une meneuse née, et que je devais veiller à ne pas mener les autres n'importe où.

Je pris mon manteau et suivis Miss Fletcher dans la nuit glaciale, à travers le campus enneigé, pour rejoindre le bâtiment de l'administration.

Le Dr Flack n'eut besoin que de sept mots. Il les prononça avec la solennité qui s'imposait.

« On a besoin de vous chez vous. »

Rien n'avait changé, ni la peinture écaillée sur la façade, ni l'odeur de chou bouilli de la veille, ni le remugle de grandes idées flétries et rancies. Ni l'homme mince et long à l'épaisse tignasse rousse, aux yeux bleus qui refusaient de voir le monde en face, au nez comme taillé au ciseau pour son propre monument funéraire, même si ce n'était pas lui le mourant. Ni la femme émaciée qui faisait deux fois son âge, bien qu'elle eût deux ans de moins que lui, et qui devait raidir son bras contre le mur pour ne pas s'effondrer à chaque quinte de toux.

« Je suis désolée. »

La phrase sortit de sa bouche, abjecte comme ses crachats sanglants.

Je comptais lui répondre qu'il n'y avait pas de mal, mais les mots me restèrent dans la gorge.

Mon père lui enlaça les épaules et la regarda avec des yeux aussi délavés que sa vieille chemise de travail. Des yeux que j'aurais voulu lui arracher.

« Elle va se remettre en un rien de temps, et on la retrouvera comme avant, ta vieille mère. »

Comme avant ! Et qu'est-ce que c'est, au juste ? ai-je eu envie de hurler. Une femme qui n'a pas besoin de s'appuyer à un mur pour tousser, qui tient sur ses deux pieds pour cracher son sang dans un mouchoir taché d'écarlate ? Une femme qui n'a jamais eu le temps de se rétablir du dernier accouchement avant de se remettre au lit pour le suivant ? Une femme qui a foncé tout droit de la jeunesse au grand âge, sans jamais s'arrêter un instant ? Mais il n'a rien vu. Il l'aimait trop, si on peut appeler amour ce sentiment cavalier alimenté par l'ardeur sexuelle.

« Tout ce qu'il lui faut, c'est une dose de bon whisky irlandais », insistait-il.

Le bon whisky irlandais était son remède miracle. Il ne

se trompait pas entièrement sur les pouvoirs de la potion. Elle soignait tous ses maux, à lui.

Je glissai mes pieds dans les souliers de ma mère, éraflés et doublés de papier journal. Ils me blessaient et me mettaient la peau à vif, mais gémir n'aurait servi à rien. Mary vivait sur la colline. Nan était à Buffalo. Les aînés des garçons passaient tout le jour à la verrerie, les petits et Ethel à l'école. Mon père n'entendait plus que le bourdonnement du chagrin dans ses oreilles et le tintement apaisant d'un goulot contre son verre.

Les jours raccourcis par l'hiver s'écoulaient dans un cycle sans fin de tâches centrées sur l'homme. Ma mère demandait peu. Plus tard, il m'arriverait de regretter de ne pas avoir fait la paix avec elle au cours de ces trois derniers mois. Non, la paix n'est pas le mot qui convient. Ma mère n'avait aucune animosité envers moi. Mettre au monde onze enfants, les allaiter, cuisiner et lessiver pour eux ne laissait aucune place aux émotions complexes, et, si elle avait enfin le loisir de ruminer, elle n'en avait pas le goût. Cette pauvre Anne Higgins, disaient les commères des alentours, comme si cet adjectif apitoyé faisait partie de son nom. Cette pauvre Anne Higgins aimait tous ses enfants. C'était bien ce qui me mettait hors de moi. J'aurais voulu qu'elle avoue ses regrets. Qu'elle le dise enfin, que si elle avait eu le choix comme les femmes de la colline, si mon père avait cru aux capotes anglaises avec la ferveur qu'il accordait à l'impôt unique et au socialisme, elle n'aurait pas passé sa vie à peupler le monde et à nettoyer derrière. À l'instar du curé, qui avait pris l'habitude de venir en visite quand mon père était de sortie, j'attendais d'elle une confession.

Mais ma mère, si elle craignait pour ses péchés, ne se reconnaissait nulle erreur. Elle n'avait d'yeux que pour les onze enfants que le Seigneur lui avait accordés, car Il aurait pu les reprendre, aussi facilement qu'Il avait repris les deux décédés en bas âge et les cinq qui avaient péri dans son ventre. Elle ne pouvait pas plus leur en vouloir qu'elle ne s'autorisait à faire de reproches à son mari, aimé avec une passion charnelle qui sentait le soufre, ni blâmer le curé qui courtisait son âme.

« Mais regarde ce qu'ils t'ont fait ! » lui criai-je un jour en indiquant la pièce encombrée avec une telle fureur que je me cognai violemment la main contre le mur.

Elle me sourit sans rien dire, madone béate et usée qui se contentait volontiers de vivre dans une étable, du moment qu'elle pouvait s'asseoir un moment pour soulager ses jambes.

Je parais dure ? C'est ce qui arrive quand on vous arrache votre vie. Mais il se passa aussi autre chose, lors de ces derniers mois en compagnie de ma mère. De temps à autre, j'omettais de repasser le linge, ou je remettais à plus tard la préparation du souper, et je passais un quart d'heure à lui faire la lecture, ou à lui friser les cheveux après les avoir lavés, ou, encore mieux, à parler avec elle, non pas du mariage et de la maternité que je lui reprochais, mais de sa jeunesse, qu'elle n'avait jamais eu le temps de me conter. Assise auprès de cette femme grise et épuisée, je voyais alors une jeune fille à la chevelure de feu qui défiait ses parents par amour, et je me sentais proche d'elle comme jamais auparavant. Elle avait jadis été un brandon ardent, non pour une cause, mais pour mon père. Son romantisme ne s'était jamais éteint, et plus elle évoquait ses jeunes années, plus nos rôles s'inversaient. Elle devenait l'enfant, moi la mère. Je sais que ce n'est pas rare, mais j'étais jeune à l'époque et je trouvais cela étrange, quoique non dénué de gratifications. Sans que je pusse l'expliquer, prendre soin de ma mère apaisait en moi la douleur de sa négligence.

Elle mourut un vendredi saint. Le sol était déjà suffisamment dégelé pour que les hommes creusent la terre à coups de bêche aisés et bien réglés. Mon père soutenait qu'elle avait attendu volontairement, par égard pour les fossoyeurs, par complicité avec son dieu. Il avait même laissé le curé entrer pour lui administrer l'extrême-onction. Il ne lui refusait plus rien, maintenant que c'était trop tard.

Nan revint de Buffalo pour l'enterrement. Mary descendit la colline avec une boîte de gants noirs, offerts par Mme Abbott pour donner à notre deuil un vernis de respectabilité. Sous la paire qui m'allait, ma main était encore meurtrie par ma tentative de faire avouer ma mère.

Autour de la tombe, nous étions tous les douze. Semblables à des vautours autour d'une charogne. Nous l'avions dépecée jusqu'à l'os. Mon père et mes frères, jusqu'au plus petit, se tenaient tête baissée et les mains en coupe devant l'entrejambe, telles des braguettes à l'ancienne. Mes sœurs et moi ne nous inclinions pas si bas. Peu à peu, mon père se mit à osciller, tel un arbrisseau dans le vent, sauf que l'air était calme et qu'il n'avait rien d'un arbrisseau. Il était grand et sec, et ivre.

Le curé discourut longuement. Il tenait finalement le diable et ses enfants, captifs devant lui. Et nous endurâmes, comme nous eussions enduré une douzaine de Je vous salue Marie ou des cailloux dans nos chaussures en souvenir du Christ qui se sacrifia pour nos péchés.

Corps mortels, scandait-il. *Résurrection*, chantait-il.

Je ne céderai *pas*. Je ne céderai *jamais*. *Jamais*.

2

Et je ne cédai pas. Grâce à Mary et à Nan, une fois de plus, je réussis mon évasion. Elles mirent en commun leurs maigres ressources pour que j'entre à l'école d'infirmières de l'hôpital de White Plains. Je jurai que, cette fois, plus rien ne m'arrêterait, pas même mon état de santé.

On m'avait diagnostiqué le mal qui avait eu raison de ma mère. Tuberculose, me dit le médecin, et le monde se tut autour de moi. La grossesse exacerbe les troubles, poursuivit-il. Je ne devais jamais me marier. Cela me fit rire, un raclement sec dans ma gorge. Mon intention était bien de suivre l'exemple de mes grandes sœurs, qui juraient de rester célibataires, et non celui d'Ethel, ma cadette qui, pressée d'échapper à la tutelle de mon père, ou peut-être seulement d'avoir une chose à elle dans le monde chaotique qu'était la maisonnée Higgins, s'était enfuie avec le jeune Byrne. Elle était déjà enceinte. Son imprudence ne fit que raffermir ma résolution. J'avais la maladie de ma mère ; je ne succomberais pas à son sort. L'hôpital était mon seul espoir.

Je demandai au médecin si je pouvais continuer à exercer et, comme il me répondait par l'affirmative, je m'y attelai avec une détermination redoublée. La formation était harassante pour les filles en bonne santé, tuante pour qui ne l'était pas et s'efforçait de le cacher. Dix-huit heures par jour j'allais en classe, je montais et descendais des escaliers obscurs – le manoir délabré transformé en hôpital n'avait ni électricité ni eau courante – je vidais des bassins, faisais des lits, changeais des pansements. Les tâches n'étaient pas toutes ingrates. Je prenais part à des accouchements, prêtais main-forte lors d'opérations chirurgicales, veillais sur des lits de mort, assistais à des autopsies. Mais je n'étais pas la nouvelle Florence Nightingale. L'odeur de la chair malade me donnait la nausée, et la vue du sang me liquéfiait les genoux. Quoi qu'il en fût, je dissimulais mes faiblesses et soufflais entre mes dents : « Je ne céderai pas. » Et je tins bon, du moins jusqu'au soir du bal de printemps de la Clinique des yeux et de l'oreille de Manhattan.

Bill Sanger fit irruption dans la salle de bal où se pressaient des médecins cauteleux boutonnés dans des costumes aussi étriqués que leurs convictions. Il avait un rouleau de plans d'architecture sous le bras et la tête pleine d'idées subversives, sous une épaisse tignasse noire d'artiste. Le regard ténébreux, le nez aquilin, des lèvres minces qui jugeaient le monde et, que Dieu me vienne en aide, une fossette au menton. Pour autant, rien ne m'obligeait à l'épouser. Il n'était pas venu pour danser. Il passait simplement livrer les plans à un médecin. Mais dès l'instant où il remarqua, je le cite, « mes cheveux de feu et ma peau semblable à un marbre attendant d'être sculpté », il posa les plans, traversa la pièce et fendit le cercle des médecins pour m'approcher.

Qu'avons-nous dansé ce soir-là ? Le Turkey Trot et le Bunny Hug n'existaient pas encore. Aurions-nous valsé ? Je suis incapable de m'en souvenir. Il ne me revient que la sensation d'un homme et une femme. Nous aurions tout aussi bien pu nous trouver dans une clairière en pleine jungle, en train d'exécuter quelque rituel nuptial primitif. Je découvris plus tard que Bill avait moins d'expérience que moi en matière de sexe, mais l'expérience était hors de propos. Comme l'aurait dit mon frère qui est devenu coach de football américain, Bill était né pour cela, aussi implacable, intrépide et borné que la nature elle-même. Et au cours des semaines qui suivirent notre rencontre, je devins son égale et sa partenaire. Le sexe tambourinait dans ma tête, *je céderai, oui, oui, oui*. Pourtant, rien ne m'obligeait encore à l'épouser.

Le sexe était inexorable, quoique difficile à mettre en œuvre. Bill vivait chez ses parents. Moi, au dortoir des infirmières. À l'époque, seuls les nantis possédaient une automobile. Mais nous étions pleins de ressources. Dans les prés abrités par la nuit ou tapissés par le clair de lune, il étendait son manteau et nous défaisions boutons, crochets et attaches jusqu'à atteindre l'or de la chair nue. Par temps de pluie, nous nous abritions debout sous un arbre pour franchir de nos mains fébriles les épaisseurs de vêtements. De temps à autre, lorsque nous trouvions une maison sans lumière, nous nous risquions dans une grange ou un garage. Le danger faisait monter la température. Et cependant, toujours rien ne m'obligeait à l'épouser.

Le ciel était plombé cet après-midi-là, et l'atmosphère, tendue par l'imminence d'un orage. C'est pourquoi j'avais mis une affreuse robe bleue héritée de Nan : inutile de gâter un plus joli vêtement. Comme si cette robe qui tombait comme un sac ne suffisait pas, mes glandes surrénales, siège de ma tuberculose, se manifestaient et me donnaient un peu de fièvre. Je n'avais pas besoin de pincer mes joues pour les colorer, mais j'avais les yeux rouges et larmoyants. C'est drôle : chaque fois que je me remémore ce jour-là, je me rappelle à quel point j'étais laide à voir.

Nous avions prévu une promenade à pied avant que je prenne mon service, mais Bill arriva dans une calèche de louage et m'annonça qu'un pasteur nous attendait.

« Pour quoi faire ? » demandai-je tandis qu'il m'aidait à monter.

Ce n'était pas une coquetterie de ma part, du moins pas entièrement. Nous avions déjà parlé du mariage. Lui, du moins. Mais ses parents étaient des juifs pratiquants. Pour ma part, j'avais été élevée dans l'Église catholique, ou du moins à sa porte. Alors, pourquoi un pasteur ?

« Pour nous marier, bien sûr. »

Je protestai que je ne pouvais certainement pas me marier le jour même : je prenais mon service dans deux heures ! Notez la nuance : je ne disais pas que je refusais de me laisser enlever, seulement que je n'avais pas le temps cet après-midi-là.

« C'est maintenant ou jamais, Peg. Je ne vais pas attendre indéfiniment, pour finir le cœur brisé. »

La conversation devenait intéressante.

« Je suis contre le mariage. »

Il eut un petit rire sceptique, dont la tonalité m'effraya. Se pouvait-il que Bill sût sur moi une chose que j'ignorais ?

J'essayai une approche plus pragmatique.

« Je serai renvoyée de l'école d'infirmières.

— Aucune importance. Tu n'auras pas besoin de travailler. Je vais bien m'occuper de toi.

— Je ne veux pas qu'on s'occupe de moi. »

Il rit de nouveau. Je commençai à me sentir en colère.

« Bien sûr que si. Comme toutes les femmes.

— Je ne suis pas comme les autres », protestai-je.

Mais, tout en l'affirmant, je me sentais cueillie par une lame de fond. Fini, les courses dans les escaliers sombres et froids, la nausée à la vue des plaies, des incisions et du sang, l'épuisement, les difficultés, la peur, la solitude. *Je ne céderai pas*, répétais-je dans ma tête, mais d'une voix chétive.

Perçut-il mon hésitation en cet instant ? Il pressa sa jambe contre la mienne. La chaleur traversa son pantalon et la laide robe bleue. Par ce temps déjà lourd, la température monta en flèche.

« Je t'en prie, Peg. »

Son souffle se bloqua dans sa gorge, et j'imaginai le râle mortel d'un homme strangulé par l'amour.

« Oui », répondis-je, comme l'avaient fait ma mère, ma grand-mère et même ma petite sœur avant moi.

Pendant des années, les gens se sont demandé pourquoi j'avais épousé Bill Sanger. Moi-même, je me suis souvent posé la question. D'aucuns affirmaient que je me cherchais un père. J'aurais pu leur répondre que celui que j'avais déjà, dominateur, insuffisamment protecteur, immense dans ses enthousiasmes mais petit dans ses accomplissements, me suffisait largement, merci. D'autres attribuaient ma décision à un besoin de sécurité. Malgré son âme d'artiste, Bill était dessinateur industriel chez McKim, Mead & White. Mais je devais déjà sentir qu'il n'était pas taillé pour la vie de bureau. D'autres encore ont soutenu que c'était un pied de nez à l'Église. Mais si Bill avait été élevé dans la religion juive, il ne croyait qu'en l'art, la justice sociale, l'amour et le sexe. Le sexe avec lui mettait le monde sens dessus dessous. Son amour comblait le trou que mon enfance avait creusé en moi. Elle est peut-être là, la raison pour laquelle je l'ai épousé.

En dehors de ma famille, je ne parlai à personne de mon mariage à la sauvette. J'étais certaine de pouvoir le cacher à l'école d'infirmières. C'est peut-être une autre raison d'avoir épousé Bill : transgresser des règles absurdes et défier des préjugés idiots. Mon statut marital n'aurait aucun effet sur mes compétences.

Il prit une chambre dans une pension de Christopher Street. Je m'y échappais chaque fois que je n'étais pas en service. Nous n'avions plus à nous étendre dans les prés, à nous blottir sous des arbres ou à risquer une arrestation pour indécence sur la voie publique – même si, lorsque le métro aérien de la 6e Avenue passait en brinquebalant devant notre fenêtre, il nous arrivait de scandaliser les passagers.

Notre chambrette à la cime de cet immeuble miteux frémissait de sexe, d'amour et d'une autre joie. Dans la maison bruyante et encombrée de Corning, où je dormais, mangeais et me lavais au coude à coude avec mes dix frères et sœurs, je souffrais d'une solitude chronique et profonde. Et voilà que soudain, je n'étais plus seule. Dans la rue, nous marchions bras dessus, bras dessous. Au concert, aux conférences, nous penchions l'un vers l'autre. Dans les meetings, nos voix s'élevaient à l'unisson et nous brandissions le poing en cadence pour réclamer justice. Puis nous rentrions d'un pas tranquille et gravissions l'escalier raide qui s'affaissait d'un côté, essoufflés par l'ascension et par l'attente de ce que nous savions trouver en haut : nous-mêmes. Nous entrions comme une tornade, déboutonnant, délaçant, tirant sur les vêtements de l'autre et nous débarrassant des nôtres, jusqu'à ce qu'il ne reste plus rien entre nous, et, les yeux grands ouverts parce que nous voulions voir autant que toucher, sentir et goûter, nous retournions le monde sur lui-même. Et parfois, après, lorsque nous reposions repus et emmêlés, je me demandais pourquoi j'avais combattu le mariage. Puis Bill se mit à parler d'enfants. Nuit après nuit, matin après matin, couchés au lit tandis que l'humidité fétide de l'été montait de la rue, ou que le premier froid de l'automne me faisait tirer les couvertures plus haut sur nous et que l'arôme des marrons chauds me mettait l'eau à la bouche, nous tournions en rond, encore et encore. La discussion prenait des virages, mais la ligne entre nous était droite. Bill en voulait. Moi non.

Il croyait comprendre ma réticence.

« Je ne te parle pas d'une marmaille de onze ou treize mioches, ou même de cinq, m'expliquait-il. Je te parle d'un enfant, né de l'amour, accueilli dans l'amour, élevé avec amour. Comme devraient l'être tous les enfants. » Il roula sur le flanc pour me regarder. « Comme tu ne l'as jamais été, ma pauvre chérie. »

Il se pencha pour m'embrasser. Je détournai la tête.

« J'ai réussi à cacher notre mariage à l'école d'infirmières, mais je ne pourrai jamais dissimuler une grossesse.

— Tu auras ton diplôme avant que cela commence à se voir. »

Il continua de revenir à la charge. Je continuai de résister, sans toutefois lui répéter la mise en garde du médecin, sur le fait qu'une grossesse aggraverait ma tuberculose. Je refusais de me considérer comme une malade. Et je ne laisserais personne m'apposer cette étiquette.

« Je ne peux tout simplement pas nous imaginer sans enfant », me dit-il un dimanche matin. La pluie martelait les vitres, et les phares du métro aérien projetaient une lumière de jaunisse à chaque passage, mais à l'intérieur il faisait chaud et sec. « Les femmes sans enfants ont quelque chose de, je ne sais pas... d'inachevé. Non, pas inachevé, mais inaccompli. Comme un tableau techniquement parfait en surface, mais qui manquerait de profondeur et de sentiment. »

Je pensai à mes sœurs Mary et Nan. C'était involontaire, mais je ne pus m'en empêcher.

« Tu n'es pas comme ça, Peg. Tu es la femme la plus féminine que je connaisse. Tu es l'essence même de la féminité. Ne pas avoir d'enfant serait un déni de cette essence, aussi sûrement que si tu te refusais à faire l'amour. »

Il se rapprocha de moi sur le lit. Je voulus tendre la main vers le tiroir de la table de chevet, où nous rangions les capotes anglaises, mais il l'intercepta et la posa sur son érection. Je le laissai faire.

3

Je n'ai jamais su comment l'école d'infirmières avait appris. Une autre élève m'avait peut-être vue sortir de la maison de Christopher Street avant que j'aie retiré l'alliance de mon annulaire gauche. Ou bien un médecin ou une infirmière avait pu m'entendre vomir jour après jour. Retranchée dans le débarras, je me vidais, penchée au-dessus d'un bassin, la sueur de la fièvre dessinant des traînées sur mes flancs. J'en voulais à mon corps de me trahir, à cette créature étrangère de contrôler ma vie, et à moi-même pour ma faiblesse – vis-à-vis de Bill ou des nausées matinales, au choix.

Mes surrénales étaient enflammées, comme prédit par le médecin. Bill prenait soin de moi, fidèle à sa promesse. Il me fit entrer au célèbre sanatorium du Dr Trudeau, dans le nord de l'État de New York.

Là, on me gava de lait et d'œufs, et de capsules de créosote qui tapissaient ma bouche d'un goût de bitume. On me força à rester en peignoir dans une chaise longue en plein air pendant des heures interminables, on m'obligea à aller marcher avec d'autres tubards, comme ils se surnommaient eux-mêmes. Je refusais d'employer ce terme. Les fièvres nous rougissaient les joues, et une infirmière au sourire de tête de mort nous appelait « ses chères pommes d'api ». Pourries jusqu'au trognon, ajoutait-elle entre ses dents. Je serrais les poings pour m'empêcher de la gifler. La posture devenait habituelle. Bill me manquait. Mon ancienne sveltesse me manquait. La liberté me manquait.

Les journées étaient longues et abrutissantes ; les nuits, peuplées de sueurs froides et de frayeurs. J'étais là depuis une semaine lorsqu'une fillette de six ou sept ans arriva, les yeux agrandis par la peur, un ours en peluche serré dans ses bras maigres. L'infirmière au sourire macabre le lui arracha et le jeta dans le grand fût de métal où l'on brûlait les objets contaminés. Une peluche est impossible à stériliser. Les flammes léchèrent l'air sain et léger. L'enfant resta éberluée, trop terrifiée pour pleurer.

La mort rôdait comme une menace de mauvais temps. La femme entre deux âges qui occupait la chambre de l'étage disparut du jour au lendemain. Une semaine plus tard, ce fut le gentil jeune homme du cottage d'à côté qui se volatilisa. Encore quelques jours, et la fillette s'évapora. Personne ne parlait des disparitions. Le personnel aérait les chambres libérées et changeait les noms sur la rangée de boîtes à lettres, à l'entrée du grand hall. Aussi bien, l'enfant s'était envolée en fumée comme son ours en peluche. La femme et le jeune homme semblaient avoir été vaporisés dans l'air pourvoyeur de bonne santé.

Il fallait que je me sauve, dans tous les sens du terme.

Un matin, je sortis en cachette avant l'aube et me rendis à pied au dépôt ferroviaire. Je me cachai jusqu'à l'arrivée du train, puis envoyai un câble à Bill depuis le premier arrêt.

Il m'attendait à la gare de Grand Central. Je le vis aussitôt descendue sur le quai : il dépassait de la foule et scrutait les nouveaux arrivants. En me voyant, il commença à se frayer un passage. Je courus vers lui. Nous nous embrassâmes gauchement autour de l'enfant à naître. Son baiser avait le goût de la vie.

Des années plus tard, alors que j'étais déjà célèbre, le médecin qui avait mis Stuart au monde m'écrivit pour me demander si c'était mon long calvaire qui avait planté les graines de ma croisade. « Une dure nuit pour nous deux », concluait-il.

Une dure nuit pour nous deux. Ah, les médecins ! Les hommes ! Des autorités sur les douleurs de l'accouchement. Moi, j'étais experte en la matière depuis le jour – quel âge pouvais-je avoir ? Trois, quatre ans ? – où une bonne femme du voisinage m'avait dit d'aller jouer dehors et de ne rentrer sous aucun prétexte tant qu'on ne m'aurait pas appelée.

Sa mise en garde était une pure incitation. Je traînai une caisse sous la fenêtre, grimpai dessus et regardai à l'intérieur. Ma mère se débattait sur la literie froissée, toute rouge d'une douleur à vif, les cheveux collés entre eux, la bouche ouverte dans un hurlement qui fit trembler la vitre. J'étais convaincue qu'elle était en route pour le paradis et que je ne la reverrais jamais.

Elle ne monta pas au paradis cette fois-là, ni la suivante, ni aucune des autres, mais elle devint de plus en plus distante. Non, c'est injuste. Elle n'était pas distante, seulement harassée, exténuée, assommée.

J'étais consciente depuis toute petite des douleurs de l'accouchement, mais jusqu'à la naissance de mon fils, je n'avais jamais connu ce qu'il y avait au bout. Lorsque le médecin le déposa dans mes bras, écarlate et furieux d'être traîné de force dans ce monde sans pitié, je compris l'incapacité de ma mère à éprouver des regrets. Et plus tard, chaque fois que Bill me reprochait de négliger les enfants, que Stuart parlait d'attendre le ferry, que Peggy commençait à hanter mes rêves, je ressortais le souvenir de Stuart dans mes bras en cette première aube et je me demandais comment ils pouvaient si complètement se tromper sur moi. Si je n'avais pas aimé mon premier-né, je ne serais certainement pas retombée enceinte une fois, puis deux. Je voulais une fille. Avoir Peggy fut une révélation. Ce n'était pas que je l'aimasse plus que les garçons, mais je l'aimais différemment. Je chuchotais des secrets que je n'aurais jamais dits à personne dans le coquillage rose et translucide de son oreille. Je lui murmurais des promesses d'avenir. Je la connaissais comme je ne connaîtrais jamais mes fils.

Bill Sanger

Tu as pris nos bébés dans tes bras, et tu as compris. Alors, est-ce donc si difficile d'aimer un nouveau-né sans défense, Peg ? Et la capacité à aimer était une chose que tu avais toujours eue en toi. Sans discernement, pourrait-on dire. Non, je retire cela. Tu étais ma femme. Tu seras toujours ma femme, malgré le sordide bourbier des déceptions, de l'amertume et du chagrin. Mais mon amour obstiné ne m'aveugle pas. Tu n'es pas blanche comme neige. Il y a des choses que l'on peut te reprocher. Peggy, par exemple.

Malgré mes réticences initiales à devenir mère, j'adorais les enfants, mais veillais à ne pas les gâter. Les enfants ont besoin de limites. Ils exigent des règles autant qu'ils sont assoiffés d'amour. Je leur donnai les deux en abondance. Ce n'est pas moi qui ai mis le feu à une maison où dormaient trois enfants.

Nous déménageâmes à Hastings-on-Hudson. La campagne convenait mieux aux enfants, et Bill s'était mis en tête de me bâtir une maison de rêve. Je ne me rappelle pas en avoir réclamé une, mais quelle femme saine d'esprit aurait refusé un tel cadeau ? En attendant, nous campions dans un cottage en location. Tous les soirs, lorsqu'il rentrait de la ville par le train de 17 h 33, je laissais les enfants à la nounou allemande et j'allais l'attendre à la gare, d'où nous nous rendions à pied sur le chantier de la nouvelle maison. En théorie, les ouvriers devaient la construire pendant la journée et Bill inspecter leur travail le soir. En pratique, le plus souvent, ce que les ouvriers faisaient le jour, Bill le défaisait la nuit.

Ce soir-là, je le regardai, dans le living-room inachevé, démolir à la hache une cheminée que les ouvriers venaient d'installer. Ces derniers mois, il s'en était déjà pris à une arche qui ne s'élevait pas dans la vie comme sur le papier, à un escalier et à un mur. Une maison de rêve ne supporte pas les imperfections.

Je le regardais donc, en m'efforçant de ne pas penser

aux dépenses qui montaient en flèche, de même que je tâchais de ne pas songer à notre ardoise chez le boucher lorsqu'il rapportait à la maison des places d'opéra ou des fleurs de serre. Parfois, en le regardant par-dessus les billets ou les fleurs qu'il me tendait, je revoyais mon père remonter le chemin de terre qui menait à la maison de Corning, un nouveau livre sur l'utopisme ou une bouteille de whisky irlandais sous le bras. Mais c'était ridicule. On ne pouvait pas comparer une bouteille de whisky à des places d'opéra. L'un était une faiblesse, les autres une beauté. Pas plus qu'on ne pouvait mettre un prix sur une œuvre d'art, disait toujours Bill. C'est pourquoi je n'avais pas protesté contre la rosace.

Ce vitrail devait être la pièce maîtresse de la maison. Placé en haut de l'escalier, il baignerait nos vies de son aura colorée. Bill le fabriquait lui-même, et je l'aidais. Encore une raison pour ne rien dire. Cette rosace serait une expression tangible de notre amour. Soir après soir, week-end après week-end, nous plombions et soudions les pétales rouge rubis jusqu'à ce que nos doigts saignent, que nos yeux nous brûlent et que notre humeur soit aussi tranchante que les éclats de verre.

Pendant ce temps, le cottage loué était notre relais. Il était trop petit pour notre turbulente famille et trop banal architecturalement pour les goûts exigeants de Bill, mais nous en serions vite partis. C'est pourquoi je n'avais pas pris la peine de déballer toutes les caisses du déménagement. Et c'est pourquoi cet après-midi-là, quelques semaines après notre arrivée, je ne trouvai pas le thermomètre. Je m'en voulais à mort. Quelle mère de famille, quelle infirmière ne déballe pas le thermomètre aussitôt qu'elle met le pied dans une maison ?

Je fourrageai dans une autre caisse. En vain. Je regagnai la chambre des enfants et posai la main sur le front de Peggy. Il était chaud comme un pain sorti du four. Et il y avait pire. Elle avait cessé de pleurer. Elle ne gémissait même pas. Elle gisait dans son berceau, immobile comme un cadavre.

Je la pris dans mes bras – c'était comme bercer un feu –, la descendis dans le couloir, où était installé le téléphone, et soulevai le combiné. L'opératrice me répondit. Là, j'eus un trou de mémoire. Je ne me rappelais pas le numéro du médecin.

« Passez-moi le Dr Sherwood », bêlai-je dans le téléphone.

Hastings était une petite ville. L'opératrice me mit en communication.

L'infirmière du Dr Sherwood m'apprit qu'il était avec un patient.

« C'est une urgence ! criai-je.

— Décrivez-moi les symptômes, que j'en fasse part au docteur. »

Sa voix se voulait apaisante. Je me forçai à décrire l'état de Peggy le plus calmement possible.

Elle me promit que le docteur me rappellerait sous peu.

« Je reste en ligne », dis-je.

Je regardai Peggy, brûlante et inerte dans mes bras. Une compresse froide. Pourquoi n'y avais-je pas songé avant de téléphoner ? Mais je ne pouvais plus prendre le risque de raccrocher. L'infirmière finit par revenir.

« Le Dr Sherwood sera là dans une demi-heure.

— Un quart d'heure, implorai-je. Je vous en supplie. Elle est brûlante. »

Avec le recul, je revois ces journées d'hôpital comme une répétition générale. Veiller à côté du berceau. Écouter sa respiration laborieuse. Laver à l'éponge son petit corps. Si douce que je fusse, elle grimaçait et pleurait. La douleur d'être touchée lui était insupportable.

Puis, miracle, sa fièvre retomba. Deux mois plus tard, elle rampait à quatre pattes, riait et mettait son nez partout ; encore un mois, et elle faisait ses premiers pas. Peu après, Bill et moi eûmes la dispute à propos de l'attelle, notre première querelle à ce sujet.

Pour une raison quelconque – peut-être qu'un des garçons avait un rhume, peut-être Bill avait-il prévenu qu'il rentrerait tard, peut-être était-ce le jour de congé de la bonne – je n'allai pas attendre mon mari à la gare pour l'accompagner à la nouvelle maison ce soir-là. Il rentra directement au cottage. J'étais dans la cuisine, en train de récurer une casserole – cela devait donc bien être le jour de congé de la bonne. J'avais encore laissé brûler le cacao. Allez savoir pourquoi, je le brûlais toujours. J'étais bien décidée à ne pas le quitter des yeux, mais j'avais dû ramasser un article sur les conditions de travail dans les usines textiles, ou sur la mortalité infantile dans les taudis urbains, ou sur les femmes humiliées et harcelées pour avoir manifesté en faveur du suffrage, et voilà que le cacao avait débordé comme un volcan en éruption.

J'étais devant l'évier, en train de récurer en regardant par la fenêtre aux rideaux blancs. Le petit jardin montait en graine. Mme Ferris, notre voisine, s'était proposée pour me montrer comment l'apprêter pour l'hiver, mais je ne m'étais jamais décidée à profiter de son offre. Je n'avais pas la patience de passer des heures sur les genoux, à batailler contre la nature, alors que les ouvriers s'escrimaient dans des conditions inhumaines, que des enfants mouraient et que des femmes étaient attaquées pour avoir réclamé un bulletin de vote. Il m'arrivait de songer que la vie aurait été bien plus facile si j'avais été comme les autres ménagères de ma rue, obsédée par les enfants, dévouée à mon mari, fière de ma maison et de mon jardin. Ce qu'aurait été ma mère si elle avait eu une maison et un jardin desquels s'enorgueillir. Parfois, comme mon père, je tempêtais contre leur indifférence aux injustices du monde.

J'entendis la porte s'ouvrir et se fermer. Les cintres du placard de l'entrée s'entrechoquèrent lorsque Bill suspendit son manteau et retira son chapeau, puis ses semelles approchèrent sur le plancher à larges lattes de chêne. Il entra dans la cuisine. Il apportait avec lui un gros paquet enveloppé de papier brun, que j'observai avec circonspection lorsqu'il le posa sur la table. À voir sa forme, ce n'était pas un tableau. Peut-être une sculpture pour la nouvelle maison ? Quoi que ce fût, j'étais déjà sûre que c'était au-dessus de nos moyens.

Il m'approcha par-derrière, devant l'évier, et se pressa contre moi. Je m'adossai à lui. Une de ses mains se ferma sur mon sein, l'autre trouva son chemin sous mes jupes pour s'insinuer dans ma culotte bouffante.

« Où sont les enfants ? me souffla-t-il à l'oreille.

— Au lit. »

Je posai ma casserole et m'accrochai à l'évier, laissant le plaisir m'envahir. Puis je me retournai vers lui. Il déboutonna sa braguette et me souleva sur le plan de travail. Un certain temps s'écoula avant que je remarque à nouveau le paquet. Je lui demandai alors ce que c'était.

« Une attelle. »

J'ai cru qu'il parlait d'architecture.

« Quel genre d'attelle ?

— Pour la jambe de Peggy. »

Je me rajustai, m'approchai de la table et défis le paquet. L'appareil orthopédique semblait sorti d'une salle de torture médiévale, tout en métal rigide et sangles de cuir. Je le soulevai : il pesait bien sept ou huit livres. Cette chose n'avait rien à faire sur une jambe d'enfant. Je me figurai Peggy traînant sa jambe encombrée tel un animal blessé. Je l'imaginai se terrant dans un coin, découragée, misérable, effrayée. Je voyais déjà mourir sa joie de vivre.

« Peggy n'a pas besoin d'attelle.

— Le médecin dit que si.

— "Le médecin dit que si", l'ai-je singé. Je pourrais écrire un livre entier avec toutes les erreurs médicales que j'ai vues.

— Regarde les choses en face, Peg. C'est une attaque de paralysie infantile qu'elle a eue, pas la grippe.

— Et moi je te dis que c'est la grippe, j'ai soigné assez de patients pour le savoir. »

Il me fixa des yeux quelques instants.

« Je ne comprends pas pourquoi tu es aussi entêtée.

— Entêtée ! Ce n'est pas moi qui veux mettre cette... cette horreur sur la petite jambe parfaitement saine de ma fille. »

Il continua de me fixer.

« C'est donc ça ? lâcha-t-il après un silence. Ta fille – pas la nôtre, mais la tienne – et sa perfection ? Parce que toute imperfection est inadmissible. Cela t'empêcherait de compenser ta propre enfance. »

Je soutins son regard, le regard de mon amant soudain devenu mon ennemi. Je ne comprenais pas comment cela avait pu se produire si vite.

« Mon enfance n'a rien à voir là-dedans, dis-je calmement, plus calmement que ne le méritait son accusation absurde.

— Essayons l'attelle quelques jours, et voyons si cela s'arrange.

— Quoi donc ?

— Elle boite.

— Elle boite ! » Je domptai de nouveau ma voix. « Peggy ne boite pas. Elle a l'instabilité normale, parfaitement normale, des enfants qui apprennent à marcher.

— Le docteur... » commença-t-il, mais je ne le laissai pas terminer.

Je m'emparai de l'attelle et, en la tenant à bout de bras comme si elle était contaminée, partis vers la porte de derrière.

« Où vas-tu ? »

Je ne répondis pas.

Il voulut me suivre, mais je le pris de vitesse. Je claquai la porte derrière moi.

La rivière n'était qu'à deux rues de chez nous. Je courus jusqu'à la première, puis, une fois assurée qu'il n'était pas sur mes talons, je ralentis. Il m'arrive de penser que Bill me craignait un peu.

Un croissant de lune répandait une lueur terne derrière une mince couche de nuages. Les remous étaient noirs et huileux dans la pénombre. Debout au-dessus de l'eau, je sentais le fer de l'attelle me glacer la main.

Je balançai le bras en arrière, comme mes frères m'avaient appris à le faire lorsqu'ils daignaient jouer à la balle avec moi. L'appareil était lourd, mais je lançai le bras en avant de toutes mes forces, ouvris la main et l'envoyai voler. Le bruit d'éclaboussure brisa le silence. Un nuage d'embruns phosphorescents explosa dans la nuit. Je restai sur place jusqu'à ce que l'eau fût redevenue lisse.

Six semaines plus tard, nous sertissions les derniers verres de la rosace. Encore deux semaines et, par une matinée enneigée de décembre, nous emménageâmes dans la maison de rêve. Elle n'était pas tout à fait terminée, mais à quoi bon s'inquiéter de l'isolation quand on a une superbe rosace qui trône en haut de l'escalier ? En supervisant le travail des déménageurs – le sofa ici, la petite table là, l'armoire en haut –, je m'efforçai d'ignorer leurs traces de pas boueuses sur le parquet luisant. Helga, notre bonne allemande, lessivait sans relâche derrière eux. Ils déposèrent les dernières caisses et partirent. Le vent faisait trembler les vitrages que Bill avait fait installer à grands frais et la neige tourbillonnait derrière, mais il poussa la chaudière avant que nous montions dans notre nouvelle chambre.

Il ferma la porte derrière nous, et nous nous regardâmes, radieux. Nous avions fait du chemin depuis les prés au clair de lune, les arbres trempés, les granges et les garages, mais notre désir flamboyait aussi fort qu'à l'époque de nos amours en plein air. Couchés dans le grand lit neuf, nous n'avions plus qu'à baptiser notre maison de rêve.

Les cris fracassèrent mon sommeil. « *Feuer ! Feuer !* » La voix de la bonne, montant du rez-de-chaussée. J'attrapai un peignoir et je courus vers la chambre de Peggy. Bill était juste derrière, en train de se précipiter dans celle des garçons. Mais je n'étais pas encore accoutumée à la maison, et dans le noir je percutai un mur, rebondis contre un autre, et continuai en titubant. La fumée m'aveuglait. Les flammes grondaient comme un tonnerre. Mes mains trouvèrent à tâtons la poignée de la porte, que j'ouvris. Je distinguais à peine le berceau dans la nuit enfumée. Je saisis d'un seul geste Peggy et ses draps, et tâtonnai pour ressortir. À travers la fumée, je devinai Bill, un garçon sous chaque bras.

Je fis le chemin en sens inverse dans ce couloir où je m'orientais mal, trouvai l'emplacement de l'escalier et avançai un pied en priant pour qu'il y ait quelque chose en dessous. Aussitôt que je sentis la première marche, je les dévalai jusqu'en bas. Les flammes jaillissaient de la cuisine et avançaient en léchant les murs. Enfonçant la tête de Peggy dans mon giron, je parvins à sortir en toute hâte. Mes chaussons s'enfoncèrent dans la neige. Je partis en courant.

« Continue ! » me cria Bill.

J'entendais les clameurs terrifiées des garçons derrière moi. Les hurlements de Peggy me semblaient sortir de ma gorge. Le feu, fouetté par le vent, rugissait au-dessus de nous. Je me voûtai autour de ma fille pour l'abriter des débris qui retombaient, et continuai de courir. Un craquement terrifiant, celui du monde s'ouvrant comme une noix, déchira la nuit. C'est seulement une fois arrivée de l'autre côté de la rue, frissonnant dans le jardin des voisins, entourée de femmes dont la chemise de nuit dépassait sous leur manteau, les joues rosies par le reflet des flammes, que j'osai me retourner. Une étourdissante pluie de verre rouge sang continuait de s'abattre. Le lendemain matin, lorsque nous retournâmes sur les lieux, les pièces de la rosace maculaient la neige tels les vestiges sanglants d'un accouchement.

Bill et moi, plantés côte à côte dans la neige salie, regardions l'expert de l'assurance déambuler parmi les débris carbonisés de ce qui aurait dû être notre avenir. Il finit par revenir vers nous, baissa la tête, poussa du pied une pièce de verre rouge, puis releva les yeux vers le ciel d'hiver aveuglant. Je jetai un coup d'œil à Bill. Il avait le teint gris comme la neige saupoudrée de cendre, mais deux taches rondes et rouges brûlaient sur ses joues. Je me suis souvent demandé, depuis, s'il savait déjà ce qui l'attendait.

« Les tuyaux de la chaudière », lança l'expert.

Bill continua de le fixer sans rien dire. Les taches rouges flambèrent de plus belle sur ses joues.

« Quoi, les tuyaux de la chaudière ? demandai-je.

— Ils n'étaient pas gainés d'amiante. »

Nous restâmes muets tous les trois dans l'air âcre et froid. L'expert n'avait pas besoin d'en dire davantage. Bill avait trop honte pour prononcer un mot. Pour ma part, je craignais, si j'ouvrais la bouche, de libérer une bordée d'accusations. Ou peut-être avais-je peur de formuler quelque chose de pire encore. Car, j'en prenais soudain conscience, j'étais soulagée. Libérée de la maison parfaite. L'espoir bondissait au-dessus de ma tête comme un ballon d'enfant dans l'air matinal.

4

Une fois emballées les quelques possessions que nous avions pu sauver, nous retournâmes vivre à New York. Nous disions aux autres que nous voulions être au cœur du mouvement radical et du monde de l'art. C'était la vérité. Les idées et les mots en -isme parcouraient la ville plus vite que les flammes qui avaient dévoré l'usine textile Triangle Shirtwaist[1]. Aux coins des rues, leaders syndicaux, anarchistes et socialistes grimpaient sur des cageots et faisaient trembler le sol sous leurs pieds. À l'Armory, Cézanne, Seurat et le *Nu descendant un escalier* bouleversaient le monde. Mais l'argent était un problème. Nous avions fait des folies pour la maison de rêve. Nous étions endettés jusqu'au cou.

Nous avions trouvé à nous loger sur la 135e Rue Ouest.

1. Cet incendie, survenu le 25 mars 1911, était alors la catastrophe industrielle la plus meurtrière de l'histoire de New York. L'une des issues de la fabrique étant fermée pour éviter les vols, et les mesures de sécurité étant quasiment inexistantes, cent vingt-trois ouvrières et vingt-trois hommes périrent par le feu. (Toutes les notes sont de la traductrice.)

Ce n'était qu'un modeste appartement en enfilade, dont le petit salon, la cuisine et les chambres étaient desservis par un long couloir où les enfants aimaient à se poursuivre, mais au moins il était clair et haut de plafond. Ma belle-mère vint s'installer avec nous. Le père de Bill étant décédé depuis peu, nous nous sentions responsables d'elle, mais en outre elle pouvait ainsi garder les enfants tandis que je reprenais le travail. Même si je n'avais pas le diplôme d'infirmière, les organismes d'aide sociale comme le Henry Street Settlement m'envoyaient faire des remplacements en tant qu'aide-soignante. De temps en temps, ma sœur Ethel me recommandait aussi pour des emplois temporaires.

Ethel avait quitté mari et enfants, était venue à New York pour suivre la formation d'infirmière de l'hôpital Mount Sinai et, contrairement à moi, était allée jusqu'au bout. En revanche, elle avait perdu la garde de ses enfants. Le jour où elle avait reçu les papiers officiels, elle avait fait irruption chez nous en larmes, tempêtant contre ses beaux-parents qui lui avaient enlevé ses petits et élaborant des plans compliqués pour les récupérer.

Cette nuit-là, je rêvai que je perdais les miens, non pas au terme d'une bataille juridique mais par négligence. Je me réveillai toute tremblante et me rendis dans leur chambre au bout du couloir, où je restai à les écouter respirer, en scrutant les ténèbres pour deviner leurs contours dans les lits. Je ramassai la couverture que Stuart avait fait tomber à force de donner des coups de pied, rajustai l'oreiller dans lequel Grant avait la tête tellement enfoncée que je craignais qu'il n'étouffe. Je posai la main sur le front de Peggy, à l'affût de la fièvre dont je redoutais toujours le retour. Comme je me recouchais, Bill se retourna vers moi et me demanda ce qui n'allait pas.

« Je suis juste allée voir les enfants. »

Il eut un sourire ensommeillé et m'attira contre lui.

« Et dire que tu étais la femme qui ne voulait pas être mère. »

Bill détestait l'idée que je reprenne le travail, surtout quand je devais sortir du lit bien chaud à pas d'heure pour répondre à une urgence ou quand je rentrais à l'aube d'une garde de nuit. Je ne lui disais pas à quel point j'adorais cela. Ce cri : « L'infirmière et là ! L'infirmière est là ! » résonnant dans les couloirs, montant dans l'escalier et sortant par les fenêtres jusqu'aux immeubles des alentours, me ravissait. Je faisais quelque chose d'important.

Nous décidâmes d'adhérer à la section locale n° 5 du parti socialiste. Spontanément, je me sentais plutôt anarchiste, par instinct ou au moins par expérience personnelle. Grandir au milieu d'une fratrie de onze enfants m'avait appris tout ce que j'avais besoin de savoir sur le partage de ressources limitées. Je préférais la liberté individuelle. Mais Bill me convainquit que tant qu'un homme devrait se battre pour se nourrir et se loger, entre autres besoins, l'individualisme était au mieux de l'égoïsme, et au pire une route menant droit à la destruction. En repensant à mes pauvres frères se disputant le dernier morceau de viande, les jours où nous en avions, je sus qu'il avait raison.

Tous les soirs, le local de la section, situé au-dessus d'une épicerie, devenait un volcan de débats plein d'accents italiens, russes, allemands, espagnols et yiddish. Les réunions en petit comité dans les appartements des membres étaient encore plus houleuses. Au début, j'avais peur de m'exprimer. Les hommes et les femmes qui fréquentaient ces rassemblements pensaient vite et parlaient plus vite encore. Certains avaient payé leurs convictions d'une peine de prison. L'un d'eux, John Reed, était allé à Harvard College pour découvrir en quoi il croyait. Dans les taudis, je représentais le salut. Ici, je n'étais qu'une épouse et mère animée par une rage bouillante, mais mal définie, contre l'injustice. Je suppose que c'est ce qui me donna l'idée du stratagème pour sauver la grève du textile à Lawrence. C'était tellement évident qu'il n'y avait nul besoin d'être éduqué pour y penser. Il suffisait d'avoir des enfants. C'était comme la blague usée que Big Bill Haywood, le fameux leader des Wobblies[1] présent ce soir-là, nous ressortait toujours à propos du socialisme : tellement clair et simple, aimait-il à dire, qu'aucun intellectuel ne pouvait le comprendre.

La soirée où je pris la parole commença par le rituel habituel pour ces réunions qui se déroulaient dans des appartements sans eau chaude et des logements modestes. À mesure qu'ils arrivaient, les participants déposaient leur petite monnaie sur un plateau ou dans un bol disposé à cet effet. Plus tard dans la soirée, quand les gorges étaient sèches à force d'argumenter et les têtes farcies de théories, deux ou trois personnes prenaient la cagnotte, se rendaient dans l'épicerie ou le bar les plus proches, revenaient avec des bières et des sandwiches. Ce fut peut-être l'effet

1. Surnom donné aux membres de l'IWW (Industrial Workers of the World), syndicat international fondé à Chicago en 1905, dont le principe fondamental est l'unité des travailleurs au sein d'un seul grand syndicat (« *One Big Union* »).

de la bière. Sans, je n'aurais peut-être pas eu le courage de parler. Ce n'est pas que j'aie beaucoup bu ce soir-là, ni les autres soirs, du moins dans cette période de ma vie. Les enfants d'ivrognes sont rarement buveurs, à moins d'être eux-mêmes devenus poivrots.

John Reed, suave comme de la soie avec son accent d'Harvard, et le rugueux Big Bill Haywood, avec son œil laiteux que tout le monde croyait résulter d'une bagarre de syndicat alors qu'il lui venait d'un accident dans l'enfance, se disputaient pour savoir comment prolonger la grève en cours à Lawrence, dans le Massachusetts. Les ouvrières étaient découragées, les températures glaciales, et les piquets menaçaient d'abandonner le combat et de reprendre le travail.

« Ce sont les enfants », dis-je.

Les deux hommes continuèrent leur dispute. Apparemment, ma voix ne portait pas jusqu'à eux.

« Ce sont les enfants, répétai-je, pas les patrons ni les contremaîtres, qui briseront la grève. »

Bill, non pas Big Bill mais mon Bill, me regarda avec des yeux ronds. Il avait entendu.

« Écoutez ! cria-t-il. Écoutez Margaret. Elle vient de dire quelque chose de très pertinent. »

Dans le calme qui revenait, alors que tout le monde se tournait vers moi, ma colère à propos de la maison de rêve, de l'attelle et de dizaines d'autres déceptions se volatilisa, et je me rappelai pourquoi je l'avais épousé.

« C'est une chose de faire le piquet de grève, commençai-je.

— Quoi ? cria quelqu'un.

— Plus fort, tonna Bill Haywood.

— C'est une chose de faire le piquet de grève, recommençai-je d'une voix que je ne m'étais pas entendue depuis les concours d'éloquence de Claverack. Tout le monde, dans cette pièce, a déjà supporté les épreuves du froid et de la faim. C'en est une autre de voir enfler le ventre de ses enfants... » Je pensai aux miens, endormis en sûreté à quelques rues de là. Ma sœur Ethel, qui était avec nous ce soir-là, tâcha de capter mon regard, mais je poursuivis. « ... et d'entendre leurs quintes de toux, et de les voir faiblir jour après jour.

— Margaret a raison, lança John Reed depuis l'autre bout de la pièce.

— Seule une mère pouvait penser à ça », s'écria Big Bill.

Quelques jours plus tard, je faisais partie d'une délégation qui prit le train de minuit pour Lawrence afin de ramener cent dix-neuf enfants maladifs, dénutris et couverts de poux, dont beaucoup allaient pieds nus et sans manteaux ni sous-vêtements au cœur de l'hiver. Cela mit les autorités de Lawrence dans une rage telle que nous eûmes du mal à en ressortir en vie. Les policiers sortirent leurs matraques pour décourager une seconde délégation de revenir prendre un contingent.

Les journaux firent des gorges chaudes du honteux incident. Le Congrès réunit une commission d'enquête et m'invita à aller témoigner à Washington. L'infirmière de New York ! m'apostrophaient les journalistes. Je suis aussi une mère, leur répondais-je.

Un photographe vint chez nous pour réaliser un portrait avec mes enfants. Les garçons jouaient dehors, mais je réveillai Peggy de sa sieste et lui enfilai une robe de velours à smocks que la mère de Bill lui avait faite. Je portais du velours, moi aussi, ce jour-là. Je m'assis en biais par rapport à l'objectif, Peggy sur les genoux. La plupart des enfants, réveillés d'une sieste, auraient pris peur, mais ma fille sourit d'une oreille à l'autre, fit coucou de la main au photographe, puis resta bien sagement sans bouger lorsqu'on le lui demanda. Elle aurait pu faire du cinéma !

Le photographe publia l'image avec cette citation en dessous : « Tant que toutes les mères ne prendront pas soin de tous les enfants comme des leurs, il n'y aura pas de justice sociale dans le monde. »

5

J'étais devant le miroir de l'entrée, en train de mettre mon chapeau et de me faire la réflexion qu'être désirée était bien meilleur pour le teint que toutes les crèmes du monde. J'en avais essayé au moins une demi-douzaine au cours des dernières années, mais aucune ne me donnait l'éclat que j'avais ce soir-là. Une phrase lue je ne sais où me revint en tête. Promettre d'aimer à jamais est aussi étourdi que promettre de vivre à jamais. Je n'avais pas cessé d'aimer Bill, toutefois.

Grant arriva en courant dans le couloir et s'arrêta derrière moi.

« Tu sors, ce soir, maman ? »

Je pressentais une ruse de maître chanteur en herbe.

« Oui, mon chéri.

— Tu vas à une réunion des sofalistes ? »

J'enfonçai une longue épingle dans mon chapeau et confirmai de la tête dans la glace. Il serra ses petits poings, prêt à affronter le monde.

« Je déteste le sofalisme ! »

« Grant n'a peut-être pas tort », concéda Bill. Nous avions embrassé les enfants, dit bonsoir à sa mère, et nous étions en route vers le métro. « En tout cas, je préfère nettement ma famille à la Pompadour de Dodge et son salon. C'est un repaire d'hypocrites. Ils parlent de socialiser les moyens de production alors que ce qu'ils ont réellement en tête, c'est s'approprier la femme des autres. »

Je me concentrai sur le geste de remonter légèrement le bas ma jupe pour éviter de trébucher sur les marches du métro. Je refusais de me disputer avec lui à ce propos.

Avant nos épousailles à la sauvette, Bill et moi étions complètement d'accord sur la nature du mariage. C'était une institution bourgeoise étouffante, une forme de soumission légale qui transformait les femmes en biens mobiliers. Notre union serait faite d'un autre métal, une fusion entre égaux fondée sur l'amour, le respect mutuel et la liberté totale. L'égalité des sexes était notre credo. Nous étions convaincus que les femmes, aussi bien que les hommes, avaient le droit et le devoir d'employer leur corps, ce don de Dieu, à vivre aussi pleinement que possible. Dans la remise abandonnée, avec Cory Alberson, je l'avais compris d'instinct. Depuis, j'avais lu des dizaines de livres, y compris des ouvrages du grand Havelock Ellis, qui en apportaient la démonstration. La répression des passions, la suppression des pulsions primales faisaient du mal non seulement à l'individu, mais à la société dans son ensemble. C'étaient ces convictions, et non la parole archaïque du pasteur, qui avaient constitué nos vœux de mariage en cet après-midi menacé par l'orage. Mais plus tard, à Hastings, nous nous étions quelque peu égarés. À force de vivre dans un groupe de jeunes couples résolument respectables, nous étions redevenus conventionnels. Et voilà que, de retour en ville, évoluant parmi des socialistes, des anarchistes et des défenseurs de l'amour libre, mêlée à des hommes et des femmes convaincus que l'amour était trop précieux pour être jamais nié, j'abandonnais mon camouflage bourgeois. Bill, cependant, était toujours obsédé par la fidélité. Il ne comprenait pas que l'amour n'est pas une ressource finie mais, au contraire, une force exponentielle. Plus je m'enthousiasmais pour autrui, plus j'en avais à donner, à lui, aux enfants et même à la pauvre Mme Berkowitz, que le Henry Street Settlement m'avait envoyée soigner au retour d'une opération de ce qu'on appelait communément un trouble féminin.

La station de métro était une caverne de carrelages blancs comme neige, décorés de numéros de rue couleur lavande. Bill glissa deux piécettes à l'homme dans son guichet, prit nos tickets, posa la main dans le creux de mes reins pour me guider vers le portillon, puis tendit les tickets à l'employé, qui les jeta dans la poinçonneuse. Tout était fluide, un ballet urbain. Le métro était encore une des raisons pour lesquelles j'étais heureuse d'être de retour en ville. La vitesse des rames, le design des stations, la pure modernité de l'ensemble me donnaient le tournis. Imaginez, parcourir plus de cent blocs en quelques minutes !

Une rame arriva en brinquebalant, les portières s'ouvrirent et nous montâmes. Le métro était bondé d'hommes et de femmes rentrant du travail, se rendant à un poste de nuit ou sortant en ville. Je m'assis sur le dernier siège libre. Bill s'accrocha à la poignée de cuir au-dessus de moi. La rame redémarra et prit de la vitesse, mais Bill restait sur sa contrariété.

« Si la révolution est synonyme de débauche, dit-il en oscillant au-dessus de moi, alors je veux bien qu'on me traite de conservateur. »

Je fis semblant de ne pas avoir entendu dans le vacarme ambiant.

Nous sortîmes à la 14e Rue. Un tram tiré par des chevaux nous frôla bruyamment. Dans tout ce bruit, un homme vêtu de noir haranguait un petit attroupement qui s'était formé autour de lui. Il me vint à l'esprit que le noir n'était pas une couleur, mais une idéologie. Les anarchistes portaient des chemises, des casquettes et des pantalons noirs pour exprimer leur nihilisme. Les prêcheurs de rue portaient un chapeau, une veste et une cravate étranglée noirs en signe de respectabilité et de sobriété. Ce séducteur de coin de rue-là travaillait pour le compte de Dieu. Il martela du poing sa bible noire, me montra du doigt dans ma robe de satin et ma cape de soirée, et hulula : « Repens-toi ! ». La haine lui tordait la bouche et étincelait dans ses yeux, mais c'était la peur qui se lisait sur les visages de ses disciples. Peur des idées, de l'art, de la liberté et du sexe, peur de la nouveauté et de l'inconnu, peur de leur ombre et de leur propre corps, une peur qui les poussait à reculer vers les temps anciens, les vieux mythes et les certitudes que nul ne pouvait ébranler car elles se fondaient sur ce terme sirupeux : la foi. Mais s'il était si doux de croire, pourquoi tant de haine chez cet homme ? Ses prédictions d'une vie éternelle ensanglantée dans les flammes de l'enfer me suivirent en direction de l'est, vers la maison de Mabel Dodge, au numéro 23 de la 5e Avenue.

Mabel Dodge et moi étions aussi différentes qu'on peut l'être. Ses « soirées » étaient relatées dans le journal. Ses exploits faisaient jaser dans toute la ville et au-delà. Elle avait grandi entourée de nounous et de gouvernantes, de poneys et de leçons de danse pour lesquelles elle avait possédé des dizaines de paires de gants blancs semblables à ceux qui m'avaient apporté des ennuis dans la classe de Miss Graves. Lorsqu'elle s'était mariée, c'était avec un homme encore plus fortuné. Mais Mabel et moi avions deux points communs : la foi dans les idées radicales et une agitation bouillonnante à laquelle ni elle ni moi n'aurions su donner un nom. Là était la raison d'être de ses soirées. Et la raison pour laquelle je les fréquentais.

Le salon de Mabel était, comme Mabel elle-même, un pur produit de son imagination et de sa volonté farouche. Qui, sinon une femme aussi imaginative et volontaire, aurait tenté de se suicider d'abord en mangeant des figues garnies d'éclats de verre, comme elle le racontait, puis en prenant du laudanum, comme vérifié par un médecin ? Et tout cela parce qu'elle s'était amourachée d'un joli blondinet qui semblait tout droit sorti d'un des tableaux Renaissance de sa villa florentine, et qu'elle avait engagé comme chauffeur. Au début, tout le monde avait cru qu'il s'agissait d'un cas d'amour non réciproque, mais non, le joli blond n'avait pas repoussé Mabel. C'était l'inverse. Au dernier moment, elle avait découvert qu'elle était trop délicate pour coucher avec un domestique, même si elle l'avait engagé précisément dans ce but. Mabel Dodge était un avertissement pour les femmes amoureuses et pour les socialistes du monde entier. Ou peut-être pas. Peut-être était-elle une inspiration, car en dépit de ses idéaux trahis – les hommes qu'elle ne désirait pas et qui tentaient de prendre des libertés avec elle – et de ses peines de cœur – les hommes qu'elle désirait et qui prenaient leurs libertés avec d'autres –, elle semblait s'amuser comme une folle.

« Jadis, je collectionnais les chiens, le verre, la peinture, aimait-elle à dire en retenant son auditeur avec ses yeux noirs aux paupières lourdes. Désormais, je collectionne les gens. Les gens importants. »

Bill et moi venions nous ajouter au flot de gens importants et gonflés d'importance qui inondait son appartement. Révolutionnaires et artistes s'y rendaient pour la conversation et, beaucoup d'entre eux étant fauchés comme les blés, pour le moment où son majordome annonçait que le souper était servi, en fin de soirée. Les invités les plus respectables, eux, y allaient pour s'encanailler.

L'appartement de Mabel, à l'image de sa vie, était une protestation contre l'étouffant monde de conventions dans lequel elle était née. Alors que la mode était aux pièces sombres garnies de couleurs foncées, de lourdes étoffes et de peintures bourbeuses, son appartement était blanc pur. Même lorsqu'on tamisait les lumières, comme c'était le cas lors de ses soirées, les boiseries luisaient, les tentures de soie miroitaient et les peaux d'ours moussaient comme une meringue. Est-il nécessaire de préciser que Mabel, pour recevoir ses hôtes à la porte, portait une robe longue d'un blanc lumineux ?

« Bonsoir, ravie de vous voir », murmurait-elle. « Bonsoir, merci d'être venus. » « Bonsoir, j'espère que la conversation vous plaira. » Excepté ces salutations, et ses au revoir tout aussi impersonnels au moment du départ, Mabel s'exprimait rarement au cours de ses réceptions. C'est pourquoi je fus fort étonnée lorsque, au lieu de me lâcher la main, elle se pencha pour me glisser à l'oreille :

« John est arrivé avec une mine droit sortie d'une peinture du Greco. »

Mabel voyait le monde d'un œil de collectionneuse d'art. Et, comme tout collectionneur qui se respecte, elle détestait se départir de quoi que ce soit une fois qu'elle avait mis la main dessus. Plusieurs mois auparavant, elle avait eu une liaison avec le John en question.

Je tâchai de composer un sourire énigmatique.

« Que lui avez-vous fait, à ce pauvre homme ? »

Elle commençait à développer, mais un petit bonhomme noiraud aux longs cheveux gras se précipita pour l'embrasser.

« Ma petite sœur ! s'écria Hippolyte Havel d'une voix stridente au fort accent russe. Ma satanée petite sœur la capitaliste bourgeoise ! »

Bill me fit la grimace par-dessus le crâne de Havel, luisant comme un cuir verni. Je lui retournai un sourire. Je n'allais pas le laisser me gâcher la soirée.

Nous passâmes au salon. Au centre de la pièce, Big Bill Haywood, en chemise de flanelle et veste de velours côtelé, dissertait devant un bouquet de jeunes filles en satin aux couleurs pastel qui le contemplaient avec un air d'adoration. Emma Goldman, anarchiste, agitatrice et défenseuse de l'amour libre, faisait la leçon à un garçon brun d'allure talmudique qui ne devait pas avoir plus de dix-huit ou dix-neuf ans. Elle lui enfonçait son doigt dodu dans le plexus solaire pour plus d'emphase, mais il ne semblait pas s'en formaliser. Walter Lippmann, cofondateur de *The New Republic*, parlait à Hutchins Hapgood, qui aimait à sillonner Bowery pour chercher la vérité dans la bouche des ivrognes. Quant à John Rompapas, adossé au mur, il me mesurait de son regard sombre et avide. Bill me tenait toujours par le bras. Je me dégageai et plongeai dans la pièce. Au même moment, Walter Lippmann se déplaça vers le centre, leva les deux mains et attendit que les conversations se taisent. Elles le firent peu à peu, par hoquets successifs. Depuis qu'un invité, qui travaillait dans un night-club de Harlem, avait interprété des chansons cochonnes, Mabel veillait à organiser ses soirées autour d'un sujet sérieux. Ce soir, annonça Lippmann, nous allions débattre du mouvement ouvrier. Big Bill Haywood serait le premier à s'exprimer.

Un bruit éclata dans un coin de la pièce occupé par un groupe d'artistes. Mon Bill les avait rejoints. C'était peut-être un éternuement, peut-être un ricanement.

John Rompapas se détacha du mur et commença à avancer dans la pièce.

Big Bill, force de la nature face à une foule de travailleurs en colère, plus fragile dans le salon de Mabel empli d'artistes, d'intellectuels et de bourgeois en goguette, décida que le bruit avait été un éternuement. Pour lui, guerre des classes bien ordonnée commençait par soi-même, comme on le disait de la charité.

Il fit pivoter sa tête énorme et fixa le groupe de son œil valide.

« La première chose à comprendre est que la révolution ouvrière transformera l'État sous tous ses aspects. »

John Rompapas s'approcha derrière moi. Je sentis son haleine dans mon cou.

« Prenez l'art, continua Big Bill. Dans le nouvel ordre social, l'art ne sera plus au-dessus des masses. Les artistes ne seront plus une classe d'élus. »

De l'autre côté de la pièce, je vis mon Bill plisser les yeux de contrariété. Il admirait Big Bill, mais il vénérait l'art.

John se pressait contre mon dos. L'après-midi même, dans la petite pièce au fond de sa librairie, il s'était plaint que je ne l'aimais pas. Je l'aimais, pourtant. Je n'aurais pu faire l'amour avec quelqu'un que je n'aimais pas. Mais cela ne signifiait pas non plus que j'allais m'enfuir avec lui. Cela ne signifiait même pas que j'eusse cessé d'aimer Bill. Et puis, je devais penser aux enfants.

« L'art prolétarien est l'art de l'avenir, proclama Big Bill. L'État veillera à ce que tout le monde puisse créer. Il garantira que chacun ait le loisir de peindre, d'écrire ou de jouer du violon si ça lui chante. Tout le monde fera de l'art, personne ne sera artiste.

— Ils en auront le loisir, lança mon Bill, mais auront-ils le talent ? »

Mon cœur eut un élan vers lui. Vraiment. Mais John

était si serré contre moi, son torse dans mon dos, que c'était son cœur à lui que je sentais battre.

« Nous pourrions peut-être passer de la question de l'art à celle des femmes », suggéra Hutchins Hapgood, tel un policier poussant la foule vers un lieu plus sûr, même s'il fallait être un homme pour croire que la question des femmes n'était pas un terrain miné.

« Très bien ! lança Emma Goldman. Parlons donc de l'égalité salariale. »

Je sentais l'érection de John contre moi.

Big Bill but une grande lampée et tendit son verre vide à une des jeunes filles en satin pastel, qui s'en alla gracieusement le remplir.

« Bien sûr, le socialisme soutient l'égalité des salaires, prononça-t-il. Mais la mesure n'est qu'un bouche-trou. »

Je m'adossai contre John. Je ne comptais pas m'enfuir, mais je voulais bien m'échapper un peu avec lui. Nous l'avions déjà fait au cours d'une soirée chez Mabel.

Big Bill prit le nouveau verre à la fille et en vida la moitié.

« Dans l'État socialiste, les femmes n'auront plus à travailler du tout. Dans l'État socialiste, elles n'auront plus à manœuvrer la machine à coudre, s'escrimer à l'usine ni récurer le sol chez leur patronne. Leur tâche sera d'élever les enfants, aussi nombreux que possible. Leur tâche sera d'élever une nouvelle race d'hommes, réellement libres et égaux entre eux. »

John se pencha jusqu'à placer ses lèvres contre mon oreille.

« Dois-je te forcer à t'éclipser avec moi ? »

Je m'écartai de lui. Ces hommes, avec leurs œillères,

ne voyaient guère plus dans les femmes que des juments reproductrices, et l'amour pour eux consistait à s'enfuir avec leur butin. Comment m'étais-je laissée duper de la sorte ?

6

Après cette soirée chez Mabel, je commençai à voir le monde d'un œil nouveau. Je continuai de fréquenter des réunions socialistes, des séances de planification de grèves et le salon de Mabel, mais désormais, en écoutant les hommes parler socialisme, communisme, anarchisme, s'insulter, taper de leurs gros poings, échanger des remarques acerbes, j'avais conscience que ce n'étaient que des garçonnets perdus. Matérialisme dialectique, dictature du prolétariat, mon œil ! Ils croyaient détenir toutes les réponses, ils ne connaissaient même pas les questions. Moi non plus, mais au moins je cherchais. Je n'aurais jamais imaginé tomber par hasard sur un indice en prononçant une conférence lors d'une réunion de femmes à la section locale n° 5 du parti socialiste.

Anita Block, la présidente, m'avait demandé de remplacer au pied levé une oratrice tombée malade. Le thème était le suffrage des femmes. Je lui dis que je ne pouvais absolument pas me présenter devant un public pour discourir sur le suffrage féminin. J'étais pour, bien sûr, mais je n'étais pas une autorité.

« Tu en sais assez, me répondit Anita. Quant au public, tu auras de la chance s'il y a dix personnes. »

Cachée dans l'embrasure de la petite pièce froide au-dessus de l'épicerie, j'en comptai sept. Assises sur des chaises branlantes, les yeux rougis par une longue journée passée à coudre ou à fabriquer des fleurs artificielles, les muscles endoloris d'avoir fait le ménage chez d'autres, inertes comme des poupées de chiffon. J'étais déjà estomaquée qu'elles soient venues.

J'entrai dans la salle. Les têtes se tournèrent. Elles m'observaient avec circonspection. Je m'approchai du pupitre.

« Bonsoir. »

Ma voix sortit enjouée mais hésitante, une mauvaise imitation de l'accent d'Harvard de John Reed avec de lointains échos de chants de marins irlandais.

Deux femmes remuèrent sur leur chaise.

« Je suis venue vous parler du droit de vote », continuai-je avec cet accent ridicule que je n'arrivais pas à faire taire.

Une femme bâilla. Une autre, qui paraissait sexagénaire mais n'avait sans doute pas beaucoup plus de quarante ans, cligna plusieurs fois des paupières, comme si elle luttait contre le sommeil. Mais le pire était une jeune fille assise juste devant moi. Elle se penchait en avant avec ardeur, visiblement avide d'informations sur le suffrage. Continuant de la regarder, je vis Peggy dans quinze ans, curieuse, déterminée, attentive aux opportunités de la vie. C'est alors que l'idée me vint. Je savais ce que ces femmes avaient envie d'entendre, je savais de quoi elles avaient besoin, et ce n'était pas d'une conférence sur les élections. Voter ne les sauverait pas. Le socialisme ne transformerait pas leurs vies. Une seule chose pouvait y parvenir.

« Cependant, je ne vais pas vous parler scrutin. Vous savez toutes que c'est notre droit inaliénable d'avoir notre mot à dire sur les lois auxquelles nous sommes soumises. Vous savez toutes qu'il n'y aura pas de justice dans le monde tant que les femmes ne voteront pas côte à côte avec leurs pères, frères, maris et fils. Tout cela, vous le savez, mais que savez-vous de... » J'hésitai, le temps de chercher les mots adéquats, non que j'eusse peur de les employer, mais parce que je voulais être très claire sur ce dont j'allais parler. « ... de la santé des femmes ? »

Un frémissement d'intérêt comme un bruissement de soie parcourut la salle.

« La santé des femmes, répétai-je. C'est un sujet baigné de mystère. Frappé d'interdit. Du moins, à entendre les hommes. Mais même le vote est moins important que notre bien-être, notre sécurité, nos vies et celles de nos enfants. Je ne prétends pas être experte de la question, mais en tant qu'infirmière je connais bien le sujet. Et j'aimerais vous dire ce que je sais. »

La jeune fille se pencha si loin en avant que j'eus peur de la voir tomber de sa chaise. Les sceptiques dressèrent l'oreille. La femme prématurément âgée hocha vigoureusement la tête.

Je parlai pendant presque une heure. Je ne les assommai pas d'informations médicales ou spécialisées. Je ne fis qu'expliquer les choses de la vie. C'est stupéfiant de voir comme peu de femmes les connaissent. Elles connaissent les maris exigeants, les accouchements douloureux et les menstruations, mais font mal le lien entre tout cela.

Deux jours plus tard, Anita se présenta à ma porte.

« On m'a dit que tu avais fait un sacré speech, l'autre soir. »

Je m'étais juré de ne pas m'excuser.

« Il paraît qu'elles n'avaient jamais rien entendu d'aussi bien. Le comité voudrait que tu recommences la semaine prochaine. »

La semaine suivante, ce furent près de cent femmes qui vinrent m'écouter. Le bruit s'était répandu. Elles emplissaient la petite pièce au-dessus de l'épicerie et débordaient dans le couloir.

Mes conférences connurent un tel succès qu'Anita me demanda d'écrire une série d'articles dans *The Call*, le quotidien socialiste de New York.

Je voulus objecter que je n'avais encore jamais écrit pour un journal.

« Ça s'intitulera : "Ce que toute jeune fille doit savoir" », continua-t-elle sans m'écouter.

J'avais grandi en glanant des informations dans les chuchotements des autres filles, les taquineries des garçons, les plaisanteries de mes frères et sœurs aînés, les paroles muettes et les regards voilés de mes parents. Une fois de plus, je songeai à Peggy. Et je dis à Anita que je les écrirais, ces articles.

Bill me demanda où je trouverais le temps. Il ne comprenait décidément pas que pour moi, le travail, comme l'amour, était exponentiel. Plus j'en faisais, plus j'étais capable d'en faire. Lui, c'était tout le contraire ; mais bien sûr, c'était un artiste.

Pendant tout le mois suivant, assise au chevet de

patients somnolents, j'expliquai à une Peggy de treize ans les menstruations, à une Peggy de dix-sept ans les choses de l'amour, à une Peggy de vingt-quatre ans la grossesse et l'accouchement, à une Peggy de vingt, trente et même quarante ans comment les éviter. Mais je restai prudente. Je rédigeai ce dernier point à mots voilés, en les exhortant à chercher autour d'elles des informations plus précises. Je voulais que ma voix soit entendue, pas censurée, et je savais que cela me pendait au nez.

Si je rentrais d'une garde de nuit, j'achetais le journal et je le lisais sur place, dans la rue, devant le kiosque. Les jours où je ne travaillais pas et où ma chronique paraissait, Bill sortait me le chercher et me le rapportait avant de repartir pour le bureau. L'avant-veille de ma dernière chronique, je lui arrachai le journal au moment où il franchit la porte et je l'ouvris à la page des femmes. Il n'y avait qu'un grand espace blanc. Je crus d'abord qu'il avait acheté un exemplaire défectueux. Puis je compris.

Un titre s'étalait en haut de la page.

CE QUE TOUTE JEUNE FILLE DOIT SAVOIR.

En dessous, la page blanche n'était interrompue que par ces lettres noires et grasses disposées verticalement :

R
I
E
N
Sur ordre du ministère des Postes.

Il eût été plus exact d'écrire : sur ordre d'Anthony Comstock et de sa Société pour la suppression du vice.

Anthony Comstock était une brute épaisse à l'esprit mesquin et mal tourné. Qui d'autre qu'un tyran à la cervelle tordue d'obsédé sexuel aurait voulu se poser en censeur de la nation ? Par la vertu d'une loi grotesque sur les assassinats de femmes et d'enfants qu'il avait réussi à imposer au Congrès, il avait le pouvoir d'ouvrir n'importe quel pli passant par les services postaux et de désigner son contenu comme scabreux, lascif, indécent ou obscène. Et cela ne se limitait pas à la Poste. Il avait essayé d'interdire les modèles nus à la ligue des beaux-arts. C'était un despote doublé d'un philistin. Il se vantait d'avoir détruit cent soixante tonnes de littérature, converti assez d'hommes et de femmes pour emplir soixante et un wagons de train, et poussé au suicide Mme Restell – une avorteuse, certes, mais qui opérait sans danger. Et cela ne s'arrêtait pas à Mme Restell. Il s'enorgueillissait d'avoir poussé au suicide quinze personnes en tout. Il ne m'acculerait pas à ces extrêmes. Au contraire, il me poussait à l'action. Quelques semaines après l'assassinat de mes articles par Comstock dans *The Call*, je donnai le jour à Sadie Sachs.

J'aurais aussi bien pu l'appeler Rachael, Rifka, Teresa, Maria, Mary, Brigit ou Anna. Elle aurait pu être mariée à un M. Caniglio, à un M. Reilly ou à un M. Zilkowski. Tout était bon, du moment qu'elle avait une identité. La nature humaine apprécie les lignes narratives claires. Personne n'a envie d'entendre parler de multitudes de femmes se mutilant à l'aide d'une variété d'instruments tranchants, s'empoisonnant avec des potions de bonne femme, ou se laissant saigner à mort par des médecins bouchers. Ce que veulent les gens, c'est une femme avec un nom, un visage et trois petits orphelins en pleurs. Je leur donnai donc Sadie Sachs. Son histoire n'était peut-être pas factuelle, elle n'en était pas moins vraie.

Je remontai ma jupe de plusieurs bons centimètres et regardai où je mettais les pieds pour descendre Grand Street. La puanteur me retournait toujours l'estomac, même si j'aurais dû y être habituée, depuis le temps. Je détournai les yeux d'une carcasse de cheval mort.

Ils étaient venus chercher des rues pavées d'or. Ce qu'ils trouvaient était des rues, des trottoirs, des ruelles et des cours jonchés des ordures de trop de gens vivant les uns sur les autres. Il n'y avait nulle part où disposer des détritus de leurs mornes vies. Les os de viande passaient par la fenêtre, tout comme les légumes pourris, les rats morts, les chats morts, et les excréments humains parce que les toilettes qui desservaient deux étages étaient bouchées. S'ils avaient un vieux journal, ils y emballaient les ordures. S'ils n'en avaient pas, tant pis. J'avais connu la pauvreté au pied de ma colline, mais ceci était un enfer plus primitif, une jungle où les hommes s'épuisaient pour cinq cents par jour, puis rentraient et expulsaient leurs frustrations à coups de gueule, à coups de poing, à coups de reins ; où les femmes grondaient, maudissaient et frappaient les enfants dont la mise au monde les avait fait souffrir et frôler la mort ; où les gens trahissaient leurs voisins, volaient leurs amis, escroquaient leurs parents fraîchement débarqués du bateau. Comment survivre, sinon ? Un monde si cruel et dénué d'amour ne pouvait certainement pas accoucher d'une vie nouvelle – mais en revanche, il grouillait de nouvelles vies.

Je n'eus pas besoin de chercher le numéro. Je venais tous les jours depuis deux semaines, envoyée par le Henry Street Settlement. En montant je croisai deux fillettes, de sept ou huit ans, blotties sur le perron. Probablement des sœurs, avec leurs yeux sombres noyés dans l'ombre, leur teint cireux et leurs cheveux sales. Je pensai à ma fille, avec sa brillante chevelure blond-blanc, en sécurité dans notre appartement lumineux et bien propre du centre.

Et encore, ces deux malheureuses dénutries faisaient partie des chanceuses. Elles pouvaient s'asseoir sur le perron dans le soleil printanier, même si l'endroit puait comme un égout. La plupart des enfants du voisinage étaient en haut, dans des appartements confinés, ou derrière les portes verrouillées des ateliers de travail forcé, à coudre des boutons, agrafer des rubans sur des chapeaux ou entortiller du fil de fer pour confectionner des fleurs artificielles.

Elles me regardèrent passer sans curiosité. J'étais devenue une présence familière dans l'immeuble, alors qu'à ma première visite les femmes étaient sorties de leur cuisine en quelques minutes. Il en allait de même partout où j'allais. Celles qui n'avaient pas de retard de loyer, ou qui avaient récemment été payées de leur travail à la pièce, ou qui avaient trouvé un nouveau logeur, me couvraient d'offrandes de gâteau, de confitures et de carpe farcie. Les plus fauchées n'apportaient que leurs questions. Elles se renseignaient sur les quintes de toux, les coliques, les rougeurs, les eczémas, les morsures, les fractures, la diarrhée et la constipation, pour leurs enfants, leurs maris et elles-mêmes. Puis, quand je leur avais répondu, elles avaient encore une question.

« Je vous en prie, me soufflaient-elles. Donnez-moi le secret. Dites-moi comment éviter de retomber enceinte. »

Je leur disais ce que je savais. Elles ne s'en trouvaient pas plus avancées. Les préservatifs, ou capotes anglaises, n'étaient autorisés que pour stopper l'évolution d'une maladie, et seuls les hommes avaient le droit d'en acheter. De plus, ils coûtaient cher. Il n'y avait pas de loi contre le *coitus interruptus*, hormis celle de la nature humaine. Elles secouaient la tête et me reposaient la question. Elles voulaient la vraie méthode, celle dont se servaient les dames riches des beaux quartiers pour limiter l'étendue de leur progéniture.

Je leur parlais des pessaires, et ajoutais que seule une femme dotée de moyens et d'un médecin personnel assez compréhensif pour braver la loi avait des chances de s'en faire poser un.

Il doit bien y avoir autre chose, insistaient-elles. Quelques-unes, pensant que leurs offrandes culinaires étaient insuffisantes, cherchaient à me soudoyer. Quand je refusais l'argent et jurais que je n'avais pas d'autres informations à leur donner, certaines se mettaient en colère. Mais la plupart repartaient abattues. Le retrait et les préservatifs, à supposer qu'on puisse mettre la main dessus, dépendaient de l'homme, et les femmes savaient que, dans ces moments-là, même les plus fiables cessaient de l'être.

J'ouvris la porte du taudis et quittai la gaie lumière dorée du matin pour m'enfoncer dans la pénombre. Une toile d'araignée me frôla le visage. Des cafards morts craquaient sous mes semelles. Je ne comprenais pas les femmes de la haute société qui venaient avec joie travailler dans les foyers et les logements sociaux. Je trouvais cela sinistre, malgré la chaleur de l'accueil. Mais il faut dire que ces femmes arpentaient les taudis en touristes.

Une fillette d'à peu près le même âge que les deux du perron ouvrit lorsque je frappai. Elle avait les yeux aussi tristes et les joues aussi creuses, mais de temps en temps, au cours des deux semaines passées, j'avais réussi à la faire rire. Son rire pouvait être aussi contagieux que celui de Peggy. Je me demandais combien de temps il faudrait à la vie pour éteindre ce rire en elle. Deux enfants plus petits, accroupis par terre, jouaient avec une casserole et une poêle. La femme qui allait devenir Sadie Sachs, penchée sur une bassine en fer-blanc, frottait un chiffon aux couleurs passées contre une planche à laver. Le médecin lui avait recommandé de garder le lit encore une semaine au moins, mais quand on a trois enfants en bas âge et un bon mari – car le sien faisait partie des bons – ainsi qu'un peu d'orgueil, on ne reste pas au lit alors qu'on a la force de se tenir sur ses pieds, quoi qu'en dise le médecin.

La femme s'essuya les mains sur son tablier. Je lui demandai comment elle allait. Bien, me répondit-elle, et, sans attendre que je lui dise quoi faire, elle s'assit sur une chaise et ouvrit le devant de sa robe. J'écoutai son cœur, je pris son pouls, vérifiai son souffle, et pendant que je mesurais ses signes vitaux, ses lèvres ne cessèrent de remuer. Je crus au début qu'elle priait, bien qu'elle ne m'ait jamais fait l'effet d'avoir de la religion. Puis je compris. Elle ne priait pas, elle ruminait une question. Elle ruminait *la* question.

« Madame Sanger, dit-elle en se reboutonnant, une

chose comme ce que je viens d'avoir, je ne peux pas endurer ça une fois de plus.

— Non, en effet. Il ne faut surtout pas. »

Elle prit ma main dans les siennes.

« Alors dites-moi, je vous en prie, qu'est-ce que je dois faire pour arrêter les bébés ? »

Je lui expliquai ce qu'elle, ou plutôt son mari, pouvait faire, et tout en parlant je vis l'ombre du désespoir s'abattre sur ses traits, sombre et laide comme la septicémie hémorragique qu'elle avait attrapée en s'insérant une aiguille à tricoter dans le vagin. J'avais traité l'infection, mais contre ceci je ne pouvais rien.

Les garçons étaient partis à l'école, Bill au travail, et ma belle-mère, dans la cuisine, suppliait Peggy de terminer sa bouillie d'avoine. En matière de nourriture, ma fille était difficile. J'avoue que j'étais secrètement fière de sa délicatesse et du fait qu'elle n'ait jamais connu la faim comme moi. La sonnerie du téléphone que nous avions fait installer afin que le Henry Street Settlement, les médecins et les assistantes sociales puissent me joindre et m'envoyer en mission déchira le silence. J'allai décrocher. Dans un charabia de yiddish et d'anglais, une voix masculine implorait à grands cris l'aide de Mme Sanger et de Dieu. Je ne reconnus pas la voix, mais je connaissais cette panique. Je finis par comprendre le nom. C'était le mari de la jeune femme à l'aiguille à tricoter, ou plutôt de la dernière en date à avoir utilisé une aiguille à tricoter, l'homme qui allait devenir Jake Sachs.

Je courus jusqu'au métro, arrachai le ticket au vendeur, le jetai au poinçonneur et montai à l'instant où les portes se fermaient. Lorsque la rame atteignit Canal Street, j'en sortis d'un bond, grimpai les marches quatre à quatre et courus jusqu'à l'immeuble. Il était trop tard. Cette fois, elle s'était servie d'un crochet à boutons.

Avec le temps, j'enjolivai l'histoire, rien de conséquent, juste quelques détails. Quand je la racontais – et je la racontai tant et plus, devant de petits groupes et de larges publics, à New York, dans tout le pays et dans le monde entier –, la famille vivait au cinquième étage et l'histoire se passait dans la chaleur du mois d'août. Le mari, les trois petits enfants et moi-même devions monter les pains de glace, les sacs de nourriture et les médicaments par l'escalier sombre, crasseux, étouffant. J'ajoutais encore un détail, pour lequel je pouvais remercier Bill. Sans lui, je n'aurais jamais été dans la librairie spécialisée en livres d'art, un après-midi, et je n'aurais pas vu le médecin. Assis dans un fauteuil moelleux, il étudiait une monographie de Courbet. Celle-ci était ouverte sur un nu, l'un de ces nus que les critiques qualifiaient de pornographiques. Non, il ne l'étudiait pas, il était absorbé dedans. Mais peu à peu il dut se sentir observé, car il releva les yeux et, en me voyant, fit ce qu'aurait fait tout médecin respectable d'un certain âge. Il tourna la page et fit semblant de ne pas connaître l'infirmière qui l'avait pris sur le fait. C'est alors que je trouvai ce que l'homme qui écrit en ce moment ma biographie appelle le détail révélateur.

Dans l'histoire telle que je la racontais désormais, ce n'était pas à moi que Sadie posait la question cruciale, mais au médecin.

« Je vous en prie, docteur, dites-moi. Pour arrêter d'avoir les bébés, qu'est-ce que je dois faire ? »

Le médecin toisait Sadie. Il n'était pas méchant, prenais-je toujours soin de préciser. Il avait une relation paternaliste avec ses patientes et faisait preuve d'une indulgence admirable avec les factures impayées. Mais c'était un médecin, et un homme. Il avait sauvé la vie de Sadie, pendant un moment, mais n'avait pas idée de ce qu'était cette vie.

« Si je comprends bien, petite madame, vous voulez le beurre et l'argent du beurre », lui faisais-je dire.

Sadie continuait de le regarder avec ses yeux trop vieux pour son âge.

« C'est pas pour moi, le beurre, docteur. C'est pour Jake. »

Cela faisait rire le médecin.

« Ce que vous pouvez faire ? Je vais vous le dire, ce que vous pouvez faire. Vous pouvez dire à Jake d'aller dormir sur le toit. »

Pas une seule des femmes qui entendaient mon histoire ne doutait des paroles que je mettais dans la bouche de cet homme.

Le soir où j'accouchai de Sadie Sachs, j'étais assise dans le noir, dans notre salon, et je contemplais par la fenêtre notre ville si peu miséricordieuse. Sadie m'offrait le moyen de poser le problème, mais ne me rapprochait pas d'une solution.

« Viens au lit, Peg », m'appela Bill au bout du couloir.

Je fis comme si je ne l'avais pas entendu.

« Peg ! » appela-t-il encore deux fois.

Je ne répondis toujours pas. J'entendis le grincement

du sommier, le chuintement de ses chaussons dans le couloir, les protestations des lattes du plancher.

« Est-ce que ça va ?

— Très bien, dis-je sans me retourner. Je réfléchis, voilà tout. »

Il vint s'asseoir à côté de moi sur le sofa, suivit du pouce le contour de ma mâchoire, voulut tourner mon visage vers le sien. Je m'écartai.

« Je me sens seul, dit-il.

— Je pense à quelque chose.

— Tu pourras y penser demain matin. Viens te coucher. »

Il prit ma main et la posa sur le devant de son pyjama.

Je retirai ma main.

« C'est important. »

Il la reprit et la reposa sur lui.

« Qu'est-ce qui peut être plus important que ça ? »

De nouveau, je retirai ma main.

« Peg, qu'est-ce qui t'arrive ?

— Je te l'ai dit, j'essaie de réfléchir. »

Il resta à m'observer comme si j'étais une vague connaissance qu'il n'arrivait pas à replacer.

« J'arrive bientôt », dis-je sur le ton que j'employais pour assurer aux enfants qu'il n'y avait pas de croquemitaine sous le lit ni de fantômes derrière la fenêtre.

Il n'en fut pas plus rassuré qu'eux. Il se leva et repartit en traînant les pieds sans un mot.

Des années plus tard, j'écrivis à Bill une lettre qui ne devait être expédiée qu'après ma mort. Le contenu n'était pas tout à fait fidèle à la vérité. Je lui disais que son amour, sa passion et sa sensualité avaient rendu ma vie plus belle, et cela au moins était exact, mais je lui disais aussi que sans lui je n'aurais pas eu le courage de faire ce que j'avais accompli. Nous savions l'un comme l'autre que c'était un mensonge. Rien n'aurait pu m'empêcher de réaliser mon œuvre. Rien ne m'en a détournée, mais je ne parlerai pas de cela. Quoi qu'il en soit, je voulais faire amende honorable. Je lui avais causé trop de mal.

Il ne reçut jamais cette lettre. Il trépassa avant moi. Stuart et Grant me le cachèrent ; je suppose qu'ils voulaient bien faire. Épargner ce chagrin à leur mère. Ce fut Peggy qui m'annonça la nouvelle. Cela, je ne le dis pas aux garçons. Mes fils sont des hommes de science, docteurs en médecine. Ils ne croient qu'à ce qu'ils voient et touchent. Mais je m'avance trop dans mon récit.

Une fois que Bill fut reparti se coucher ce soir-là, je me tournai de nouveau vers les fenêtres. Ici et là, un rectangle de lumière isolé perçait la nuit. Je songeai à toutes ces femmes dans tous ces appartements ; certaines, comme Sadie, étendues dans le noir les yeux grands ouverts, à se creuser la cervelle pour imaginer des moyens d'éviter ou d'interrompre une nouvelle grossesse que ni leur corps, ni leur budget, ni leur santé mentale ne pouvaient endurer ; d'autres, écartelées en silence, terrifiées, sous un homme en colère, ivre ou vengeur ; et d'autres encore, enivrées par le miracle de deux corps enlacés, encore inconscientes des conséquences. Nous étions piégées par les hommes, et par nous-mêmes.

J'ignore depuis combien de temps les gémissements résonnaient dans la chambre des enfants lorsque je les entendis, mais alors je me précipitai dans le couloir, pris

Peggy dans mes bras et la ramenai au salon. Je ne voulais pas qu'elle réveille ses frères ou sa grand-mère.

« Tu as fait un mauvais rêve, ma chérie ? » lui murmurai-je à l'oreille.

Un hoquet interrompit ses pleurs. Ses bras serraient ma gorge en étau.

Je m'assis sur le canapé avec elle sur les genoux. Elle nicha sa tête dans le creux entre mon épaule et mon cou. Ses plaintes commencèrent à s'apaiser. Son pouce trouva sa bouche. Elle le téta avec contentement.

Je pensai à mes propres terreurs d'enfance, que personne n'avait remarquées ni consolées. Soudain, j'étais furieuse. Furieuse contre la désinvolture irresponsable de mon père ; contre l'incapacité de ma mère à réagir et, bien qu'elle eût gâché sa santé et usé sa vie pour nous, contre son égoïsme ; contre une société qui permettait que des enfants viennent au monde sans être désirés ni aimés.

Mais nous étions au vingtième siècle. Si des trains pouvaient courir sous la ville en dévorant le temps sur leur passage, si l'homme pouvait s'élever comme un oiseau dans des machines plus lourdes que l'air, si les savants pouvaient dompter l'électricité pour faire fonctionner des fers à repasser, des gramophones et des balais mécaniques, alors sûrement les hommes, ou les femmes, pouvaient trouver un moyen de prévenir les grossesses et rendre l'avortement obsolète.

Alors que les lumières commençaient à s'éteindre de l'autre côté de la rue et que les ombres avançaient peu à peu vers un nouveau jour, je me décidai. J'en avais assez de traiter les symptômes de la maladie. J'étais résolue à agir pour la prévention. J'arrêterais mon activité d'infirmière afin de me consacrer à la contraception. Je libérerais les femmes de leurs entraves biologiques. Je délierais l'amour de ses conséquences. Et je veillerais à ce que tout enfant arrivant dans ce monde fût désiré et choyé.

7

Malgré ma résolution, je continuai de travailler de temps en temps comme infirmière. Nous avions besoin de l'argent. Mais, la plupart du temps, je laissais Peggy le matin à ma belle-mère, j'accompagnais les garçons à l'école, et je prenais le métro jusqu'à la nouvelle bibliothèque publique de la 42e Rue, où je passais la journée à lire, à prendre des notes et à suivre une chaîne de références d'un ouvrage à l'autre. C'était un processus lent et fastidieux. Les rares informations existantes étaient voilées sous des euphémismes et dissimulées dans des ellipses puritaines.

J'essayai d'interroger les médecins que je connaissais. La plupart refusaient d'aborder le sujet. Ceux qui étaient enclins à parler en savaient souvent moins que moi. Quelques-uns ne comprenaient même pas la différence entre contraception et avortement. Les bibliothèques des écoles de médecine ne me renseignaient pas beaucoup plus. Pourtant, je m'acharnai. Jour après jour, mes fiches de notes s'accumulaient et mon savoir grandissait, mais lorsque le mois de juillet arriva, la ville devint insupportable, voire dangereuse.

La polio guettait partout, et s'en prenait particulièrement aux petits. Elle finit par arriver dans notre immeuble. Un soir au crépuscule, une fillette de sept ou huit ans, qui vivait à l'étage en dessous du nôtre, faisait de la corde à sauter sur le trottoir, malgré la chaleur ; le lendemain matin, par la fenêtre, je vis sa mère suivre une civière vers une ambulance qui attendait. Il fallait que j'éloigne les enfants de la ville. Peggy avait eu la grippe, pas la polio, quoi qu'en disent Bill et le médecin, mais je ne pouvais pas prendre le risque une seconde fois.

Je décidai de les emmener à Provincetown, un village de pêcheurs portugais situé à la pointe de Cape Cod. La moitié de nos connaissances y étaient déjà – Big Bill Haywood, John Reed et Eugene O'Neill, entre autres. Ils y allaient pour écrire, peindre, monter des pièces de théâtre, militer pour des causes, se disputer, tomber amoureux, se séparer. Plus tard, Bill m'accuserait d'avoir eu une liaison avec Gene O'Neill cet été-là, pour ma plus grande indignation. À l'époque, je n'avais d'yeux que pour Walter Roberts, un grand maigre au long visage morose et au sourire en coin irrésistible, alors que Gene était fou de Louise Bryant, qui vivait avec John Reed. Tout cela n'empêchait pas que l'air frais, le soleil et la mer soient bons pour les enfants. Bill devait rester en ville pour travailler, mais il se débrouillerait pour venir le week-end.

Le trajet depuis New York par le bateau à aubes de la ligne de Fall River était long, et c'était encore pire par le train : suffocant quand les vitres étaient fermées, dangereux quand elles étaient ouvertes et que des escarbilles revenaient vous mordre et vous aveugler. Mais Bill soutenait que l'inconfort en valait la peine si c'était pour nous voir, les enfants et moi. Je pouvais même poursuivre mes recherches. Toutes les semaines, je prenais le vapeur pour Boston où je profitais de la bibliothèque pendant un jour ou deux tandis qu'Ethel, qui se languissait de ses enfants, gardait les miens.

Descendus de la passerelle, nous étions sur le quai, aveuglés par le soleil qui tapait sur nos chapeaux de paille, rebondissait sur l'eau et revenait nous frapper par en dessous. Je levai la main pour abriter mes yeux et tournai le regard vers le bourg. Entre les deux rues principales qui suivaient la courbe de la baie, des jardinets enchevêtrés éclataient de couleurs. Stuart, Grant et Peggy sautillaient d'un pied sur l'autre en piaillant comme des moineaux et nous tiraient par la main, Ethel et moi. Je les calmai le temps de charger nos bagages sur une carriole, et nous partîmes vers la maisonnette de location. Big Bill, qui l'avait trouvée pour nous, m'avait dit qu'à marée haute les vaguelettes venaient presque lécher la porte. Ce n'était pas une exagération.

Au fil des jours, les enfants s'épanouirent. Stuart explorait les rochers, pêchait et poussait à vue d'œil. Grant rentrait les poches pleines de cailloux colorés, de galets lissés par la mer, de petits crabes. Peggy courait sur la plage, ses cheveux blonds brillant sous le soleil, ses jambes potelées bien solides sous elle.

« Je t'avais bien dit qu'elle n'avait pas besoin d'attelle, dis-je à Bill un jour où il arrivait pour le week-end.

— Elle boite toujours, Peg. »

Il était impossible, cet homme.

Elle apprit même à nager.

Le soleil faisait scintiller l'eau comme un diamant, et son petit corps allégé par la mer flottait sur mes bras tendus. Au début elle agita ses membres sans grand effet, mais peu à peu, alors que je comptais, elle commença à faire ses mouvements en rythme.

Je retirai une main. Elle barbotait toujours. Je retirai l'autre.

« Je nage ! Je nage ! » cria-t-elle au moment où elle comprit que je l'avais lâchée.

Elle s'éloigna un peu de moi, l'eau glissant sur son corps mince et bronzé, son costume de bain rouge attirant l'œil comme une bouée, puis elle revint et repartit, une fois, deux fois, trois fois. J'étais dans l'eau jusqu'à la taille, riant de sa joie, émerveillée par son audace, réjouie qu'elle aille chaque fois un peu plus loin et que chaque fois elle me revienne. Ce soir-là, épuisée par le soleil, la mer et l'effort, elle s'endormit contre mon épaule alors que nous étions sur la balancelle de notre véranda. Je la portai à l'intérieur et la bordai dans son lit. Alors que je la contemplais, un sourire étira ses lèvres et je sus que, dans ses rêves, elle nageait toujours. Et que j'étais là-bas avec elle.

Je n'avais jamais connu de moments plus exquis avec mes enfants. C'est pourquoi je ne compris pas que Stuart fasse toute une histoire d'un incident sans importance.

Ethel Byrne

Ce n'était pas sans importance pour lui, Marg. J'avais beau n'être que sa tante, et pas sa mère, je l'ai vu clairement. Bien sûr, j'ai passé plus de temps avec les petits cet été-là. Je ne jette la pierre à personne. Une femme qui a perdu ses enfants au terme d'une bataille juridique avec ses beaux-parents serait bien mal placée pour le faire. (As-tu remarqué que nous ne parlons jamais des choix que nous avons faits ? J'ai eu mon diplôme d'infirmière, mais perdu mes enfants. Tu n'as jamais terminé tes études mais tu as encore les tiens, ainsi que ma fille, quand on y pense. Olive t'adore. Mais j'imagine que nous n'en parlerons jamais. Il est parfois plus facile de sauver le monde que de se sauver soi-même.)

Quoi qu'il en soit, une fois que tu as dit à Stuart qu'il pourrait aller t'attendre au débarcadère, tu aurais dû t'assurer que tu serais sur le vapeur. Et puisque tu l'avais raté, la moindre des choses aurait été de prendre le premier train.

Je lui ai dit que tu t'étais laissé absorber par tes recherches. Il s'avère que mon excuse était vraie, mais va expliquer à un enfant de dix ans que sa mère est tombée sur une référence aux préservatifs dans l'Égypte ancienne – non pas une herbe, ou une plante, ou un citron, qui étaient des contraceptifs répandus dans l'Antiquité, mais un préservatif, le plus ancien dont elle ait jamais entendu parler. L'autre excuse ne valait pas mieux. Maman a eu une panne d'oreiller, parce qu'après un dîner pour fêter sa découverte elle a passé la nuit à s'envoyer en l'air avec Walter Roberts, que ton père appelle l'Aigle parce qu'il est reporter au *Brooklyn Eagle* et parce que l'aigle est un oiseau de proie. C'est beaucoup à digérer, pour un petit garçon.

Ce jour-là, je l'ai regardé depuis la véranda descendre d'un pas décidé vers le bourg en se figurant qu'il était un intrépide explorateur, puis je suis rentrée préparer le déjeuner pour Grant et Peggy. Je m'en souviens parce que j'ai oublié de retirer la croûte du sandwich de Peggy, et tu sais comment elle était avec ça. Elle a fait une vraie comédie. C'était ta faute. Tu la gâtais trop. Tu pouvais l'abandonner pendant un an – je sais, je sais, c'est arrivé plus tard et tu n'avais pas le choix – mais, quand tu étais avec elle, tu lui passais tous ses caprices.

Deux heures ont sonné, puis trois, puis quatre, et Stuart ne revenait toujours pas, ni avec ni sans toi. J'ai commencé à m'inquiéter. Finalement, j'ai fait grimper Grant et Peggy dans la carriole et je suis partie vers le port.

En approchant du débarcadère, j'ai vu de loin qu'il n'y avait personne à part la Dame qui Attend. Tu te souviens d'elle. Jour après jour, soir après soir, elle était là, à regarder la mer. Les gens disaient qu'elle avait passé une si grande partie de sa vie à scruter l'horizon dans l'attente de pères, de frères, de maris et de fils qui ne reviendraient jamais, qu'elle ne pouvait plus tourner le dos à l'océan. Je ne lui avais jamais adressé la parole, peu de gens s'y aventuraient, mais ce jour-là je l'ai fait. Je lui ai demandé si elle n'avait pas vu un petit garçon.

« Dix ans, blond. Il porte un short en toile et une chemisette blanche. »

Je décrivais là la moitié des garçons de la ville, en dehors de la communauté portugaise.

« Celui qui attendait sa maman ? »

Sa voix m'a étonnée : elle était ordinaire, pas même rouillée par le manque d'usage.

« Oui, c'est bien lui.

— Il est doué pour attendre. Il est resté la moitié de l'après-midi. »

Je lui ai demandé si elle savait où il était parti.

« Au dépôt ferroviaire. Je lui ai conseillé de rester ici. C'est au port que les bateaux arrivent. Le port, c'est là qu'ils rentrent chez eux. »

Sur ces entrefaites, Grant et Peggy étaient descendus de la carriole et refusaient d'y remonter. En s'avançant sur les planches inégales du quai, Peggy est tombée – elle n'était vraiment pas stable sur ses jambes – et s'est mise à pleurer. Je l'ai prise dans mes bras, et elle s'est tortillée contre moi.

« Maman ! chougnait-elle. Je veux maman. »

Grant s'accrochait à mes jupes, lourd comme une ancre. Nous nous sommes traînés vers le monument aux pèlerins.

Je l'ai vu de loin, depuis Bradford Street. Sa chemisette blanche ressortait contre le vert foncé du banc. Il balançait ses jambes bronzées au-dessus du quai, les yeux rivés sur les rails, tout comme la Dame qui Attend regardait la mer.

« Elle n'était pas au bateau », m'a-t-il dit quand nous l'avons rejoint. Sa voix était neutre, comme si la moindre émotion risquait de faire jaillir les larmes. « Alors je suis venu attendre le train. »

Je lui ai dit que c'était très malin de sa part.

« Mais elle était pas au train non plus. »

Je ne l'ai pas corrigé, même si je suis sûre que tu l'aurais fait, toi.

Peggy a pleuré sur tout le trajet de retour. Grant était morose. Stuart, lui, est resté stoïque. Il n'a pas dit un mot. Il s'est contenté de fixer l'océan. Si tu l'avais vu, Marg, tu aurais compris l'importance qu'il accordait à l'incident. Si tu l'avais vu, il t'aurait brisé le cœur, car si je sais une chose sur toi, c'est que tu aimes tes enfants. C'est pour cela que tu devrais faire plus attention. Tu ne voudrais pas finir dans ma situation. À moins que... ?

8

J'étais à la table de la salle à manger, dans l'appartement de la 135e Rue, en train d'organiser les notes de mes recherches de l'été, quand j'entendis la clé de Bill tourner dans la serrure. Je n'avais pas vu le temps passer. C'était souvent le cas quand je travaillais. Je regardai la montre épinglée à mon chemisier. Il n'était que trois heures et des poussières. Il n'était pas tard, c'était lui qui était en avance.

Quand j'ai relevé les yeux, il se tenait sur le seuil. Quelque chose dans son sourire me mit mal à l'aise.

« Tu rentres tôt. Es-tu malade ?

— Non, ce n'est pas moi le malade. L'auguste cabinet McKim, Mead & White n'a plus besoin de mes services.

— Non ! »

Son sourire s'élargit et devint plus amer.

« Si.

— Mais tu es leur meilleur dessinateur !

— Il faut croire qu'ils ne sont pas de cet avis.

— C'est à cause de tes accointances socialistes. Nous

avons toujours eu conscience que tu travaillais pour l'ennemi. »

Sa mère arriva de la cuisine. On entendait tout, dans cet appartement.

« C'est parce que tu es juif », dit-elle.

Il nous regarda tour à tour, et son sourire devint féroce.

« L'un n'empêche pas l'autre. »

Trois soirs plus tard, en revenant de Dieu sait où – depuis son licenciement, je préférais ne pas lui demander ce qu'il faisait de son temps – il s'arrêta de nouveau sur le seuil. Son sourire était différent, mais ne me plaisait pas davantage. Il me rappelait celui de mon père, lorsqu'il rentrait pour nous raconter comment il avait triomphé des bigots, des capitalistes béats et des suiveurs invertébrés dans un débat philosophique.

« L'auguste cabinet McKim, Meade etc. ignore qu'il nous a fait un cadeau involontaire. Nous sommes libres !

— Libres ? »

Je ne m'opposais pas à lui. Simplement, je ne comprenais pas ce qu'il voulait dire. Nous avions toujours trois enfants. Nous devions toujours les nourrir, les vêtir et les loger. La seule chose dont nous étions subitement libérés était d'un salaire régulier.

« Libres d'aller à Paris. Tu dis toujours que les Européens nous devancent de plusieurs années-lumière en matière de contraception. Tu feras tes recherches, je peindrai, et les enfants apprendront le français. Nous allons tous l'apprendre. *Bonjour ! Comment allez-vous, petite mademoiselle ?* Réfléchis, Peg, ce sera un nouveau départ. »

Plus il parlait, plus il semblait grandir, s'élargir, embellir. Je me rappelai une fois de plus pourquoi je l'avais épousé. Je me levai, traversai la pièce et l'entourai de mes bras.

« Un nouveau départ à Paris !

— Sans le Grec ni l'Aigle. »

Pourquoi fallait-il toujours qu'il aille tout gâcher ?

Il s'avéra qu'un appartement glacial en haut du boulevard Saint-Michel, même en face des jardins du Luxembourg, où les enfants pouvaient s'ébattre, n'était pas indiqué pour un nouveau départ. Grelottant dans nos sous-vêtements en flanelle, affligés d'engelures, nous étions chaque jour plus irritables. Les enfants ne babillaient pas en français, ils s'enfermaient dans le silence. C'était Peggy qui pâtissait le plus de la situation. Elle avait à peine le temps de se remettre d'un rhume qu'elle attrapait le suivant. Elle gisait sur son petit lit, grise et prostrée de froid ou rouge et brûlante de fièvre. Plus tard, quand Bill essaierait de me le reprocher, je lui rappellerais que Paris avait été son idée.

Deux mois et demi après notre arrivée, j'annonçai à Bill que j'étais prête à rentrer. Cela provoqua une nouvelle dispute. Il soutenait qu'il peignait mieux à Paris. Je lui faisais remarquer qu'il avait peu de toiles pour le prouver.

« Je regrette, mais il me semble que tu étais plus productif à New York.

— New York ! Ce bouge où tout le monde couche avec tout le monde ! C'est pour ça que tu as si hâte d'y retourner ? »

J'allai dans la chambre fouiller dans mes dossiers, j'y trouvai une carte que j'avais découverte quelques semaines plus tôt et je la lui rapportai. Elle représentait, par des hachures plus ou moins denses, l'incidence de la prostitution dans les différents arrondissements parisiens. Je la lui tendis.

« New York, un bouge ? Regarde un peu ça. Pas un seul arrondissement en blanc. »

Il n'y jeta pas même un coup d'œil. La porte claqua derrière lui.

Lorsqu'il revint plusieurs heures plus tard, il avait un bouquet de camélias à la main. Ce n'étaient pas des roses, mais je préférai tout de même éviter de penser à ce que ces fleurs avaient dû coûter. Nous finîmes au lit, comme toujours après nos disputes. Mais le sexe ne changeait jamais rien. Le lendemain, je réservai des places pour les enfants et moi sur le S.S. New York.

Bill pleurait sur le quai. Je le voyais trouble à travers mes propres larmes. À côté de moi sur le pont, les enfants pleuraient aussi, sans bien savoir pourquoi. Ils n'avaient pas envie de quitter leur père, mais ils étaient enchantés de rentrer à la maison, et une traversée en bateau était une aventure.

Les remorqueurs éloignèrent peu à peu le navire du quai. La sirène lança une clameur qui me fit frissonner l'échine. Les moteurs grondèrent. L'eau noire bouillonnait autour de la coque. L'une après l'autre, les guirlandes de fanions qui nous reliaient encore au port se brisèrent en claquant. Je les sentais se briser dans mon propre corps. Comment pouvais-je quitter Bill ? J'étais malheureuse comme les pierres. Je quittais Bill. J'étais libre !

Bill Sanger

Je n'ai aucun souvenir du retour en train à Paris. Mes pensées s'étaient éteintes, mon corps était engourdi par la douleur de ton départ. Je suis rentré à pied de la gare Saint-Lazare. Je m'efforçais de m'épuiser, même si je savais que c'était futile. Jamais je n'arriverais à dormir sans t'avoir à côté de moi.

La concierge m'a fait entrer dans le couloir sombre aux odeurs aigres. Elle m'a demandé où était passée la dame. Je détournai la tête. J'avais honte de mes larmes. Je sais que j'ai tort de t'avouer tout cela. Ma faiblesse ne fera que nourrir ton dégoût.

Je suis monté et me suis arrêté sur le palier. La clé est restée inutile dans ma main. Je n'arrivais pas à lever le bras. Je n'avais pas le cœur d'ouvrir. Pas le courage d'entrer dans cet appartement vidé de ses voix d'enfants, vidé de toi, déserté par l'amour, ce mot à propos duquel nous nous disputions sans cesse. J'aurais dû partir avec toi, mais je ne pouvais pas retourner dans le monde que tu étais en train de construire pour toi-même. Cela fait-il de moi un lâche ? J'en avais l'impression. Ma lâcheté projetait son ombre sur mes pas lorsque je suis redescendu dans la rue.

Le café du coin brillait dans la nuit froide. En temps normal, mes yeux auraient tâché de retenir l'effet de la lumière traversant la vitrine et tombant sur les pavés mouillés. Je l'ai à peine remarquée. Le bistro valait toujours mieux que cette chambre vide.

J'arrivais à la porte lorsqu'une femme au manteau râpé et aux joues grossièrement fardées m'a emboîté le pas. Elle m'a appelé monsieur, m'a demandé si je me sentais seul, m'a promis du réconfort. Je ne voulais pas de ce genre de consolation, pas encore, alors que tu m'exhortais à coucher avec d'autres. Tu tirais orgueil de ton absence de jalousie. Moi, j'étais balayé par le vent glacé de ton indifférence. L'homme que tu quittais n'était pas un tombeur, Peg. Mais voici le pire. Par quelque tour cruel que me joue Dieu, en qui je ne crois pas, ou la nature, je t'aime et te désire encore.

J'étais aussi heureuse que les enfants de rentrer, même si je n'étais pas sûre de ce que je ferais une fois sur place. Les Français étaient en avance sur nous en matière de contraception et j'avais beaucoup appris au cours de mon séjour, mais ce savoir ne me mènerait nulle part sans une stratégie. Enseigner des méthodes à une poignée de désespérées ne suffisait pas. Il me fallait jeter aux orties les lois archaïques, refaçonner l'opinion publique, et éduquer, ou au moins contourner par la ruse les tenants du pouvoir qui étaient déterminés à nous garder enchaînées. Mais comment ? Devais-je enfreindre les lois dans l'espoir de remporter des verdicts favorables devant les tribunaux, ou harceler les législateurs pour qu'ils récrivent la loi ? Était-ce un problème de liberté d'expression, de droits des femmes ou de santé publique, sujet qui commençait tout juste à retenir un peu l'attention ? Les possibilités fusaient dans ma tête pendant que le navire voguait à toute vapeur vers New York et que la vie transatlantique, indifférente à la question, se poursuivait autour de moi.

Le voyage fut calme pour une traversée hivernale, et les enfants et moi, bras dessus, bras dessous, nous promenions sur le pont tandis que la coque tanguait doucement sous nos pieds et que le vent nous poussait obstinément de bâbord à tribord.

Les petits mangeaient avant nous, lors d'un premier service. Seule dans la salle à manger pour le second service, j'étais placée à côté d'un homme qui arborait d'élégantes cravates en soie et des costumes de luxe doux au toucher. Il avait une boîte à cigarettes en argent gravée à ses initiales et m'avisa que j'étais la première socialiste qu'il rencontrait. *Ça ne m'étonne pas*, eus-je envie de répondre. Mais en mangeant à ses côtés, en dansant avec lui sur le parquet ciré du grand salon et en déambulant à son bras sur le pont après avoir couché les enfants, je sentis que mes idées radicales le titillaient presque autant que ma proximité physique. Il m'invita dans sa cabine. J'acceptai.

Je n'exprimai aucun regret par la suite, contrairement à ce qu'il attendait de moi. Il aurait voulu que je me cache dans le noir en serrant mes vêtements contre moi pour couvrir ma peau nue, que je le supplie de m'assurer que l'incident n'était pas ce qu'il paraissait. Il n'apprécia pas que je me pavane nue sous la lumière crue de l'ampoule électrique. Il se crispa au son de mes talons cliquetant gaiement dans la coursive entre sa cabine et la mienne. Il détesta ma joie, mon absence de pudeur – oh, comme ils aiment la pudeur et la honte, ces donneurs de leçons ! –, mon indépendance. Mais il les trouvait irrésistibles, aussi. Il ne m'a pas lâchée pendant tout le reste de la traversée.

Ce fut son étroitesse d'esprit mêlée de lubricité qui me donna l'idée. Celle-ci me frappa au visage, fraîche comme le vent alors que je contournais la proue lors d'une promenade solitaire, l'avant-dernier soir en mer, et me précipita vers la bibliothèque du bord. J'allais commencer par bannir la honte.

Je retirai mes gants, pris un porte-plume et une feuille de papier, et commençai à écrire.

The Woman Rebel.

La femme rebelle.

Je me redressai pour contempler ces mots. Personne, en les voyant sur la couverture d'une revue, ne pourrait se tromper sur le contenu. Je me remis à écrire.

Ni dieux ni maîtres.

C'était une reprise – mise au pluriel – du vieux slogan des Wobblies, mais c'était pertinent.

Voilà que je ne pouvais plus m'arrêter.

Le devoir d'une femme : regarder le monde entier en face avec du défi dans les yeux, avoir un idéal, parler et agir au mépris des conventions.

J'avais trouvé le moyen de mettre en œuvre ma mission. Je publierais une revue qui s'adresserait à et parlerait pour les femmes opprimées en tout lieu. Je les pousserais à la mutinerie contre les forces qui les réduisaient en esclavage. Je leur donnerais les outils pour choisir à quel moment accomplir la fonction suprême de la maternité. Une fonction que je considérais sincèrement comme suprême, du moment qu'elle était issue de notre volonté. Je ferais tout cela, et une chose encore. En expédiant ma revue par la poste, je défierais la loi absurde et pernicieuse de Comstock.

9

Walter, dit l'Aigle, nous attendait au port. Il embrassa les garçons, souleva Peggy en l'air, m'enlaça et me demanda comment s'était passé mon séjour.

« Je hais Paris », répondit la petite avant moi.

Je nous trouvai un appartement sur Post Avenue, près de Dyckman Street. C'était si loin dans le nord de Manhattan que le métro devait sortir en plein air pour arriver jusque-là. L'air de la campagne serait bon pour les enfants, le loyer était modeste, et je pouvais me faire un bureau dans la salle à manger. Il ne me restait plus qu'à lever des fonds pour publier ma revue. Je commençai par en appeler à Theodore Schroeder, un avocat de la liberté d'expression connu pour soutenir les causes radicales. Je le rencontrai au Liberal Club sur MacDougal Street, par une soirée de janvier étonnamment douce. Par la vitre entrouverte devant les deux fauteuils Morris que nous occupions face à face, je flairais un fumet d'oignon qui montait du restaurant Polly's tout proche. Hippolyte Havel, le révolutionnaire russe au crâne de cuir verni qui fréquentait les soirées de Mabel, et qui cumulait les fonctions de cuisinier et d'amant de Polly, soutenait que si les oignons étaient aussi chers que le caviar, le monde les considérerait comme une denrée de luxe.

Je décrivis à Ted mon idée de publication, citai les personnes qui m'avaient promis des articles et les autres soutiens financiers. Ce dernier volet était un peu prématuré. Personne ne m'avait encore signé de chèque, mais j'étais confiante.

Il sortit un mouchoir de sa poche, retira ses lunettes, frotta les verres l'un après l'autre, les remit, et me dévisagea avec une intensité de hibou.

« Dites-moi, Margaret, vous êtes-vous déjà fait psychanalyser ? »

Je m'efforçai de cacher mon impatience. Depuis que Freud était venu, quatre ans plus tôt, donner une série de conférences en Amérique, Ted vénérait ses théories. Il croyait à la psychanalyse comme ma mère avait cru à l'Immaculée Conception.

« Non, mais si vous souhaitez écrire un article sur l'expérience que vous en avez, je le publierai volontiers dans la revue. »

Volontiers, non, mais j'étais prête à faire bien plus que cela en échange de cinq cents dollars, ou même deux ou trois cents.

« Je ne parlais pas de moi. Je pensais à vous et à vos raisons de vouloir lancer cette revue.

— Mes raisons ? Regardez autour de vous. Des taudis qui débordent d'enfants malades et affamés. Des hôpitaux et des cimetières remplis de femmes souhaitant désespérément éviter une énième grossesse. Des avorteuses partout. Les voilà, mes raisons.

— En surface, oui, mais je pense que c'est plus profond que cela. Ça l'est toujours. Si vous faites trois mois de psychanalyse, je vous aiderai à financer votre publication... » Il hésita. J'attendis. « ... à supposer que vous soyez toujours motivée pour la lancer, termina-t-il avec un sourire bien trop satisfait.

— Vous pensez que ça m'en passera l'envie ?

— J'en suis convaincu. »

C'était à se taper la tête contre les murs. Alors que je me battais pour la vie des femmes, il se souciait de mes terreurs d'enfance et de mes fantasmes sexuels. Car voyez-vous, j'avais un peu lu Freud, ou du moins des articles sur ses théories.

« Je n'ai pas trois mois. J'ai une revue à sortir.

— Qu'avez-vous peur de découvrir ?

— Rien du tout. Je refuse simplement de perdre mon temps à m'allonger sur un divan pour raconter mes rêves, pendant que des femmes et des enfants souffrent et meurent. Je ne vais pas faire ça, Ted. Je ne peux pas. »

Il secoua la tête.

« Vous êtes têtue, Margaret. »

Je le gratifiai d'un sourire presque aguicheur.

« Personne n'a jamais fait la révolution en restant raisonnable. »

Cela le fit rire. Pour un avocat sérieux et un freudien passionné, il avait un rire étonnamment tonitruant, qui éclata dans la pièce et sortit dans la nuit tiède. Il secoua de nouveau la tête. C'est là que je sus que j'aurais l'argent, même si en me le donnant il ne résista pas à faire une remarque sur la vie sans analyse. Il se trompait. Je savais exactement où j'allais. La rumeur de la naissance de ma revue se propagea rapidement. Son combat principal serait la contraception, mais je voulais aussi des papiers sur d'autres sujets. Amis et collègues me proposèrent des articles sur tout, des grèves au travail des enfants, de Mary Wollstonecraft à Cléopâtre. Emma Goldman accepta de rédiger un essai sur le mariage en tant qu'institution dégénérée. Je n'arrivais pas à décider si son choix de sujet était pertinent ou bizarre. Le gouvernement qualifiait Emma de femme la plus dangereuse des États-Unis. Les foules se pressaient pour l'écouter parler – ou plutôt, haranguer. Elle avait surmonté le harcèlement par la police. Elle avait tenu tête à des menaces de mort. En revanche, elle ne faisait pas le poids face à un certain Ben Reitman, qui sous des paroles mielleuses tyrannisait ses sentiments. Il lui brisait le cœur à la moindre occasion. Et ils n'étaient même pas mariés. Cela me fendait le cœur, à moi aussi, et me retournait l'estomac. J'avais beau adorer l'amour, je ne pouvais imaginer de m'y sacrifier. Je n'allais certainement pas laisser un coureur de jupons du genre de Ben Reitman me laminer comme elle.

Si j'étais partagée à propos de l'opportunité de publier son article dans le premier numéro, il y avait aussi une autre raison à cela. Les disciples d'Emma aimaient à souligner qu'elle défendait la limitation des familles depuis des années, bien avant que j'arrive dans le paysage. J'étais tentée de répondre que Platon, Aristote et les Égyptiens de la bibliothèque de Boston l'avaient fait aussi. En outre, pour Emma, la contraception n'était qu'un élément dans un patchwork d'idées socialistes. Pour moi, c'était la pierre angulaire. Emma n'avait même pas un terme précis pour la désigner. « Limitation familiale » était une description négative et morne. J'inventai un cri de ralliement, même si je n'ai jamais prétendu l'avoir fait seule. Je sais rendre à César ce qui est à César, quoi qu'en disent les mauvaises langues.

Nous étions autour de la table de la salle à manger qui me servait de bureau. Ethel était là. Rob Parker et elle étaient arrivés tard, avec la mise légèrement en désordre de ceux qui sortent du lit. Rob, un binoclard à l'air intello, légèrement boiteux en raison d'une attaque de polio dans l'enfance, écrivait des critiques de théâtre et tout ce pour quoi la presse voulait bien le payer, à condition que sa conscience sociale le lui permette. Walter Roberts, l'Aigle, avait apporté des sandwichs et un pichet de bière du *delicatessen* le plus proche. Kitty Marion s'était présentée avec un petit bouquet de violettes qui avait vu des jours meilleurs. Elle précisa qu'elle les avait récupérées dans une poubelle. Elle avait connu un modeste succès sur les planches à Londres et elle était encore belle à voir, avec son opulent chignon brun et son teint de lait, mais elle prenait très au sérieux le droit de vote, la contraception et un grand nombre de causes féministes. Quelques personnes encore complétaient le tour de table.

Nous étions réunis pour parler de la revue, mais l'évolution du mouvement me rendait maussade.

« Il faut trouver un nouveau nom pour ce que nous cherchons à faire, leur dis-je. "Limitation familiale" fait penser à une bourgeoise victorienne alanguie sur une chaise longue. Ce n'est même pas une description juste. Je ne veux pas limiter les femmes à un enfant ou deux, comme le plan des Français. Je veux un monde de liberté complète où chaque femme pourra choisir par elle-même combien d'enfants elle veut mettre au monde, à supposer qu'elle veuille en avoir.

— Parenté volontaire, suggéra Walter.

— Parenté volontaire, reprit Kitty avec son accent britannique.

— Nouvelle maternité.

— Nouvelle génération.

— Génération constructive. »

Chaque suggestion menait à une autre, mais aucune ne convenait tout à fait.

« L'important, c'est que les femmes doivent avoir le contrôle de leur corps, expliquai-je. Sans ce contrôle, nous sommes esclaves de la nature, de la société, des hommes.

— Le contrôle, répéta Rob. C'est bien, ça. Que dites-vous de "Contrôle familial" ?

— Contrôle des populations, suggéra quelqu'un d'autre.

— Contrôle de la natalité », dit Kitty.

À ces mots, j'eus la sensation qu'on pianotait sur mon échine.

« Simplifions encore.

— À quoi penses-tu ? fit Kitty.

— Contrôle des naissances. »

C'est peut-être bien moi qui l'ai trouvé, tout compte fait.

J'étais dans la petite imprimerie au moment où le premier numéro de *The Woman Rebel* sortit des presses. Le vacarme était assourdissant. La pièce empestait le papier, le plomb fondu et l'huile de moteur. Je n'avais rien inhalé de si enivrant depuis que j'avais tenu mes bébés fraîchement baignés et talqués dans mes bras.

L'imprimeur me tendit la une. Ma déclaration d'intention s'étalait en travers.

Y a-t-il une seule raison pour que les femmes ne reçoivent pas des informations claires, inoffensives et scientifiques sur les manières de prévenir la conception ? Comme chacun sait, le vieil argument idiot et fallacieux selon lequel un tel savoir ferait tomber les filles dans la prostitution a été depuis longtemps réfuté. Il existe une loi pour interdire le partage d'informations sur le sujet, passible de plusieurs années d'emprisonnement. N'est-il pas temps de défier cette loi ? Et qui pourrait mieux le faire que les femmes de THE WOMAN REBEL ?

L'idée que j'avais fait éclore le soir où j'avais conçu Sadie Sachs était en marche.

Nous commençâmes à envoyer la revue par la poste le lendemain. Divers groupes radicaux, syndicats et individus progressistes étaient déjà abonnés. Une année coûtait un dollar ; six mois, cinquante cents.

Deux semaines plus tard, la lettre arriva. L'adresse de retour précisait : BUREAU DU MINISTRE, MINISTÈRE DES POSTES. Une fois de plus, il eût été plus juste d'écrire simplement « Anthony Comstock ».

J'avais beau m'y attendre, j'en fus désarçonnée. Ces dernières semaines, je m'étais laissé emporter par l'enthousiasme de la publication. Ajoutez à cela l'exemple de mon père, et je m'autorisais à penser que j'allais m'en tirer sans être inquiétée. Mon père s'était toujours moqué de l'autorité et n'en avait pas souffert de conséquences, hormis celles qu'il s'infligeait à lui-même. Ce que je n'avais pas mesuré, c'était que, si personne ne s'intéressait aux tirades alcoolisées d'un tailleur de pierre irlandais tout seul dans son coin, en revanche, les hommes au pouvoir n'allaient pas laisser une femme animée par une cause utiliser les services postaux de la nation pour inciter à l'action d'autres femmes et même quelques hommes.

Je déchirai l'enveloppe. La missive était brève.

Chère Madame,

Conformément à l'avis du procureur adjoint pour le ministère des Postes, vous êtes informée que la publication intitulée *The Woman Rebel* de mars 1914 est inexpédiable selon les provisions de la section 211 du code pénal.

E. M. Morgan, ministre des Postes

Le message était clair. Si je persistais à publier et à poster la revue – un acte dont nul ne m'empêcherait – je me retrouverais au tribunal.

Le lendemain matin, sur le chemin du métro, un gros titre du *Sun* attira mon regard.

WOMAN REBEL
LA FEMME REBELLE BANNIE PAR LA POSTE

Je m'étais préparée à un harcèlement judiciaire, mais pas à de la publicité gratuite !

Le ministère l'accuse de se frotter au mal. Il aurait pu écrire autrement le dernier mot !

Le mauvais jeu de mots m'écœura. La lettre du ministère était révoltante ; ça, c'était humiliant. Pour les femmes du pays entier, il y avait là une question de vie ou de mort ; pour les rédacteurs du *Sun*, ce n'était qu'un clin d'œil, un coup de coude entre les côtes, une blague salace. Je chiffonnai le journal et le jetai dans le caniveau.

Nous avons expédié le numéro suivant par paquets. Seuls ou en groupes de trois, nous utilisions les boîtes à lettres de toute la ville, y déposant un exemplaire ici, cinq là, douze au coin de rue suivant. J'avais une ribambelle d'amis et de collègues qui se relayaient pour garder les enfants, mais parfois, si personne n'était libre, je les emmenais avec moi. Les garçons étaient de vrais petits diables, ils filaient dans les rues et jetaient les revues dans les boîtes sans s'arrêter. Il m'arrivait même de soulever Peggy pour la laisser glisser un ou deux exemplaires dans la fente. Le bruissement de ces graines d'insurrection prenant le départ me faisait pouffer, et elle riait avec moi : deux femmes rebelles complotant ensemble. Nous postions aussi des exemplaires dissimulés dans d'autres journaux, sous enveloppe. Une vieille ruse des socialistes.

La vie était plus excitante que jamais. L'aube me trouvait souvent encore cramponnée aux derniers exemplaires de ma tournée, terminant une avenue pour passer à la suivante. Je travaillais beaucoup et dormais peu, mangeais de manière sporadique, sans un sou en poche, et j'adorais cela. Tard le soir ou tôt le matin, je m'écroulais dans mon lit, les pieds endoloris, courbaturée de partout, euphorique. Les muscles encore tendus par la fatigue physique, les nerfs vibrant encore du frisson de la subversion, j'étais trop épuisée pour dormir, mais pas pour faire l'amour. Le sexe prenait une intensité nouvelle. C'était la composante physique et spirituelle de notre credo politique. Y renoncer eût été une lâcheté.

Il fallait toutefois que je reste prudente. J'étais préparée à une accusation de prétendue pornographie par la Poste, mais je ne pouvais pas risquer qu'un scandale personnel pût souiller ma défense de la cause. Je savais, par les lettres de Bill, que les ragots allaient bon train. Il commençait par louer mon travail, puis changeait soudain de braquet, me taxant d'infidélité et accusant des hommes variés de lui voler mon affection, comme s'il en était le propriétaire.

Il n'était pas le seul à nourrir des soupçons. Parfois, par la fenêtre de l'appartement, je voyais des inconnus s'attarder dans la rue. Je sus sans avoir à le demander qu'il s'agissait d'hommes de main d'Anthony Comstock. Seuls de grands frustrés, des obsédés sexuels, pouvaient avoir l'air si sournois en fumant un cigare ou en faisant semblant de lire le journal. Il était presque onze heures lorsqu'on frappa à ma porte, si doucement que je n'étais pas sûre de l'avoir entendu. Puis on recommença, un peu plus fort. Les enfants dormaient et je n'attendais personne. J'allai à la fenêtre et j'écartai légèrement le rideau. L'un des gorilles fumait toujours sous le réverbère. Qu'est-ce qui leur faisait croire que les cigares étaient une bonne couverture ?

J'allai ouvrir. L'homme qui attendait sur le seuil était grand et large d'épaules, avec une épaisse tignasse blonde sous un borsalino bon marché, et une beauté perturbante. Sa tête me disait vaguement quelque chose. Il me fallut quelques instants pour me rappeler qu'il avait été membre de la section locale n° 5 en même temps que Bill et moi. Bill avait toujours soutenu que ce type était amoureux de moi mais qu'il était trop bête pour présenter un danger. N'est-ce pas curieux que les hommes puissent succomber à une jolie tête, si vide soit-elle, mais que les femmes soient censées être plus exigeantes sur l'intelligence ? Mais passons. Je le fis entrer.

« Merci, madame Sanger, mais je ne vais pas m'attarder. »

Il jeta des regards furtifs dans le couloir, puis revint à moi et battit nerveusement des paupières. Quelle qu'eût été son intention en venant, il hésitait visiblement à aller jusqu'au bout.

Je fis remarquer que cela faisait un bout de temps que je ne l'avais vu.

« Je travaille maintenant pour la Poste. » Il sortit un mouchoir de sa poche pour tamponner sa lèvre supérieure, qui était couverte d'une pellicule de sueur malgré la fraîcheur de cette soirée de printemps. « Maintenant que j'ai une femme et cinq petits à charge, je ne peux plus me permettre de fréquenter des réunions socialistes. »

C'était donc cela. Il cherchait des informations sur la contraception. Pas étonnant qu'il fût si craintif.

« Je ne devrais pas être ici, continua-t-il, mais j'ai

entendu quelque chose, à la Poste, que je pense utile pour vous. » De nouveau, il jeta un regard dans le couloir. « L'ordre est venu d'en haut aujourd'hui. Dorénavant, nous sommes censés examiner à la lumière tous les journaux et plis expédiés en deuxième et troisième classe pour nous assurer qu'une autre publication n'y est pas dissimulée. » Encore une hésitation. « Des collègues ont demandé ce que nous devions chercher. "Un torchon intitulé *The Woman Rebel*", a répondu le chef. "Il est classé comme obscène, mais la sal"... » Il rougit violemment. « ... "la dame qui l'édite, une dénommée Margaret Sanger, essaie de nous berner en expédiant sa publication ordurière dissimulée dans des journaux respectables." Je me suis dit que ça vous serait utile de le savoir », répéta-t-il.

Je le remerciai profusément. Il fit mine repartir, mais je le rappelai.

« Il y a un homme qui attend de l'autre côté de la rue. Certainement un des gorilles de Comstock. En descendant, sortez plutôt par la porte de service, à l'arrière. S'il ne vous voit pas repartir, il vous prendra pour un locataire. Mieux vaut qu'il ne vous soupçonne pas d'être venu me voir, même si je suis heureuse que vous l'ayez fait. »

Il sourit, l'air toujours effrayé mais plus aussi malheureux qu'à son arrivée.

Je cessai de perdre mon temps à essayer de camoufler mes exemplaires.

Dans le numéro de juillet, je publiai un article intitulé « Les moyens préventifs sont-ils néfastes ? » et un autre titré « Le lit conjugal ». À en croire le flot de courrier que nous recevions, la revue parvenait bien aux abonnés. Mais Comstock ne tarda pas à passer à la vitesse supérieure.

Le ventilateur posé derrière un pain de glace ne faisait pas le poids face à la chaleur de cette matinée d'août. Lorsque j'entendis la sonnette, je me traînai lentement jusqu'à la porte, telle une piètre nageuse évoluant dans l'eau.

Deux hommes, un costaud et un menu, transpiraient sur le palier. Des demi-lunes de sueur noircissaient leurs vestes aux aisselles. Leurs cols de chemises amovibles semblaient sortir d'une essoreuse. Le costaud me demanda si j'étais Mme Margaret Sanger. Je confirmai. Il entra d'autorité, suivi par son acolyte.

Ils promenèrent leurs yeux dans la pièce comme s'ils s'attendaient à y trouver quelque preuve. Puis le costaud me demanda si j'étais l'éditrice et la responsable d'une publication intitulée *The Woman Rebel*. Il me posa la question avec un sourire narquois. Une fois de plus, je confirmai. Il me tendit des documents de nature apparemment juridique. Je ne pus que les prendre.

Je brisai le sceau et commençai à lire. Un grand jury m'inculpait de neuf chefs d'accusation.

« Une peine maximale de quarante-cinq ans au pénitencier », se rengorgea le gros.

Ce nombre me donna le frisson malgré la chaleur. Jusque-là, j'avais hâte de pouvoir me défendre devant un tribunal. Je savais que je risquais la prison. Emma Goldman, Big Bill Haywood, Elizabeth Gurley Flynn et la moitié des gens que je connaissais avaient été enfermés à un moment ou à un autre pour la bonne cause. Mais pas pendant quarante-cinq ans ! Après leur départ, je m'assis à la table en regardant fixement mon acte d'accusation et tâchai d'imaginer l'avenir. Je vis mes enfants recroquevillés dans le sinistre parloir d'une prison d'État, les garçons refusant de parler, Peggy terrifiée, se cramponnant à Ethel. Je les vis grandir, leurs corps s'allonger, leurs traits se dessiner pendant que je me rabougrissais, devenais une vieille dame et m'effaçais dans le lointain, hors de leurs vies.

Mais alors que j'étais assise à cette table, trois autres enfants s'insinuèrent dans ma conscience, sauf que ce n'étaient pas des enfants mais des adultes en taille réduite, prématurément vieillis par la misère et les privations dans un taudis de Grand Street. C'étaient ces enfants-là qui m'avaient convaincue. Je ne pouvais pas abandonner mon combat pour tous les enfants, même au risque de perdre les miens.

Voilà que je sombrais dans le mélodrame. L'administration des Postes avait tenté de me réduire au silence. Les tribunaux, s'ils allaient jusqu'au bout, me donneraient une occasion de me faire entendre. Seulement voilà, ils n'iraient pas jusqu'au bout. C'était toute la question. Ils ne voulaient pas que je parle, car ils savaient que dans le pays entier les femmes, et beaucoup d'hommes, étaient à l'écoute. Ils ne voudraient pas non plus faire une martyre d'une femme respectable. Et ils me trouvaient respectable, même si les sbires de Comstock rôdaient de l'autre côté de la rue. Respectable et pleine de compassion. J'étais une mère seule avec trois jeunes enfants photogéniques. Quand des journalistes venaient m'interviewer, ce qui arrivait de temps à autre, Stuart et Grant les accueillaient à la porte, prenaient leurs chapeaux et restaient sagement assis pendant que les reporters me bombardaient de questions et que je répondais du tac au tac. Peggy avait un talent surnaturel pour repérer les plus tendres d'entre eux, grimper sur leurs genoux et se pendre à leur cou. Elle avait mon instinct pour cerner les gens. Aucun juge, politicien ou haut fonctionnaire sain d'esprit n'allait envoyer la digne mère de ces charmants petits si bien élevés au pénitencier pour quarante-cinq ans. La société ne le permettrait pas.

10

Le matin de l'audience préliminaire, j'enfilai une sévère robe noire à col blanc amidonné, assortie à un petit bibi noir bordé d'une pudique voilette.

« Une tenue qui fait fureur chez les bonnes sœurs », commenta ma sœur en venant me chercher.

Elle pouvait toujours plaisanter, je savais ce que je faisais. Ted Schroeder, qui avait renoncé à me faire suivre une psychanalyse mais gardé son dévouement à la bonne cause, m'avait avertie que le juge Hazel, qui présiderait la séance, était père de neuf enfants. Ce n'était pas par hasard que je tombais sur lui.

Le plus gros de la matinée s'écoula avant que l'huissier annonce « Le Peuple contre Margaret Sanger ». Cette formulation m'arrêta un instant. J'étais inférieure en nombre.

Je me levai, montai à la barre les yeux baissés, telle la docile jeune demoiselle que ma mère eût voulu que je sois, et écoutai l'accusateur public lire les charges qui pesaient contre moi. Lorsqu'il eut terminé, le juge se pencha en avant pour me toiser de haut. Je le regardai sous mes cils baissés. Ma revue savait provoquer ; moi, je saurais séduire.

« Elle ne m'a pas l'air d'une poseuse de bombes ni d'une tueuse sanguinaire », dit-il au procureur du district avant d'abattre son maillet et de reporter l'affaire à l'automne.

Je ne m'étais pas trompée. Aucun juge sain d'esprit n'aurait fait de moi une martyre.

Bien que *The Woman Rebel* n'eût publié aucune information précise sur la contraception, il avait encouragé son lectorat à chercher des renseignements. Je reçus de pleins sacs de lettres qui m'en demandaient. Je me mis au travail sur un pamphlet décrivant les diverses méthodes de contrôle des naissances. Des amis tentèrent de m'en dissuader. Bill m'écrivit de Paris pour m'exhorter à la prudence. J'étais déjà accusée, me faisait-on remarquer. Je répondais que mon procès était ajourné.

J'écrivis le livret *La limitation familiale* dans un état de frénésie, comme mon père en pleine tournée des grands-ducs. Des mois de recherches se déversaient de ma tête. Le mythe de la période sûre. La pratique du *coitus interruptus*. L'usage du préservatif. Le pessaire, l'éponge et les ovules vaginaux. Je couvrais le terrain entier en seulement seize pages, rédigées dans une langue assez simple pour être comprise par un enfant, ou au moins par de jeunes adultes travaillés par le sexe, ou des adultes sans instruction.

Le plus difficile fut de trouver quelqu'un pour le fabriquer. Vingt imprimeurs m'envoyèrent sur les roses. Je n'exagère pas. J'en ai gardé la liste. Quelques-uns trouvaient le texte trop scabreux. La plupart me dirent surtout qu'ils trouvaient cela trop dangereux. Des hommes qui avaient pourtant risqué la prison en publiant des appels à la grève et des incitations à la violence ne voulaient pas toucher à un pamphlet sur le corps des femmes. L'un d'eux me dit que c'était un aller direct pour Sing Sing. Finalement, un syndicaliste russe musclé qui manœuvrait une Linotype dans le New Jersey, de l'autre côté du fleuve, accepta de s'en charger après sa journée de travail. Je ne lui ai jamais demandé combien d'enfants il avait, mais j'étais prête à parier qu'il affichait complet.

La rumeur de l'existence de ce pamphlet s'était déjà répandue dans les cercles socialistes et anarchistes. Des femmes – et aussi des hommes – m'écrivaient pour me le demander. Des groupuscules radicaux et des organisations syndicales me passaient des commandes en gros pour le distribuer aux ouvriers des moulins, des fabriques et des usines. Ceux qui n'arrivaient pas à se procurer la version imprimée recopiaient à la main l'exemplaire d'un camarade. Il y avait aussi des versions clandestines dactylographiées. J'imaginais des secrétaires à leur machine à écrire, faisant voler leurs doigts sur le clavier, un œil sur la porte, dans des bureaux désertés, pendant que la nuit tombait derrière les fenêtres ou que l'aube se levait.

Les garçons étaient à l'école, Peggy en bas avec la femme qui la gardait à ce moment-là – maintenant que Bill était parti, sa mère l'était aussi, mais Peggy était une enfant tellement charmante que je n'ai jamais eu de mal à trouver des gens pour s'occuper d'elle – et la salle à manger était paisible en cette matinée d'octobre. Des feuilles écarlates, pourpres et jaunes transformaient la fenêtre en vitrail. Le soleil tombait à l'oblique sur la table jonchée de papiers. Baignée dans sa lumière, j'écrivais à l'éditeur du *Metropolitan Magazine* en réponse à un article de Theodore Roosevelt exhortant les femmes à faire au moins six enfants. Non, plutôt à montrer du doigt celles qui en avaient moins de six.

La sonnerie du téléphone éclata dans le silence. J'allai décrocher. Un homme au bout du fil me demanda s'il s'adressait bien à Margaret Sanger. Je lui dis que oui. Il m'appelait du bureau du procureur du district.

« Vous avez une audience demain à neuf heures, madame Sanger.

— Mais je n'ai pas été prévenue.

— La cour doit avoir avisé votre avocat. »

La voix n'était pas agressive, simplement professionnelle.

Je lui tus que je ne m'étais jamais décidée à engager un avocat. J'avais été trop occupée à écrire, imprimer et distribuer *La Limitation familiale*. Et je jouais encore avec l'idée d'assurer moi-même ma défense, bien que Ted Schroeder m'eût avertie que ce serait dangereux pour moi et néfaste pour la cause. Il suffisait d'un faux pas, et je n'aurais pas de motif pour faire appel. Si le verdict m'était défavorable, cela créerait un précédent funeste. Cependant je n'avais nulle intention de commettre des erreurs.

Je dis à la voix désincarnée que j'y serais.

Je revêtis la même robe à col blanc amidonné et le même bibi à voilette pudique, moitié par superstition, moitié par calcul.

Une fois de plus, l'huissier annonça le Peuple contre Margaret Sanger, mais cette fois je ne me sentis pas dépassée par le nombre. Je vins à la barre et le regardai sous mes cils baissés. Le juge fit la grimace comme s'il avait senti une mauvaise odeur.

« Où est votre avocat, madame Sanger ?

— Je ne pensais pas en avoir besoin pour plaider un ajournement. »

Je laissai l'ombre infime d'un sourire passer sur mes lèvres.

Le juge se renfrogna de plus belle.

« Je vous attends après la pause déjeuner, madame Sanger. Accompagnée d'un avocat. »

Il essaya de me faire sursauter en abattant bruyamment son maillet. Je réussis à ne pas lui donner ce plaisir.

J'appelai Ted Schroeder, qui eut le bon goût de ne pas me dire « Je vous l'avais bien dit ». Il m'ordonna de ne pas bouger.

« J. J. Goldstein sera là dans une demi-heure ou trois quarts d'heure.

— J. J. ?

— Jonah J. Goldstein. S'il veut bien prendre l'affaire. Ses relations à Tammany Hall[1] ne vont pas apprécier qu'il défende une partisane du contrôle des naissances.

— Vous m'envoyez un avocat de Tammany Hall ?

— Il s'est fait les dents avec Lilian Wald au Henry Street Settlement et Mary Simkhovitch à Greenwich House[2].

— Ah, les grandes dames qui passent le plumeau sur le travail de charité. Vous n'avez pas peur que je le choque ?

1. Puissante organisation d'activistes soutenant le parti démocrate.

2. Organisation charitable qui s'est donné pour mission d'aider les individus à mener une vie plus pleine en proposant notamment une initiation aux arts, des services aux personnes âgées et une éducation à une meilleure hygiène de vie.

— Je vais raccrocher, Margaret. Essayez de vous calmer avant qu'il arrive. Et essayez de me croire quand je vous dis qu'Anthony Comstock ne plaisante pas. Neuf chefs d'accusation. Quarante-cinq ans. »

Jonah J. Goldstein ne mit même pas une demi-heure. Vingt minutes plus tard, il déboulait dans le couloir de marbre, petit bonhomme râblé aux épaules larges et aux yeux noirs enfoncés dans des cernes qui dénonçaient de longues heures de travail ou des années de vie débridée, voire les deux. Sa veste était trop large pour lui, et son pantalon trop long. Il n'avait visiblement jamais entendu parler d'aller chez le tailleur. Son chapeau aussi était trop large, il lui tombait sur le front. Lorsqu'il le retira pour se présenter, ses yeux lancèrent un éclair exaspéré à la vue de cette forte tête qui insistait pour avoir des démêlés avec la justice. Il me déplut sur-le-champ.

Jonah J. Goldstein

Ce n'est pas que je vous déplaisais, Peg. Simplement, vous ne saviez pas quoi penser de moi. Ce n'était pas seulement le costume. Cela venait de votre pauvreté dans l'enfance. Vous auriez dû le savoir. On apprend à en avoir pour son argent, ou du moins autant que possible. Moi, j'étais le petit Juif sans le sou sautant sur sa grande chance. Vous avez vu d'entrée de jeu que je n'étais pas un séducteur comme tous ceux qui gravitaient autour de vous, qui vous envoyaient des lettres d'amour fleuries et des poèmes, qui trouvaient douze manières affectées de vous dire qu'ils étaient fous de vous. Je me désolais, autrefois, de ne pas être un de ces types-là, mais je sais maintenant que si je l'avais été vous ne m'auriez même pas regardé. Pourquoi vouloir d'une imitation de bas étage quand on peut avoir l'original, avec ces salonnards socialistes chez vous, puis plus tard cette bande en Angleterre, le cercle de Wantley ? Un jour, quelqu'un écrira une biographie sérieuse sur vous – pas une hagiographie comme celle qu'a commise ce Lader, là, qui n'y voit plus clair à force d'être ébloui par vous – et je vois déjà à quoi ressemblera l'index. Sanger Margaret, amants : voir Brodie, Hugh ; Child, Harold ; de Sélincourt, Hugh ; Ellis, Havelock ; MacDonald, Angus ; Mylius, Edward ; Portet, Lorenzo ; Roberts, Walter ; Rompapas, John ; Wells, H. G. ; Williams, William ; et ainsi de suite sur deux ou trois pages.

La vraie surprise, c'est que le monde n'a jamais compris. En matière de relations publiques – un concept qui n'avait pas encore de nom –, vous étiez une grande professionnelle. Vous faisiez la révolution en robes noires impeccables et chastes cols blancs. Vous couchiez avec qui vous vouliez, chaque fois que vous le vouliez, en vous faisant passer pour une mère courage, seule au monde et affrontant les pires difficultés pour élever vos enfants seule. Parfois, lors de vos conférences, je ne pouvais pas m'empêcher de rire. Vous voulez dire que cette petite dame délicate à la voix douce est Margaret Sanger, la pasionaria du contrôle des naissances ? se demandaient-ils avec incrédulité. S'ils avaient su !

Comprenez-moi bien. Je ne vous critique pas pour cette mascarade. Vous n'aviez pas le choix. Les femmes vous auraient clouée au pilori si elles avaient su la vérité. Les hommes vous auraient fait pire. Ils n'aiment pas qu'on usurpe leurs prérogatives sexuelles. Moi, j'adorais cela. Et je vous adorais, vous. Je crois que je l'ai su dès ce premier jour, contrairement à vous. Mais vous savez quoi ? Quelque chose me dit que vous l'avez compris. Simplement, vous ne vouliez pas le reconnaître, car cela vous aurait obligée à admettre un tort, au début, et à la fin.

Je commençai à résumer à J. J. Goldstein le déroulement de la matinée, mais il m'interrompit.

« Vous n'auriez jamais dû venir sans avocat.

— La dernière fois, le juge a ajourné mon procès. Il a dit que je n'avais pas l'air d'une poseuse de bombes. »

Il me dévisagea un instant.

« C'est vrai, finit-il par lâcher. Mais les tribunaux ne condamnent pas sur l'apparence. Du moins, pas seulement. Si la requête est faite dans les formes, par un avocat, le juge vous accordera un nouvel ajournement. Je vous le garantis.

— Vous me le garantissez ? »

Il sourit largement. J'étais abasourdie. Où ce petit Juif content de lui avait-il déniché ce sourire ravageur ?

« Vous préféreriez peut-être un défenseur qui a peur de son ombre ? » Il me prit par le bras et m'entraîna vers la salle d'audience. « Venez, madame Sanger. On va vous tirer de là. »

J. J. Goldstein ne me tira pas de là. Il s'approcha de la barre, mi-désinvolte, mi-déférent. Il employa le langage approprié pour demander un mois de délai. C'est à peine si le juge le laissa terminer.

« La demande est rejetée. »

J. J. Goldstein requit alors un délai de deux semaines.

« Refusé. » Le juge tourna les yeux vers moi. « Madame Sanger se présentera au tribunal demain matin à neuf heures. »

Cette fois, le claquement du maillet réussit à me faire sursauter.

À la sortie, J. J. Goldstein me proposa que nous discutions de l'affaire en buvant un café. Il m'observait sous le large bord de son chapeau ridicule.

« À la réflexion, vous avez plutôt besoin d'un verre. »

Nous allâmes dans un restaurant au coin de la rue, tout en panne de velours et festons à franges. Le maître d'hôtel lui réserva un accueil chaleureux. Je ne sais pas pourquoi cela m'étonna. Ted m'avait bien dit qu'il avait des relations au Tammany. La véritable énigme, c'était pourquoi il les mettait en jeu pour me défendre.

« De la manière dont je vois les choses, dit-il après avoir commandé un sherry pour moi et un whisky pour lui, vous plaidez coupable, et je vous négocie une peine d'un an au maximum. Probablement moins. » Il me fixa des yeux un instant. « Moins, absolument. Je vous le garantis.

— Vous m'aviez garanti un ajournement.

— Vous voulez continuer de vous lamenter, ou vous voulez gagner ? Le procureur se contentera peut-être même d'une amende. Il vous suffit de reconnaître vos torts et de faire preuve de contrition. Le costume était convenable, mais le numéro n'était pas à la hauteur.

— Comment ça, “le numéro” ? Vous croyez que je prends ça à la légère ? »

Il m'envoya de nouveau ce sourire dangereux.

« Moi, je crois à votre sérieux. Je veux juste que le juge ne s'imagine pas que vous prenez ça à la légère. Vous allez devoir cesser de le regarder dans les yeux. »

Il avait raison. Dès l'instant où le juge avait rejeté la

demande d'ajournement, j'avais abandonné ma façade de jeune femme docile.

« Et arrêtez aussi de faire comme si vous étiez plus intelligente que tous les hommes présents dans la salle. Il se peut très bien que vous le soyez, mais ne le montrez pas. Allez-y au charme. Vous embobinez le juge, je plaide coupable pour faire plaisir au procureur, et on vous sort de là avec une amende. Vos amis en politique se feront une joie de la payer.

— Je ne peux pas plaider coupable.

— Pourquoi ? Vous l'êtes. Vous avez bien expédié cette revue par la poste.

— Mon but, c'est de prouver que la loi est injuste. En plaidant coupable, je ne ferais que la valider. »

Il m'observa sans rien répondre. Ses manières étaient abruptes, mais ses yeux révélaient un cœur béant. Je sais que c'est une observation fleur bleue venant d'une rebelle comme moi, mais c'est vrai.

« À ce que j'entends, vous avez trois enfants.

— Quel rapport ?

— Où est leur père ? »

Sa voix ne tremblait pas.

« À Paris.

— Divorcée ?

— Pas encore. »

Ma propre réponse me prit par surprise. Je ne m'étais pas encore tout à fait décidée pour le divorce.

Il redressa les épaules dans sa veste trop large.

« Et qui se chargera des enfants pendant que vous serez en prison pour faire valoir votre point de vue ?

— Je me débrouillerai.

— Madame Sanger, ils ne sont pas là pour plaisanter. Vous avez vu le procureur et le juge. Ils veulent vous condamner pour l'exemple.

— C'est la première bonne nouvelle de la journée.

— Autrement dit, vous vous êtes mis en tête de jouer les martyres.

— J'ai en tête de venir à bout d'une loi injuste et dangereuse. »

Il n'y avait rien à ajouter, ce qui ne l'empêcha pas d'essayer de me convaincre. Il finit par renoncer et nous nous quittâmes sur le trottoir, devant le restaurant. Il me recommanda de l'appeler si je changeais d'avis et décidais de plaider coupable. Je lui répondis que c'était peu probable.

« Qu'allez-vous faire, alors ?

— Je ne sais pas encore. »

Il prit dans sa poche une carte de visite et la pressa dans ma main, qu'il tint dans la sienne une seconde de plus que nécessaire. Je ne la retirai pas.

« D'accord, vous avez gagné. Appelez-moi aussi si vous décidez de plaider non coupable. Je marche, dans un cas comme dans l'autre.

— Vous marchez ? Ce n'est pas une partie de poker, monsieur Goldstein. Pour les femmes de tout le pays, c'est une question de vie ou de mort. »

Il ne cilla pas.

« Si je ne le savais pas, vous croyez que je serais ici ? Je n'étais qu'un gosse que je défilais déjà dans les manifestations pour le suffrage des femmes. Je préférerais que vous plaidiez coupable, mais cela ne veut pas dire que je ne croie pas en votre cause. Passez-moi un coup de fil, quoi que vous décidiez. »

Je lui promis que je le ferais, sans en être certaine.

Le métro sortit de terre pour s'engouffrer dans un coucher de soleil écarlate qui faisait saigner le ciel à l'ouest. Je rentrai à pied de la station parmi les clameurs des femmes appelant leurs enfants pour le dîner, des filles sautant à la corde et des garçons criant c'est toi qui t'y colles.

Le téléphone sonnait lorsque j'ouvris la porte. Je passai devant sans m'arrêter. Il se tut. Il y eut un instant de silence, puis il recommença. Sa sonnerie me vrillait les nerfs. Et cela ne ferait qu'empirer à mesure que la nouvelle de mon audience se répandrait. De plus en plus de gens allaient appeler. Ethel allait revenir avec les enfants. Ils voudraient monopoliser l'attention. Elle exigerait que je lui raconte tout. Je devais réfléchir, mais c'était impossible ici.

J'allai dans ma chambre, je sortis une valise de sous le lit et je commençai à y jeter des affaires. C'est seulement lorsque je l'eus refermée et soulevée que je compris que j'avais fait un bagage pour bien plus qu'une nuit, mais le téléphone sonnait toujours et Ethel allait rentrer d'une minute à l'autre. Je lui griffonnai un mot et me hâtai de descendre dans la rue. La lourde valise cogna contre ma cuisse sur tout le trajet jusqu'au métro.

J'en descendis à la 34e Rue. Il devait bien y avoir un hôtel bon marché pour voyageurs de commerce dans le coin. J'en dépassai deux et entrai dans le troisième au hasard. Je signai le registre sous le regard suspicieux de l'employé de la réception. J'étais une femme seule ; je devais filer un mauvais coton. L'expression réprobatrice du groom m'apprit qu'il n'avait aucun doute là-dessus. Il me guida jusqu'à une petite chambre dépouillée. Le lit était étroit, une bible était posée sur la table de chevet, et l'unique ampoule électrique ne laissait nulle place à l'illusion. La seule distraction à ma portée était le journal du matin qui tomba de mon sac quand je le posai sur le lit. Le gros titre me sauta aux yeux depuis le plancher.

D'APRÈS LONDRES, ANVERS EST TOMBÉE ;
LA VILLE EN FLAMMES
SOUS UNE PLUIE D'OBUS ALLEMANDS ;
LES FRANÇAIS CAPTURENT 1 600 ALLEMANDS
PRÈS DE ROYE.

Assise sur l'unique chaise, je contemplai fixement les caractères gras. Deux mois plus tôt, un jeune homme qui rêvait de nationalisme serbe avait abattu d'un coup de pistolet un archiduc autrichien – comme si une déclaration d'indépendance pouvait améliorer le sort des nécessiteux de son pays ou d'un autre –, et du jour au lendemain le monde avait été emporté par une fièvre guerrière. Même en Amérique, officiellement neutre, les journaux étaient noircis de récits de batailles menées par des hommes, d'héroïsme montré par des hommes, de morts subies par des hommes. Je pourrais m'estimer heureuse si j'obtenais un entrefilet sur le combat des femmes contre les grossesses non désirées, sur l'héroïsme des femmes élevant des enfants qu'elles ne pouvaient ni nourrir ni vêtir, sur la mort de femmes en couches ou essayant de prévenir cette issue. En regardant ce journal éclaboussé de nouvelles sanglantes de la guerre, je fus certaine d'une chose. Il n'y a pas de martyr sans public.

Je téléphonai à Ethel pour l'informer que je quittais le pays et lui demander de s'occuper des enfants.

« Tu as de l'argent ? me demanda-t-elle.

— Quatre dollars, à peu près.

— Tu n'iras pas loin avec ça.

— Je me débrouillerai, ne t'en fais pas.

— Épargne-moi les "Ne t'en fais pas", Marg. Appelle John et Walter. »

Je suivis le conseil de ma sœur, puis montai dans un train pour le Canada.

11

Au Canada, mes amis et amis d'amis socialistes m'accueillirent, mais non sans m'avertir que ce serait dangereux pour moi de rester longtemps. Je risquais d'être repérée. Les autorités réclameraient probablement mon extradition. L'Europe serait plus sûre. Et puis, en Europe, je pourrais poursuivre mon travail.

Trois semaines après mon arrivée, je quittais Montréal à la voile sur le RMS Virginian. Une femme seule et donc, une fois de plus, suspecte. Et encore, personne n'était au courant pour le faux passeport. Je voyageais sous l'identité de Bertha Watson. J'avais choisi ce nom parce qu'il n'évoquait pas du tout une femme à surveiller, et encore moins une hors-la-loi… mais à présent je le regrettais. Cela me déplaisait de me faire passer pour une rombière.

Je n'étais pas la seule à être angoissée. La peur, épaisse et visqueuse comme le brouillard de l'Atlantique, enveloppait le navire. Les passagers repéraient sans cesse des sous-marins allemands. D'après la rumeur, la soute était une poudrière bourrée de munitions destinées à l'Angleterre.

Et il y avait une autre source de terreur. Notre itinéraire nous emmenait dans les eaux où le Titanic avait sombré deux ans et demi plus tôt. Une catastrophe plus récente était encore plus glaçante : moins d'un an auparavant, l'*Empress of Ireland* avait coulé dans le Saint-Laurent et fait davantage de victimes, mais le Titanic avait eu plus d'écho en raison du ramdam qui avait précédé le départ de ce navire immense, rapide et réputé insubmersible.

Si la peur était terrible, ma nostalgie l'était encore davantage. Ce n'était pas mon pays qui me manquait, c'étaient mes enfants. Le manque me faisait mal. Partout où je regardais, je voyais leurs visages. Le vent m'apportait les voix des garçons. Le rire en cascade de Peggy me hantait, même si Bill, qui était rentré de Paris, m'avait écrit chez mes amis de Montréal qu'elle pleurait constamment. J'aurais voulu lui dire que c'était à cause de l'attelle qu'il avait mise à sa jambe, et pas de l'absence de sa mère. Il m'arrivait de regretter d'être partie sans leur dire au revoir, mais à quoi bon ? Les garçons auraient boudé, Peggy se serait cramponnée à moi et j'aurais perdu la volonté de partir. Non, c'était mieux ainsi. Je le leur expliquerais quand ils seraient plus grands.

Stuart Sanger

C'était bien ton genre de disparaître, maman. Tu disparaissais et tu faisais disparaître les autres. Je parle de papa. Je sais que ce n'est pas ta faute pour Peggy, du moins pas entièrement.

À quoi bon se dire au revoir, demandes-tu. Au moins, nous aurions su que tu étais partie quelque part, et que tu ne t'étais pas volatilisée comme dans un numéro de magicien. Tu ne te rappelles donc pas à quel point ces disparitions te terrifiaient, au sanatorium ? Tu étais adulte, pourtant, et ces gens étaient des inconnus. Nous, nous étions des enfants, et toi notre mère. Peggy pleurait sans discontinuer. Cela n'avait rien à voir avec son attelle. Le seul mot qu'elle parvenait à articuler entre deux sanglots était « Mama ». Grant a cessé de parler. Quant à moi, je me battais, et plus l'adversaire était costaud et agressif, mieux c'était. Mais ce n'était pas grave. Tu nous expliquerais cela plus tard.

Tu avais une curieuse vision de l'enfance. Qu'as-tu dit à ce journaliste, déjà ? J'étais à l'école quand l'interview est passée, mais je me rappelle l'avoir lue. « Les petits enfants sont égoïstes par nature. Il n'est pas bon de les gâter. » Voilà au moins une chose dont on ne peut t'accuser.

Comprends-moi bien. Je ne te reproche pas mes propres échecs. La boisson et la dépression sont mes faiblesses, à moi. Je les assume. Mon psychiatre dit que je suis trop dur avec moi-même. Je lui réponds que je tiens de ma mère.

Pour être juste, en matière de négligence, tu as été à bonne école. Ton père dépensait son dernier dollar dans un banquet pour un libre-penseur en visite pendant que vous autres tâchiez de faire taire vos estomacs affamés. Ta mère était si occupée à faire des bébés qu'elle n'avait pas le temps d'élever ses enfants. Cela a dû être particulièrement douloureux pour toi, coincée au milieu de la marmaille, entre les nouveau-nés qui parvenaient à grappiller quelques miettes d'attention avant qu'il n'y en ait plus et les petits dont tu devais t'occuper. Je suppose que tes parents t'ont donné une sorte d'amour réflexe, mais, comme la nourriture, il n'y en avait pas assez pour tout le monde. Te rends-tu compte que la seule histoire que tu nous as jamais racontée sur ton enfance, en dehors de celle du banquet pour le libre-penseur en visite, est le conte macabre de la fois où ton père t'a emmenée au cimetière en pleine nuit pour monter la garde pendant qu'il déterrait le corps de ton petit frère – un acte non seulement illégal mais monstrueux – afin de réaliser un masque mortuaire en plâtre du bébé, pour consoler ta mère ? Quelle cruauté, faire une chose pareille à une enfant ! Mais tu ne voyais pas les choses ainsi. Tu étais fière qu'il t'ait choisie comme partenaire de ce crime morbide. Ravie de ramasser quelques miettes d'attention. C'est pour cela que je ne t'en veux pas, du moins pas complètement. Tu étais assoiffée d'amour. Qui ne l'est pas ? Mais voici ce que je ne comprends pas. Pourquoi a-t-il fallu que tu passes ta vie à le chercher aux quatre coins du monde alors que nous trois, nous quatre avant que nous ayons quitté papa, en avions tant à te donner ?

Je refuse de croire que c'était seulement sexuel. Je sais que tu ne placerais jamais les mots « seulement » et « sexuel » côte à côte. Ma Margaret, en rentrant de sa dernière visite chez toi, a claironné : « Grand-Mère dit qu'il faudrait avoir des rapports trois fois par jour, comme les repas. » Parfois, je me demande où tu trouvais le temps de changer le monde, avec le temps que tu passais au lit. Ce n'est pas le genre de choses qu'un fils a particulièrement envie de savoir sur sa mère. Tu me crois prude, mais tu te trompes. Je n'ai rien contre le sexe, même si ta conception de la chose m'a toujours paru affreusement triste et mécanique. Je ne te demanderai pas où était l'amour, car je connais ta réponse. Tu n'aurais pas fait l'amour avec quelqu'un que tu n'aimais pas. Mais c'est une définition bien légère d'une émotion sérieuse.

Tu as fait mal à des gens, maman.

Le navire toucha terre et je passai la douane en tant que rombière Bertha Watson avant de gagner Londres. Dans le train, il faisait froid et humide. C'était une bonne préparation pour la ville. La pluie dégoulinait le long des immeubles, courait dans les gouttières et s'accumulait dans mes os. Mes enfants me manquaient plus que jamais.

Je me trouvai une triste chambre au dernier étage du 67 Torrington Square, juste derrière le British Museum. La bâtisse sentait le chou bouilli et les corps malpropres. L'usage de la baignoire était en supplément, ainsi que le poêle à charbon de ma chambre. Celui-ci dévorait à toute allure mes devises, dont j'avais du mal à calculer le cours. J'arrivais au bout du petit pécule que mes amis canadiens avaient rassemblé pour moi.

Je pris un emploi de serveuse dans un salon de thé. La prison eût été préférable. Derrière les barreaux, au moins, j'aurais défendu la cause. Là, je n'étais qu'une femme seule et fauchée, qui dissimulait tant bien que mal sa rage derrière un sourire respectueux tandis que les clientes se plaignaient que leur eau était tiède et leurs scones trop longs à arriver. Mon accent américain n'arrangeait pas les choses. La guerre mettait les citoyens sur les dents, et on me tenait pour personnellement responsable du refus de l'Amérique d'entrer dans le conflit. En tant que socialiste, j'avais toujours considéré le patriotisme comme un énième subterfuge de la classe dominante pour manipuler les masses, mais plus ces buveuses de thé se plaignaient de la lâcheté de mon pays, plus je me sentais américaine. Le froid humide s'aggravait. Il m'arrivait de croire que je n'aurais plus jamais chaud de ma vie, quand je ne brûlais pas de fièvre. Lorsque je contemplais le plafond taché d'humidité, couchée dans mon lit à trois heures du matin, que je brisais l'eau de mon broc à l'aube pour me laver le visage et me brosser les dents, que je me pelotonnais dans un plaid devant le poêle froid tous les soirs, j'entendais mes enfants me supplier de rentrer. Jamais je ne m'étais sentie aussi seule.

Mes amis du Canada m'avaient confié des lettres d'introduction pour Charles et Bessie Drysdale, de la Ligue malthusienne, mais j'hésitais à leur écrire. À ce que j'avais lu et entendu, les malthusiens étaient en faveur des contraceptifs pour la bourgeoisie, mais se souciaient de la classe ouvrière comme de leur première chaussette. J'imaginais bien ce qu'ils penseraient d'une socialiste hors la loi et sans instruction, déterminée à libérer les pauvres de leurs chaînes biologiques. Mais, dans mon désespoir, je finis par écrire aux Drysdale. Ils me répondirent immédiatement en m'invitant à prendre le thé. Une chose mena à une autre. Ils m'emmenèrent à des conférences et à des réunions. Ils me présentèrent à d'autres. Les enfants me pressaient encore de rentrer le jour et rôdaient dans mes rêves la nuit, mais j'étais moins seule. Des fonds suffisants arrivèrent de mes amis socialistes de New York pour que je puisse quitter mon emploi et reprendre mes recherches. Le travail était un don du ciel. Il passait le temps et comblait un peu le vide.

Un matin, descendant l'escalier en veillant à ne pas trébucher sur le tapis déchiré, je trouvai une enveloppe sur la table de l'entrée. Elle était libellée « Mme Margaret Sanger » sur le devant et « M. Havelock Ellis » derrière. Mes nouveaux amis m'avaient promis de lui parler de moi, mais je ne m'attendais pas à recevoir de ses nouvelles. Il était connu. On disait que Freud avait sa photo dédicacée sur le mur de son cabinet.

Je déchirai l'enveloppe.

Chère Mme Sanger,

Me ferez-vous l'honneur de venir prendre le thé le 22 décembre ?

Puis il me donnait l'adresse, 14 Dover Mansions à Brixton, de l'autre côté de la Tamise, et des indications pour m'y rendre depuis ma pension. Alors que la plupart des gens me laissaient me débrouiller pour trouver mon chemin dans la ville, cet homme qui était un des grands penseurs et écrivains de l'époque prenait le temps de me détailler l'itinéraire. Il m'impressionnait énormément, mais j'étais aussi touchée. Le bus sentait la laine mouillée imprégnée de fumée de charbon. Autour de moi, des voix à l'accent cockney résonnaient. Les gens portaient tous des paquets, certains déjà emballés pour Noël. La guerre paraissait loin. Les raids de zeppelins qui terrifieraient la population lorsque les combats s'éterniseraient n'avaient pas encore commencé. On racontait que le Kaiser répugnait à exposer sa famille au danger. L'idée me mettait en rage. Il pouvait transformer les ouvriers, les mineurs et les fermiers en chair à canon, mais ne voulait pas toucher à un cheveu de la tête de ses royaux cousins. Je frottai la vitre embuée avec mon gant pour voir la rue. Je ne voulais pas rater l'arrêt.

En descendant de l'autobus, je fus submergée par une vague de doute et de timidité. Mon accent n'était pas le bon, mon instruction présentait des lacunes, et je ne pouvais me débarrasser de l'idée que j'étais complètement dépassée. Quelques années plus tôt, j'avais peur de prendre la parole parmi les socialistes de New York. Quelques semaines plus tôt, j'hésitais encore à écrire à mes nouveaux amis malthusiens. Mais Havelock Ellis était bien au-dessus de tous. J'étais terrifiée à l'idée de le rencontrer. Et pour rien au monde je n'aurais laissé passer l'occasion.

Je trouvai facilement. La pluie teignait en noir la terne façade de brique rouge. Le rez-de-chaussée était occupé par un sinistre poste de police. Il ne m'avait pas prévenue de cela. Voyager avec un faux passeport encourage la paranoïa.

Je montai. Sur le troisième palier, une carte gravée au nom de M. Havelock Ellis était insérée dans un support en bronze. Je soulevai le heurtoir. La porte s'ouvrit aussitôt, presque comme s'il avait été tapi à m'attendre de l'autre côté.

Comment décrire mon premier aperçu de l'homme qui allait devenir l'inspiration, le guide, l'amour de ma vie ? Sa tête était énorme, comme si, chargée de sagesse, elle se devait d'être plus grosse que celle des simples mortels. Sa crinière blanche écumait comme une vague au-dessus de ses traits fermement dessinés. Sa barbe blanche eût convenu à un prophète de l'Ancien Testament, son sourire à un ange. Non, pas un ange, un saint. Puis il parla. J'en fus stupéfaite. La voix de cet homme au physique puissant était fluette et haut perchée comme celle d'un gamin aux prises avec la puberté. Il me tendit la main et m'attira dans la pièce. J'oubliai bien vite cette malheureuse voix. Je crois que je ne la remarquai plus jamais.

Les surfaces étaient encombrées d'un bric-à-brac de livres, de magazines, de journaux et de blocs de papier ; les murs, couverts de tableaux. Je reconnus un Matisse à côté d'un vieux maître dont j'ignorais la provenance mais dont la splendeur ne pouvait m'échapper. Un feu de charbon luisait dans l'âtre. Il alluma deux bougies sur le manteau de la cheminée. Nos ombres bondirent jusqu'au mur opposé. Il me prit mon manteau et nous nous assîmes aux deux extrémités d'un sofa. Un instant de silence embarrassa la pièce. J'avais entendu dire qu'il détestait le bavardage. Cela me convenait. J'étais trop pétrifiée d'admiration pour parler de la pluie et du beau temps. Puis il m'interrogea sur l'accusation qui m'avait amenée à Londres. Je répondis. Les mots commencèrent à s'écouler de moi, et ni lui ni moi ne pouvions plus les arrêter. Voici une liste partielle, et dans le désordre, des sujets sur lesquels nous discutâmes cet après-midi-là : Shakespeare, Shaw, les écrivains voyageurs, la critique d'art, l'esprit criminel, la censure, le fabianisme, le socialisme, l'anarchisme, le suffrage des femmes, l'hygiène sociale, les conventions, l'hypocrisie, le mariage. Il m'expliqua que sa femme et lui vivaient la plupart du temps séparément. Il trouvait cet arrangement plus propice au bonheur. La contraception. Il me dit que selon son expérience – il parlait en tant que médecin qualifié, pas de sa vie privée, m'assura-t-il –, le *coitus reservatus* était la meilleure méthode contraceptive, et balaya mon assertion selon laquelle seul un homme sexuellement sophistiqué était capable de retarder son orgasme jusqu'à ce que la femme fût satisfaite, puis éjaculer hors du vagin. Il parla de son livre *L'Inversion sexuelle*. Celui-ci avait été acclamé pour sa franchise et sa tolérance – il ne voyait nulle honte dans aucun acte sexuel, et du danger uniquement dans leur répression – et cloué au pilori pour les mêmes raisons. Après cette expérience, il avait décidé de publier à l'étranger plutôt que batailler contre la justice britannique. Il me recommanda de faire de même, et de contourner l'Amérique puritaine pour m'exprimer sur le continent.

« Vous devez vous concentrer sur votre œuvre, et non sur des procès. »

Nous ne cessâmes de parler que lorsqu'il s'excusa pour aller faire du thé, revenant quelques minutes plus tard avec un plateau chargé de théières et de pots d'eau chaude, de tasses, de soucoupes, de scones et de petits gâteaux.

« Je suis ma propre bonne à tout faire, m'annonça-t-il en posant le plateau sur la table, devant le sofa. J'aime mieux savoir allumer correctement un feu, faire mon marché et cuisiner qu'écrire un essai. »

De tout ce qu'il me dit cet après-midi-là, ce fut la seule chose que je ne crus pas.

La politesse voulait que je reste une heure. La pendule sonna sur la cheminée. Nous parlions toujours. Elle sonna encore, puis encore une fois. J'étais arrivée à trois heures de l'après-midi. Je partis peu après neuf heures du soir.

Je m'excusai.

Son sourire béat se répandit sur moi comme un rayon de soleil.

« Scandaleux, n'est-ce pas ! »

Nous convînmes de nous revoir le lendemain au British Museum. Il allait superviser le cours de mes recherches.

« Vous lisez avec trop de libéralité », me dit-il.

Je rentrai à pied. Je ne supportais pas l'idée de m'enfermer dans un autobus confiné, empli d'une humanité vulgaire, après un après-midi et un début de soirée passés en conversation avec un dieu vivant. Ce n'était pas seulement qu'il comprenait et magnifiait le sexe : il articulait les convictions que mon instinct m'avait dictées toute ma vie durant.

Cette nuit-là, je mis longtemps à trouver le sommeil. Les idées se bousculaient dans ma tête. Des fragments de conversation revenaient résonner sous mon crâne. Dans un demi-sommeil, j'eus une rencontre érotique avec le grand homme dont je me réveillai tendue et désappointée.

Je me levai, m'enroulai dans la couverture, m'approchai de la fenêtre et contemplai la nuit. Havelock m'avait dit que nous fêterions Boxing Day ensemble. Il aimait mieux ce jour-là – le 26 décembre – que Noël, car c'était traditionnellement le jour où les domestiques pouvaient prendre un congé et rejoindre leur famille, chargés de boîtes de victuailles et de cadeaux. La coutume m'intriguait, mais ces pensées furent soudain balayées par une vague de reproches adressés à moi-même. Je n'avais jamais été séparée des enfants pour Noël. Je m'en rendais compte seulement maintenant, mais il faut dire que je n'avais pas songé à eux de la journée.

Neuf jours plus tard, pour le Premier de l'an, exactement un an après que les enfants et moi avions quitté Bill à Paris, les cloches sonnèrent, les klaxons résonnèrent et les gens lancèrent des acclamations dans les rues, pendant que dans l'intimité silencieuse de l'appartement de Havelock, il rougit – un homme adulte de cinquante-six ans qui n'avait pas peur d'écrire sur les actes sexuels les plus interdits, rougissant ! – en se penchant pour m'embrasser.

« Je ne peux vous promettre une érection, ma chère rebelle, mais je peux vous garantir du plaisir. »

Je n'entrerai pas dans les détails de la soirée, même si bien des gens aimeraient savoir. Je connais les rumeurs qui tournent autour des capacités sexuelles de Havelock. Mais je refuse de satisfaire la curiosité malsaine. Disons simplement que Havelock me donna bien le plaisir promis. Et que ce fut réciproque.

12

Nous devînmes inséparables. Tous les matins, nous nous retrouvions devant le British Museum, nous installions à des bureaux voisins et nous mettions au travail. Il supervisait mes recherches ; il me prodiguait aussi une éducation scientifique et artistique dont le sort – ou peut-être mon caractère impétueux – m'avait privée jusque-là.

À midi, l'un de nous posait la main sur le bras de l'autre. Puis celui qui travaillait encore glissait des marque-pages dans les divers volumes, rangeait ses notes et se levait. Ensemble, nous sortions du bâtiment et nous rendions dans notre salon de thé favori, à quelques rues de là.

Un jour, alors que nous nous préparions à partir, il me chuchota qu'il m'emmenait déjeuner au Monico, à Piccadilly. Au regard noir que nous jeta l'homme assis à côté de nous, on aurait pu croire que Havelock avait crié.

« Et demain je t'emmène prendre le thé au Claridge », plaisantai-je en sortant du musée.

Je n'étais jamais allée au Monico, mais j'en avais suffisamment entendu parler pour savoir que c'était absolument hors de prix et d'une vulgarité étourdissante. L'établissement était un dédale d'escaliers en marbre, d'ornements dorés, de maîtres d'hôtel en redingote, sans compter la petite armée de musiciens qui déambulaient dans le jardin d'hiver, le cellier à bière et les nombreux salons privés aux murs entièrement couverts de miroirs qui démultipliaient l'espace. Même si nous en avions eu les moyens, je n'y aurais pas mis les pieds.

« Je sais, me dit Havelock. L'endroit est hideux, mais c'est le restaurant préféré de Hugh de Sélincourt, et nous sommes censés fêter la parution de son dernier roman. Déjeuner seul avec Hugh est au-dessus de mes forces – ce type est épuisant –, c'est pourquoi je t'emmène. Et aussi parce qu'il souhaite faire ta connaissance.

— Parce qu'il connaît mon existence ? Comment est-ce possible ? »

Il tapota ma main qui était passée sous son bras.

« C'est simple, ma chère rebelle : je n'ai que ton nom à la bouche. »

Plus tard, lorsqu'il effacerait mon nom de son autobiographie de crainte d'offenser sa femme, à qui il parlait de moi sans cesse – dans le livre, il m'appellerait « une infirmière américaine », comme si je me réduisais à une nationalité et une profession –, ces louanges extravagantes reviendraient jusque chez moi pour me blesser. Mais sur le moment, je fus flattée. Un grand homme, un des plus grands de l'époque, s'était entiché de moi.

Mais, alors même que je le fréquentais, je commençais à mettre ma tocade en perspective. Havelock serait toujours l'amour de ma vie – il était, comme je l'ai dit, ma référence intellectuelle, mon inspiration, mon idéal – mais il manquait avec lui la romance que j'appelais de mes vœux.

Je remarquai Hugh de Sélincourt à peine entrée dans le restaurant, et pas seulement parce qu'il se leva en nous voyant arriver. C'était le plus bel homme présent dans la salle. Sans doute le plus bel homme de toutes les salles et salons du restaurant ce jour-là ou tout autre jour. Il avait les yeux noisette, écartés, très doux, le nez fin et aristocratique, la bouche large et sensuelle, et des cheveux blonds, ondulés, qui donnaient envie d'y passer les doigts. À la manière dont ce regard si particulier me caressa, je sentis qu'il savait que mes mains me démangeaient. Son complet, son col amidonné et sa luxueuse cravate de soie évoquaient un milieu patricien, mais sous le camouflage du tailleur je perçus l'animal en chasse, souple et primitif. Jamais je n'ai connu un autre homme si à l'aise dans son corps.

Le déjeuner fut à couper le souffle. Je ne parle pas des plats, bien qu'ils eussent été plus exotiques que tout ce que je connaissais. Hugh insista pour commander à notre place – des huîtres, de la perdrix et bien sûr du champagne – et je ne pus m'empêcher de me demander d'où venait l'argent. Était-il l'héritier d'une fabuleuse fortune, ou dilapidait-il simplement tout ce que lui payait son éditeur pour ce que Havelock, pourtant l'homme le moins moralisateur en matière de sexe, décrivait comme de la pornographie ? Le livre, dont il offrit un exemplaire à chacun de nous, s'intitulait *A Daughter of the Morning*. Sur le chemin du restaurant, Havelock m'avait confié qu'un titre comme « Le Guide du vice pour les enfants » eût été plus juste.

Mais ce qui me fit le plus tourner la tête fut la conversation, même si plus tard je ne m'en rappellerais pas un mot. Ce ne fut pas le champagne qui embruma ma mémoire, mais l'expérience entêtante de me trouver entre ces deux hommes brillants qui se battaient pour attirer mon attention, rivalisaient pour me faire sourire et se pavanaient sans vergogne.

Alors que nous nous séparions devant le restaurant, Hugh m'encouragea avec insistance à venir passer un week-end à Wantley, sa maison dans le Sussex.

« Tu l'amèneras, n'est-ce pas, Ellis ? »

Havelock regarda au loin et répondit qu'il n'avait pas le temps de passer des week-ends à la campagne.

« Alors vous devez venir sans le roi », insista Hugh.

Havelock se tourna vers moi et me toisa de toute sa hauteur. Une expérience péniblement familière. Je l'avais vécue des dizaines de fois avec Bill. Donc, même le grand Havelock Ellis n'était pas insensible à la jalousie, quoi qu'il veuille bien écrire et professer. Et ma réaction fut la même qu'avec Bill. Sa possessivité ne me donna que plus envie d'y aller.

Le samedi matin suivant, je pris le train pour le Sussex et tombai amoureuse, non d'un homme, mais d'un monde. La propriété elle-même, qui avait appartenu au père de Shelley, bien que le poète n'y eût jamais vécu, était un verdoyant patchwork de prés, de jardins et de vergers. D'après Hugh, c'était le plus joli coin d'Angleterre. Sa femme Janet disait que c'était un lieu qui rappelait l'enfance. Pour ma part, je le trouvai bien mieux que l'enfance, du moins que la mienne.

Mais l'enchantement allait au-delà du paysage verdoyant et du vieux cottage en pierre où Hugh vivait avec Janet, leur fille Brigit, l'amant de Janet, Harold Child, et tout une brochette d'écrivains, de peintres, de musiciens et de frères d'âme qui allaient et venaient à leur guise. L'attrait résidait dans la poésie, la musique et la peinture qui emplissaient les pièces, l'amour librement donné, le plaisir pris sans culpabilité. C'était là le monde que j'avais lu dans les livres de Havelock et dont j'avais discuté dans les soirées de Greenwich Village. Le monde pour lequel j'étais faite.

Un après-midi, quelques semaines plus tard, je fus embrassée à la descente du train par une douce brume qui s'élevait des prés. À Wantley, même le climat était érotique. Hugh m'attendait sur le quai. Nous nous serrâmes la main. Notre petit groupe s'était toujours impeccablement tenu en ville. Ce geste guindé nous fit ricaner comme des enfants malicieux. Il m'ouvrit la portière de l'automobile, dans laquelle je grimpai. Aussitôt que nous fûmes sortis du village, il s'arrêta sur le bas-côté.

Plus tard, après le dîner avec Janet, Harold et les autres convives, il m'accompagna jusqu'à la petite chambre de la tourelle, que j'occupais lors de mes visites, me plaça au centre, et me dit, non, me mit au défi de ne pas bouger. Je restai immobile comme une statue pendant qu'il me dégrafait et me déboutonnait.

Nous fîmes tant de raffut ce soir-là que Janet et Harold se joignirent à nous. Comment un amour si abondant pouvait-il être qualifié de licencieux ?

Ma seule déception était que Havelock refusait de mettre les pieds sur la propriété. Sa réticence était inexplicable. Ils l'appelaient « le roi ». Ses livres étaient leurs bibles. Mais il restait catégorique.

Havelock Ellis

Mes livres étaient leur justification. Et tu perdais le temps que tu aurais dû consacrer à ton œuvre, à batifoler avec une bande de poseurs de seconde zone qui jouaient les artistes et transformaient des idées sérieuses en excuses simplistes pour s'adonner à leurs appétits. Cela me faisait peine de te voir t'abaisser de la sorte. J'étais désemparé de voir de quelle manière ce monde-là te changeait.

Lorsque tu t'étais présentée chez moi par cet après-midi de décembre, je nous avais crus parfaitement à l'unisson. Oh, au début j'étais intimidé, plus que tu ne l'étais toi-même. C'est pour cela que la porte s'est ouverte si vite. J'étais en effet tapi derrière, comme tu l'as deviné. Je ne suis pas un animal social, ma chère rebelle. Mais cela, tu le sais. Je répugne à faire de nouvelles connaissances. Cependant, tout le monde me serinait que je devais rencontrer ce jeune brandon venu d'Amérique. Dès l'instant où je t'ai fait entrer chez moi et où nous avons commencé à parler, j'ai su qu'ils avaient raison. J'étais déjà fou d'amour. Plus tard, tu m'as dit avoir écrit ce soir-là dans ton journal : « Jamais je n'ai ressenti pour quiconque ce que j'éprouve pour Havelock Ellis. » Au même moment, j'écrivais dans le mien : « J'ai rarement connu compagne plus aimable et charmante, et je n'en ai jamais trouvé si rapidement. »

Mes sentiments n'ont fait que grandir tandis que nous travaillions côte à côte au musée. Tu avais soif d'apprendre, tu comprenais vite, et tu étais dévouée mais jamais docile. J'étais de vingt-quatre ans ton aîné, mais avec toi je me sentais redevenir jeune homme. Puis je t'ai emmenée déjeuner avec Hugh. Je savais qu'il se mettrait en tête de te séduire, et que tu serais trop curieuse pour lui résister. J'étais prêt à ce que tu cèdes à l'attraction sexuelle – le corps est loin d'être aussi intime que l'esprit – mais je pensais que tu ne te laisserais pas abuser par les prétentions artistiques et intellectuelles. Je croyais t'avoir appris à le faire.

Ses romans, si on peut les appeler ainsi, sont des torchons. *One Little boy* n'est pas l'exploration tout en finesse de l'éveil d'un adolescent, comme tu semblais le croire ou du moins comme tu le lui as dit, mais un lubrique exercice de masturbation. Tu le sais, je n'ai aucun préjugé contre l'acte lui-même, mais j'en ai contre son déguisement en expression artistique. Et comment as-tu pu prendre au sérieux un homme adulte qui passe la moitié de sa vie à jouer au cricket et à écrire sur ce divertissement ? Tu voyais en lui un esthète détaché du pratique et du matériel. Je savais, moi, qu'il n'était qu'un écervelé qui compensait sa pensée banale et son écriture exécrable par des sports puérils et une fornication compulsive. Il n'était guère qu'un athlète sexuel. Je te l'ai dit un jour, j'ai vu le sourire que tu tâchais de dissimuler, et j'ai su ce que tu pensais. Que Hugh mettait en pratique les techniques sur lesquelles je ne pouvais qu'écrire. C'était peut-être bien vrai. Je sais que je ne suis pas un grand amant. Mais tu m'as toujours dit que je te donnais du plaisir. Quoi qu'il en soit, je n'étais pas jaloux. Tu sais que je suis contre la jalousie. J'étais déçu. Hugh de Sélincourt était en dessous de toi, Margaret. La trahison ne résidait pas dans l'acte sexuel, mais dans la médiocrité.

Je faisais des pas de géante, sous la houlette de Havelock, mais mon savoir était encore tout théorique. Il me fallait une expérience pratique, et pour cela il fallait que je me rendisse en Hollande, qui était très en avance sur les autres pays pour ce qui était de la diffusion des méthodes contraceptives dans la population.

Mes amis cherchèrent à me dissuader d'aller sur le continent alors que la guerre faisait rage, mais je leur répondis que mon travail ne pouvait pas attendre, et du reste la Hollande était neutre. Lorsqu'il comprit que je ne me laisserais pas détourner de mon idée, Havelock me donna des lettres d'introduction pour le Dr Johannes Rutgers à La Haye et le Dr Aletta Jacobs à Amsterdam.

Il s'avère que j'avais été un peu inconsciente. Le voyage me prit trois fois plus de temps que prévu parce que le bateau changeait sans cesse de cap pour éviter les sous-marins. Je finis toutefois par débarquer à La Haye, en retard mais saine et sauve.

Je n'aurais pas pu rêver d'un meilleur professeur que le Dr Rutgers. Il me prit sous son aile et m'apprit tout sur la gestion d'une clinique de contrôle des naissances. Après trois semaines de travail auprès de lui, je m'en allai voir ce que je pouvais glaner auprès du Dr Jacobs.

J'arrivai à Amsterdam par un matin venteux. La bise soulevait des moutons d'écume dans les canaux et secouait les enseignes des boutiques, et un froid soleil étincelait sur l'eau. Je me rendis tout droit à l'hôtel. J'étais en train de signer le registre lorsque l'employé de la réception me tendit une enveloppe. En la retournant, je vis qu'elle venait du Dr Jacobs. *Comme c'est aimable à elle de répondre à mon courrier annonçant mon arrivée*, pensai-je en décachetant l'enveloppe.

La lettre était rédigée en anglais. Je n'eus pas besoin de traducteur.

> Chère Madame,
>
> Je ne vous recevrai pas et je refuse d'être associée en quelque manière avec vous et vos études. La science clinique de la contraception n'a que faire de profanes. Seuls les professionnels, qui ont les connaissances, les compétences et l'expérience, ont le droit et le devoir de poursuivre des recherches dans ce domaine critique.
>
> Sincères salutations,
>
> Dr Aletta Jacobs

Il m'arrive de penser que mon sexe est le moins généreux des deux envers ses semblables.

De retour à Londres, sous l'égide de groupes pour le droit des femmes, je visitai des taudis, des usines et des docks ; je donnai des conférences ; et, grâce à l'enseignement du Dr Rutgers, j'animai des ateliers de formation pour les femmes d'ouvriers. Un soir, je m'exprimai à Fabian Hall[1]. Debout face à un public de plus de cent personnes, je ne pus m'empêcher de me dire : *Si seulement mon père me voyait*. Il avait prêché le radicalisme dans des

1. Siège de la Société fabienne (Fabian Society), club politique de tendance socialiste et réformatrice fondé en 1884 qui prit part à la formation du parti travailliste anglais en 1900.

tavernes sombres et sur les routes de campagne. Moi, je donnais une conférence à la Société fabienne. Il ne se serait même pas formalisé que ce fût sur le sol anglais. George Bernard Shaw figurait parmi les membres fondateurs des fabiens.

Le brouillard s'accrochait aux réverbères et montait des caniveaux. Les phares des carrioles et des autos le perçaient sur un pied ou deux seulement. J'avançais prudemment dans la rue, en essayant de repenser à mon succès à Fabian Hall quelques soirs plus tôt et de ne pas ruminer la lettre que je venais de recevoir de Bill. Je lui avais écrit que notre vie commune était terminée et que je voulais une séparation. Il m'avait répondu en me parlant de Peggy.

Elle est inconsolable sans toi. Elle pleure sans discontinuer. Je crois en ta cause, tu le sais. Mais je ne te laisserai pas y sacrifier les enfants. Reviens, Peg. Nous avons besoin de toi.

Je marchais tête baissée, mes inquiétudes tournant en rond dans mon esprit frustré. Il fallait que je voie mes enfants. Je ne pouvais pas prendre ce risque. Une condamnation à quarante-cinq ans de prison était encore suspendue au-dessus de ma tête.

Soudain, je me trouvai baignée dans une lumière jaune. Je relevai les yeux. La lumière se déversait de l'Albert Hall, perçait le brouillard et illuminait la foule en mouvement à l'intérieur. Un concert ne me distrairait pas des enfants, car rien ne le pouvait, mais m'apaiserait peut-être quelque peu. Peut-être même me permettrait-il de me sentir plus proche d'eux. Parfois, lorsque je pensais de toutes mes forces à Peggy, il me semblait être en communication avec elle.

Je me joignis à la foule qui entrait dans le hall. Quelques personnes étaient en tenue de soirée, mais d'autres non. Je ne jurais pas avec le décor. Aucun panneau n'indiquait le programme, mais je me moquais de ce que c'était. Beethoven ou Bach, Mozart ou Vivaldi, toute musique ferait l'affaire. J'achetai un billet et allai m'asseoir dans l'auditorium. C'est alors que je vis l'affiche sur scène : SI L'AMOUR DU MONDE EST EN VOUS, ALORS L'AMOUR DU SEIGNEUR N'Y EST PAS. J'étais tombée dans une sorte de meeting religieux.

Je me levai et me dirigeai vers la sortie, puis me ravisai et me rassis. Le dogme catholique m'était familier, mais il y avait là une intolérance d'un autre ordre. Autant connaître l'ennemi.

Une jeune femme – elle ne devait pas avoir plus de dix-sept ou dix-huit ans – monta sur scène et s'approcha du pupitre. Elle avait une masse de cheveux roux doré et un corps robuste, comme nourri au grain, mais elle se déplaçait avec une grâce féline. Sa sensualité n'était pas le fruit de mon imagination. Je le sus à la manière dont l'homme assis à côté de moi décroisa et recroisa les jambes, puis mit la main sur son entrejambe.

Elle avait entre les mains ce qui semblait être une bible. Elle resta un moment silencieuse, puis se présenta : sœur Aimee Semple McPherson. Autour de moi, un murmure désappointé se propagea. Apparemment, ce n'était pas elle que les gens étaient venus écouter.

Elle expliqua qu'on lui avait demandé de parler au dernier moment et qu'elle n'avait rien préparé. Un discours de charlatan bien rodé, ou je ne m'y connaissais pas !

« Je laisserai le Seigneur me guider. »

Elle éleva à deux mains la bible au-dessus sa tête, puis l'abaissa et la laissa s'ouvrir sur le pupitre.

Elle commença à parler. Je ne comprenais rien à ce qu'elle racontait. Des histoires de prophètes de l'Ancien Testament, de chenilles, de sauterelles, de hannetons et de criquets. Mais je savais ce qu'elle vendait.

Du sexe. Elle nous flagellait à blanc, le public et elle-même.

Je jetai des regards autour de moi. Les symptômes étaient tellement classiques qu'ils semblaient sortis d'un livre de Havelock. Narines dilatées, joues rouges, yeux écarquillés comme ceux d'un animal effarouché. Mon voisin de siège décroisa et recroisa de nouveau les jambes. Puis les réactions commencèrent. Les alléluias, les amen, les « Je-suis-sauvé ! » et les « Sœur Aimée m'a apporté le salut ! » montèrent, de plus en plus forts et abandonnés. Il y avait là tout le pouvoir du sexe, sans sa beauté. Sur scène, la jeune fille qui vociférait et gesticulait, consumée par l'hystérie, offrait une grotesque parodie de mon discours devant la Société fabienne. Moi qui m'étais vantée d'avoir réuni plus de cent personnes prêtes à entendre une discussion honnête raisonnée sur le sexe et la contraception ! Pendant ce temps, celle-là remplissait l'Albert Hall de neuf mille hypocrites venus prendre leur plaisir en douce. Le sentiment de défaite me poursuivit jusqu'à Torrington Square, tel un directeur de conscience me chuchotant à l'oreille ses arguments tentateurs. Ne peux-tu donc pas être comme les autres femmes ? Te satisfaire d'avoir une maison, un mari et des enfants ? Pourquoi ne peux-tu pas arrêter d'essayer de sauver le monde, pour te sauver toi-même et tes enfants avec ? Abandonne.

Pendant quelques jours, je jouai avec cette possibilité. Le temps était devenu exceptionnellement clair et clément, et je déambulai dans St James Park, Green Park, Hyde Park en m'imaginant dans la peau d'une autre femme, dorlotée, choyée, satisfaite d'être entourée de mes trois enfants. Mais rien n'y fit. Ma croisade n'était pas un choix ; c'était une vocation, comme celle des nonnes que j'avais connues dans mon enfance. Je manquerais peut-être de réussite, de même qu'elles n'avaient pas toutes atteint une foi parfaite, mais nous devions continuer le combat. J'étais donc de retour à la case départ, avec mes enfants d'un côté de l'Atlantique et moi de l'autre.

L'idée me vint peu après, alors que je me dirigeais avec Havelock vers notre salon de thé proche du British Museum. Le froid était revenu et les parapluies noirs flottaient comme des bouchons dans la brume du mois d'avril. La ville avait beau être glaciale, mouillée et noire de suie cet après-midi-là, elle avait capturé mon cœur. Si seulement je pouvais faire venir Peggy ! Les garçons étaient heureux en pension et je ne voulais pas perturber leur existence, mais la place de Peggy était auprès de moi. Le problème était de la faire arriver jusqu'ici. Une enfant de cinq ans ne pouvait pas faire la traversée seule, surtout en temps de guerre.

Havelock avait la solution. Lorsque la guerre avait éclaté, les voyageurs avaient été pris de panique, mais les paquebots transatlantiques, même allemands et britanniques, étaient désormais considérés comme sûrs et les gens se remettaient à voyager. Sa femme devait rentrer d'une tournée de conférences en Amérique à la fin du mois. Elle avait déjà réservé son billet sur le Lusitania. Elle pourrait amener Peggy avec elle.

13

Je bousculai tout le monde pour me frayer un chemin dans la foule amassée devant le bureau de la Cunard. C'est ce qui arrive quand on a peur.

Je serrais encore entre mes doigts le journal avec son titre impitoyable.

LE LUSITANIA COULÉ PAR UN SOUS-MARIN,
PROBABLEMENT 1 200 MORTS.
TOUCHÉ PAR DEUX TORPILLES DEVANT LES CÔTES IRLANDAISES, IL COULE EN UN QUART D'HEURE.

À l'intérieur, des affiches de la Cunard montraient les transatlantiques voguant sur des eaux paisibles. Ces images ne faisaient rien pour calmer l'hystérie ambiante. Une vitrine qui protégeait une maquette de navire se fracassa au sol. Les éclats volèrent. Une femme se tamponna le visage avec un mouchoir. Un homme laissa son sang couler. Les gens écrasaient les bris de verre et se battaient pour atteindre le comptoir où se tenaient des représentants de la compagnie munis de listes de survivants.

Une femme cria un nom. L'un des employés passa l'index sur les pages qu'il tenait à la main.

« Pas encore reçu. »

Sa voix n'était pas dénuée de gentillesse, mais simplement exténuée.

« Il devrait y être, insista la femme. Vous avez la bonne orthographe ? »

L'homme ne l'écouta pas : il cherchait déjà un nouveau nom lancé par quelqu'un d'autre.

À force de jouer des coudes, j'atteignis le comptoir.

« Margaret Sanger. »

Mon propre nom sonnait étrangement à mes oreilles. Si seulement ç'avait été le mien, si seulement j'avais pu échanger ma place contre celle de Peggy !

L'homme consulta de nouveau sa liste.

« Pas encore reçu », répéta-t-il.

Edith Ellis l'avait peut-être inscrite sous le prénom de Peggy, plutôt que Margaret.

« Peggy Sanger ! » criai-je dans le vacarme.

Cette fois, l'homme se contenta de secouer la tête.

« Mais elle n'a que cinq ans », insistai-je, comme si l'âge changeait quoi que ce soit, comme s'il pouvait y avoir une logique dans la catastrophe.

L'homme se détourna vers une autre mère, un père, une femme ou un mari. Nous étions des centaines dans cette pièce humide, embuée par les corps surchauffés et la terreur.

À deux heures du matin, un autre employé apparut derrière le comptoir et réclama le silence. Je l'entendis tomber aussi soudainement et complètement que si j'étais devenue sourde.

« Nous avons établi la liste des morts et des disparus », annonça-t-il, après quoi il entreprit de lire les noms.

Une femme gémit. Un homme donna un coup de poing dans le mur. Quelqu'un perdit connaissance.

La liste était alphabétique. Il arriva rapidement aux E. Edith Ellis n'était pas sur la liste. Si elle avait réussi à monter sur une chaloupe, elle avait sûrement pris Peggy avec elle.

La voix monocorde égrena les F, les G et les H. Que n'avait-elle mon nom de famille ? Higgins serait arrivé plus tôt. L'homme atteignit les S. Ni Margaret ni Peggy Sanger parmi les morts et les disparus.

Le soulagement me donna le tournis. Je posai une main sur une autre vitrine pour garder l'équilibre.

Havelock m'attendait dans mon petit salon aux odeurs aigres du 67 Torrington Square. Il me tendit la main. Le papier de télégramme jaune paraissait brun dans la lumière chiche.

Je le regardai sans comprendre. La liste qu'avait lue l'homme était incomplète. Peggy était morte.

Havelock rapprocha un peu le télégramme de moi. Je le pris entre le pouce et l'index.

Annonce allemande dans New York World dissuade de prendre navire anglais STOP Ai pris une place sur bateau américain STOP N'ai pas pris Peggy STOP Trop de responsabilité en temps de guerre STOP Edith

14

Je me tenais dos à l'Hudson par ce matin nuageux d'octobre, et Manhattan s'élevait devant moi. Les roues de chariot ferrées et les sabots des chevaux claquaient sur les pavés, les automobiles klaxonnaient, les marchands ambulants criaient. Une vraie cacophonie. Un homme qui conduisait un chariot de glace me cria : « Gaffe, frangine ! » J'étais chez moi.

Un mois plus tôt, j'avais reçu une lettre de Jonah J. Goldstein. Le vent de l'opinion était en train de tourner, disait-il. Les mots « contrôle des naissances » ne devaient plus être chuchotés derrière des portes fermées. Quelques magazines sérieux comme le *Harper's Weekly* publiaient même des articles sur le sujet.

« Si vous décidez de prendre le risque de rentrer, madame Sanger, je pense que nous pourrions frapper un grand coup au nom de la cause. »

Cette fois il ne me garantissait rien, et pourtant j'avais acheté mon billet pour la traversée le jour même.

Je ramassai ma valise et commençai à remonter la

14e Rue. Comme je passais devant un kiosque à journaux, un gros titre me sauta aux yeux en une de la *Pictorial Review*.

QUE FAIRE DU CONTRÔLE DES NAISSANCES ?

J. J. Goldstein, certes, m'avait écrit que des magazines sérieux s'emparaient de la cause, mais je ne m'attendais pas à cela de la part d'une publication chic comme celle-là, pleine de conseils pour avoir un chapeau à la mode, rédiger un faire-part de mariage ou meubler une chambre d'enfant. Je me remis à marcher, d'un pas plus vif. Je n'avais pas de temps à perdre. Il fallait que je me remette au travail. Mais avant tout, je devais voir mes enfants.

Bill Sanger

Tu étais si pressée, Peg, que tu n'as même pas pris le temps d'aller voir ton mari, qui purgeait une peine de trente jours au nom de ta cause. Et ne viens pas me dire que je n'étais plus ton mari. Aux yeux de la loi, nous étions encore mariés, quelles qu'aient été tes pérégrinations en Europe. Ne viens pas me dire non plus que j'avais été idiot de tomber dans le piège qui m'avait envoyé en prison. Tu te serais fait avoir aussi, si tu avais vu l'homme. J'arrivais de Paris – il fallait bien que quelqu'un s'occupe des enfants – lorsqu'il était venu à l'atelier que je m'étais trouvé dans le Village. Il m'a rappelé que nous nous étions croisés quelques années plus tôt, chez Mabel Dodge. Je ne me souvenais pas de lui, mais il faut dire que j'ai oublié la plupart des personnages qui hantaient cet antre d'iniquité. Freud dirait sans doute que je refoule ces souvenirs. Tout cela est trop douloureux. Je ne l'ai pas fait entrer tout de suite. J'essayais de le jauger. Il ne ressemblait pas à un policier ni à un sbire de Comstock. Il me rappelait le serveur du café du coin de notre rue, à Paris. Tu te rappelles, celui que j'ai peint plusieurs fois. Mais je ne lui ai pas ouvert en grand pour autant. Je lui ai demandé ce qu'il voulait. Il m'a dit que sa femme avait la tuberculose, que le médecin l'avait avertie qu'une nouvelle grossesse serait fatale. Il cherchait désespérément un exemplaire de *La Limitation familiale*.

« Je ne suis pas riche, monsieur Sanger, mais je suis prêt à payer ce que vous voudrez. À quoi bon garder de l'argent en poche si ma femme est dans la tombe ? »

Tu vas me dire que j'aurais dû me méfier d'une réplique tire-larmes comme celle-là, mais le jour où je n'aurai plus de compassion pour un homme qui craint de perdre sa femme, je cesserai d'appartenir à l'espèce humaine. Je l'ai donc invité à entrer et je lui ai vendu un exemplaire du pamphlet.

Une semaine plus tard, Comstock s'est présenté à l'atelier avec un mandat d'arrêt. Mais attends le meilleur, Peg. Voici pourquoi je pense que la moindre des choses aurait été de venir me voir en prison. Comstock m'a proposé un marché. Si je lui révélais où tu étais, il veillerait à ce que je m'en tire avec du sursis. Je lui ai répondu que les poules auraient des dents avant que je lui dise quoi que ce soit.

Au tribunal, le juge m'a donné le choix entre une amende de cent cinquante dollars et trente jours à la prison de Manhattan. J'ai pris les trente jours. Je me suis dit que cela ferait une meilleure publicité à la cause. Mais même ce fait-là n'est pas arrivé jusqu'à toi. En revanche, peut-être bien que Comstock a accusé le coup : dix jours après mon incarcération, il est mort de pneumonie. Certains prétendent que c'est mon procès qui a eu raison de lui.

Je ne vois pas quoi faire de plus pour toi, Peg, à part t'accorder le divorce que tu ne cesses de me réclamer dans tes lettres. Je le ferais peut-être si je te croyais sincère, mais je sais que tu ne l'es pas. Ce n'est pas possible, pas après tout ce que nous avons été l'un pour l'autre.

Si tu ne te soucies plus de moi, pense au moins aux enfants. Ils ne peuvent pas continuer ainsi, ballottés de droite à gauche, quelques semaines avec Ethel, un mois chez des amis au Village, et maintenant au pensionnat. Quelle mère envoie une petite de cinq ans en pension ? Reviens à la maison, Peg. J'ai besoin de toi. Nous avons tous besoin de toi.

Peggy courut à ma rencontre sur l'allée de graviers. Je me baissai pour la soulever dans mes bras. Les siens m'enserrèrent le cou. Je ne comprenais pas comment j'avais pu vivre un an loin d'elle.

« Comme tu as grandi ! » lui dis-je.

Elle sourit et me serra plus fort.

Grant approchait lentement, en me regardant sous ses cils épais.

« Bonjour, mère », dit-il en me tendant la main.

Je posai la petite et lui serrai la main avec solennité, puis me baissai pour lui faire un gros câlin. Sous son épais manteau d'hiver, ses muscles étaient si tendus que je craignis qu'ils ne craquent. Je continuai de le serrer contre moi. Il se détendit peu à peu.

Je repartis, flanquée de mes deux enfants, vers l'ancien

corps de ferme transformé en école. Si seulement Stuart avait été là, nous eussions été au complet, mais la liberté d'une école progressiste s'était révélée trop chaotique pour lui. Certains enfants s'épanouissent lorsqu'ils peuvent aller en classe à leur guise, se lever et s'asseoir comme ils le souhaitent, lire ou peindre, jouer ou manœuvrer un métier à tisser selon leur humeur, mais Stuart n'était pas de ceux-là. J'avais dû le retirer de cette école du New Jersey et l'inscrire dans une autre, plus conventionnelle, sur Long Island. Je détestais l'imaginer assis en classe à longueur de journée, forcé à apprendre par cœur et à entrer dans le moule, mais il obtenait enfin de bonnes notes en lecture et en arithmétique.

Peggy fila devant puis revint, bien stable sur ses jambes. J'avais toujours su qu'elle n'avait pas besoin d'attelle, mais seulement d'un environnement qui encourageait son indépendance et la laissait libre de courir.

Je leur demandai de me faire visiter les lieux. Je ne connaissais l'école Stelton que d'après les recommandations d'amis comme Will Durant, qui avait participé à sa fondation – et qui en était parti il y avait un an de cela pour épouser une de ses élèves. Cela avait fait des histoires. La fille n'avait que seize ans, mais on racontait qu'elle compensait par sa brillante intelligence les années qui lui manquaient.

Dans ce qui avait dû être le salon de l'ancienne ferme, un groupe d'enfants, emmitouflés dans des manteaux, des bonnets et des moufles, étaient assis à la table ou étalés par terre, en train de lire, de dessiner ou simplement de laisser librement vagabonder leurs idées. Grant et Peggy m'emmenèrent dans la cuisine. Un petit garçon debout sur une chaise touillait une marmite. Deux autres jetaient des oranges et des bananes contre un mur. Je tâchai de ne pas prendre un air réprobateur. La liberté était le mot d'ordre de l'établissement. Donner la liberté aux enfants était la condition pour pouvoir élever des adultes qui sauraient la saisir. Il n'empêche que je détestais le gaspillage.

« Quel jeu insolite ! »

Je veillai à conserver une voix neutre.

« Ce n'est pas un jeu, m'expliqua Grant. Ils cognent les fruits pour les ramollir. La cuisine est surveillée par des adultes différents chaque jour. Le jour d'Anyuta, on ne mange que des raisins secs, des noix et des fruits ramollis.

— On n'a jamais de tartines de confiture, précisa Peggy.

— Je suis certaine que les raisins secs, les noix et les fruits sont très bons pour la santé. Mais tant pis, voulez-vous que nous allions déjeuner en ville ? »

Je ne cherchais pas à renverser le régime, mais simplement à leur faire un petit plaisir.

Le salon de thé était exigu, avec trois tables en bois grossier, des chaises dépareillées et des rideaux mous à carreaux rouges et blancs d'une propreté douteuse. Nous étions les seuls clients.

« Tu es de retour pour de bon, maman ? s'enquit Grant lorsque j'eus commandé du chocolat chaud et des sandwichs, sans croûte pour Peggy.

— Eh oui ! »

Peggy posa sa tasse de cacao. Elle avait une moustache de mousse sur la lèvre supérieure.

« On peut venir vivre avec toi ?

— Bientôt, ma chérie. Mais d'abord, j'ai un travail

important à faire. Et puis, si tu vivais avec moi, tu ne pourrais pas aller à l'école ici. »

Son sourire disparut dans la moustache.

« N'es-tu pas heureuse ici ?

— Ça va, maman, intervint Grant avant qu'elle ait pu répondre.

— On doit aller dehors pour faire pipi, dit-elle.

— Les cabinets à l'extérieur sont corrects, insista Grant.

— Il fait toujours froid. On dort avec nos manteaux. L'été dernier, les cheveux de Grant ont gelé sur l'oreiller en paille.

— Mais non.

— Si ! Je l'ai vu.

— Un peu de froid ne va pas vous tuer. À Londres, je devais briser la glace dans le broc tous les matins pour faire ma toilette. Et je ne m'en porte que mieux. »

Peggy restait dubitative.

« Je sais taper à la machine, annonça Grant.

— C'est formidable ! Bien mieux que rester dans une salle de classe surchauffée à apprendre des choses par cœur.

— Il n'y a pas de salles de classe. Après le rassemblement du matin, on a le droit d'aller où on veut et de faire ce qu'on veut. La plupart du temps, moi et Herbie on joue au ballon.

— Herbie et moi, le corrigeai-je non sans noter l'ironie de la situation. Je ne les avais pas envoyés dans une école moderne pour qu'ils apprennent la grammaire.

— Parfois, on fait la course. Quand l'étang sera de nouveau gelé, on pourra patiner.

— L'an dernier, un garçon est tombé à travers la glace, dit Peggy.

— C'était pour jouer. En tout cas, un adulte l'a sorti de là.

— J'ai eu peur. »

Je l'entourai de mon bras et la serrai contre moi. Elle n'était plus aussi potelée que dans mes souvenirs.

« Il n'y a rien à craindre. Maman est rentrée et elle ne laissera jamais personne te faire de mal. C'est pour cela que je dois retourner au travail. Pour rendre le monde plus sûr, pour toi.

— Pourquoi je ne peux pas retourner au travail avec toi ?

— Quand tu seras grande », dis-je, et soudain je vis le tableau : Peggy adulte, moi encore en forme, toutes deux travaillant ensemble. Je la serrai plus fort. « Dépêche-toi de grandir ! » la taquinai-je.

Ils se turent sur le chemin du retour vers l'école, mais ni l'un ni l'autre ne me lâcha la main. En arrivant devant le bâtiment, je m'arrêtai et me tournai vers eux. J'embrassai d'abord Grant. De nouveau, ses muscles étaient tendus comme des élastiques. Puis je soulevai Peggy. Elle me serra une fois de plus comme un étau. Lorsque je la reposai au sol, je dus écarter ses bras de force pour me dégager.

Elle se mit à pleurer. Je ravalai mes propres larmes. Mais Grant, lui, était un bon soldat. Il prit sa petite sœur par la main.

« Ne pleure pas, Peggy, l'entendis-je lui dire en la ramenant vers la maison. Je suis encore là, moi. »

Grant Sanger

Étais-tu vraiment aveugle au point de ne pas voir ce qui se passait dans cette école infernale, maman, ou as-tu choisi de ne pas le voir ? As-tu cru que Peggy avait inventé l'histoire de mes cheveux collés par le gel à ma paillasse, ou t'es-tu raconté que tu nous forgeais le caractère ? Tant que nos âmes étaient en liberté, quelle importance que notre esprit soit négligé, nos corps châtiés ? Le bâtiment principal n'était pas chauffé. Le dortoir était ouvert à tous les vents. Nous mangions, dormions et allions aux toilettes en manteau, bonnet, écharpe et moufles. Les seuls moments où je n'avais pas froid pendant les mois d'hiver étaient ceux où je prenais une suée en courant ou en jouant dehors. La nourriture était le résultat des élucubrations hygiénistes d'une utopiste folle, c'est-à-dire que nous étions perpétuellement affamés. Je pouvais, moi, l'endurer. J'étais plus grand, plus fort. Je n'avais pas eu la polio dans ma petite enfance. C'était la polio, maman, pas la grippe. Quand l'admettras-tu enfin ? Peut-être que cette maudite école n'est pour rien dans ce qui est arrivé. En tant que médecin, je ne peux pas prouver une relation de cause à effet. Mais en tant que frère, je peux te dire que ce n'était pas un endroit où envoyer une petite fille.

15

Je pris une chambre à l'hôtel Rutledge, à l'angle de Lexington Avenue et de la 13e Rue. Je n'avais pas le temps de chercher un appartement. Puis j'appelai Jonah J. Goldstein pour prendre rendez-vous. Je pensais le voir à son cabinet, mais il me dit qu'il viendrait au Rutledge.

« Vous êtes toujours une femme recherchée, madame Sanger. Je ne peux pas prendre le risque que les autorités vous arrêtent avant que nous ayons l'occasion de leur notifier correctement votre présence. »

Il frappa un coup effronté à ma porte.

J'ouvris.

« Ce n'est pas une descente de police, monsieur Goldstein.

— Je voulais être sûr que vous m'entendiez. »

J'ouvris la porte plus largement et embrassai la chambre du regard. Elle ne devait pas mesurer plus de trois mètres sur six.

« Au cas où j'aurais été dans l'autre aile, vous voulez dire ? »

Je m'écartai. Il entra et jeta son chapeau sur le lit. Je le ramassai et le posai sur le bureau. Il haussa malicieusement ses épais sourcils.

« Superstitieuse ?

— Maniaque », mentis-je.

Il retira son manteau. Avant cela, j'en remarquai la coupe. Pendant mon année d'absence, il avait trouvé un tailleur. Il posa le manteau sur le lit, et je l'y laissai. Il n'y avait qu'une chaise dans la chambre. Il la prit. Pour ma part, je m'assis au bord du lit.

« Nous faisons tourner le procureur en bourrique, m'annonça-t-il. Il a du mal à trouver comment vous poursuivre pour avoir exigé une discussion sur la contraception, alors que la moitié des journaux et magazines respectables du pays publient des articles sur le sujet. Par conséquent, il a pris la mauvaise décision et ajourné le procès.

— Magnifique ! Plus longtemps l'affaire traînera, plus nous aurons de publicité.

— Vous êtes futée, madame Sanger. Et incidemment, je pense que nous en sommes au stade où nous pouvons nous appeler Margaret et J. J. Ou, mieux encore, Peg et Johnny.

— Johnny ?

— Les gars de Tammany m'appellent ainsi. Vous parlez d'un prénom, pour un jeune homme qui voulait devenir rabbin !

— Vous vouliez devenir rabbin ?

— J'y étais bien décidé, jusqu'au jour où mon frère m'a

expliqué que c'était un vaste racket. Le mot « racket » m'a mené directement aux études de droit.

— Jolie histoire, même si elle est inventée.

— Elle est vraie. Simplement, peut-être pas tout à fait factuelle. C'est bien ainsi que vous diriez, Peg ? »

Pendant les semaines qui suivirent, mon inimitié initiale pour J. J. – je ne pouvais pas me résoudre à l'appeler Johnny, un nom pour les garçons du bas de la colline qui me poursuivaient en me traitant d'enfant du diable – se mua peu à peu en respect. Nous formions une bonne équipe. J'admirais les circonvolutions de ses raisonnements juridiques, il me complimentait pour ma maîtrise de la tactique et de la stratégie. Mais nos relations ne dépassaient pas le cadre professionnel. Au tribunal, c'était un lion. Sur les questions sociales, il était en croisade. Mais dans son cœur et dans son âme, il était profondément conventionnel. Ma vie intime l'aurait choqué. Wantley l'aurait scandalisé. Lorsque je travaillais seule avec lui dans ma petite chambre au Rutledge, j'avais une conscience aiguë de sa présence physique, mais pour la première fois de ma vie je luttais contre l'attraction. Bill m'avait fait croire à tort qu'il était un libre-penseur. Je ne voulais plus d'hommes possessifs ni de partisans du mariage dans ma vie.

Le procureur du district ajourna le procès une seconde fois.

« Il est cuit », commenta J. J.

Il avait raison. Le premier ajournement avait attiré l'attention sur la cause ; le second l'avait rendue célèbre, et moi avec. Lorsque mon audience finit par arriver, la salle était remplie de journalistes. Ils chroniquèrent même ma tenue vestimentaire.

L'accusée était vêtue à la dernière mode, robe noire de drap fin près du corps, bottines de cuir, guêtres blanches, petit chapeau en tweed anglais.

« Bonté gracieuse, quel exquis chapeau ! plaisanta Ethel en imitant l'accent britannique lorsqu'elle vint me chercher à l'hôtel.

— Elle va faire un triomphe », prédit J. J.

Pendant l'audience, le procureur demanda au juge d'abandonner tous les chefs d'accusation.

« Nous ne ferons pas de Mme Sanger une martyre. Ou du moins, nous ferons tout pour l'éviter.

— Eh bien bonne chance », souffla J. J. entre ses dents.

J'étais libre. Le lendemain, je retournai voir Grant et Peggy dans le New Jersey. Je leur annonçai la bonne nouvelle dans des termes compréhensibles par des enfants de cinq et six ans.

« Alors on peut aller vivre avec toi, maintenant ? demanda Peggy.

— Bientôt. »

Ma réponse me brisa le cœur, mais je n'avais pas le choix. Le mouvement faisait de grands progrès. Il me fallait pousser l'avantage pour lequel je m'étais tant battue. Je devais aussi porter la bataille vers de nouveaux territoires. Maintenant que l'idée de la contraception devenait plus respectable, ceux qui la soutenaient devaient le devenir aussi. J'avais déjà les socialistes, les anarchistes et d'autres progressistes dans mon camp. Il me fallait maintenant conquérir les femmes d'influence, celles qui savaient lever des fonds et faire avancer les choses.

J'étais sur le perron d'une *brownstone*, à quelques rues au sud de l'hôtel Rutledge, sous un ciel d'hiver délavé. La maison appartenait à une « vieille fille » – quelle expression poussiéreuse ! – qui y était née une cinquantaine d'années plus tôt et y mourrait sans doute dans un avenir pas trop lointain. C'était une de ces femmes qui avaient fait leur choix – entre le féminisme et la vie, entre le droit de vote et tout le reste, y compris les hommes. Surtout les hommes. Je les appelais les « dames rose-thé », ces femmes qui retiraient la croûte des petits canapés accompagnant le goûter, ou qui demandaient à leur bonne de le faire pour elles. Je savais que j'avais tort de me laisser distraire par les canapés, mais chaque fois qu'ils arrivaient sur un plateau d'argent ou un présentoir en porcelaine lors de ce genre de rendez-vous, je repensais aux dîners à Corning. Ma mère, mes sœurs et moi assises en bout de table – « sous le sel » comme j'appris plus tard que cela s'appelait. Les soirs maigres, le pain n'arrivait pas jusque-là. Par la suite, le pain sans croûte m'a dérangée pour une autre raison. Peggy avait toujours exigé catégoriquement que je la retire de ses toasts.

Je soulevai le heurtoir de bronze en forme de main tenant une grappe de raisins. Une bonne en uniforme gris et tablier blanc amidonné vint m'ouvrir, prit mon manteau et me guida dans un couloir obscur. Mes yeux, encore éblouis par la vive lumière blanche de l'hiver, s'accoutumèrent lentement à la pénombre.

Le salon dans lequel elle m'introduisit, une caverne d'épaisses draperies de velours, de sombre papier peint floqué et de tableaux à l'huile encroûtés représentant des ancêtres sévères et des paysages mélancoliques, n'était pas plus clair. Dix ou douze femmes – je n'eus pas le temps de les compter – étaient assises, droites et intimidantes, sur des chaises et des sofas rembourrés de crin de cheval. Toutes avaient appris dès l'enfance à ne jamais laisser leurs omoplates effleurer le dossier d'une chaise. L'hôtesse me présenta et je fis le tour de la pièce en serrant les mains, après quoi je m'assis et nous nous mîmes au travail. Une femme coiffée d'une sobre toque brune me fit un rapport sur les efforts fournis pour mobiliser les ouvrières en vue des élections, sans grand succès.

« Leur avez-vous expliqué l'importance du droit de vote dans des termes simples et à leur portée ? s'enquit une autre.

— Il faut leur faire comprendre que le suffrage des femmes n'est pas seulement un droit inaliénable, mais aussi le chemin vers un monde meilleur et plus juste », suggéra une troisième.

La discussion s'échauffa.

« Expliquez-leur que cela mettra fin à la guerre. Quelle femme voterait pour envoyer son mari ou son fils sur les champs de bataille ?

— Dites-leur que cela sortira les enfants des usines pour les envoyer à l'école. Quelle mère peut dormir la nuit alors que les petits d'une autre s'échinent dix, douze, quatorze heures par jour sur des machines dangereuses ?

— Cela sauvera les femmes de l'humiliation. »

À ce dernier mot, un frisson parcourut la pièce.

« Les femmes voteront pour l'égalité des salaires à travail égal, et leurs sœurs n'auront plus à descendre sur le trottoir pour vivre.

— Le lait souillé, le pain contaminé et les fruits et légumes gâtés des villes seront remplacés par des produits sains. Les femmes s'y connaissent en commerce et en préparation. Pas comme les hommes, qui ne savent que se mettre les pieds sous la table. »

Et elles traitaient les socialistes de doux rêveurs !

À la fin, je n'y tins plus.

« Ce n'est pas qu'elles ne comprennent pas. C'est qu'elles ont des problèmes plus pressants en tête.

— Qu'est-ce qui pourrait être plus pressant que le droit de vote ?

— Les bouches à nourrir. » Je veillai à garder un ton de voix aussi tiède que le thé qui était servi. « Elles ne devraient pas avoir autant d'enfants. »

La bonne en uniforme gris et tablier blanc me tendit des canapés sur un plateau d'argent. J'en pris un, le portai à ma bouche, puis le rabaissai vers ma soucoupe.

« Elles ne les font pas par choix. »

Ces mots restèrent suspendus dans l'air rance. Les femmes en détournèrent les yeux.

« Elles pourraient réprimer leurs ardeurs, murmura l'une d'elles.

— Ce sont les hommes qui ne répriment pas les leurs, répondis-je à voix basse.

— Elles ne devraient peut-être pas se marier, suggéra l'hôtesse. C'est un petit sacrifice pour le bien de tous.

— Exactement, l'approuva une autre. Nos filles et petites-filles seront libres de se marier une fois que nous aurons obtenu le droit de vote. »

Je me retins de demander comment ces filles et petites-filles se débrouilleraient pour venir au monde.

« Pour ces femmes, le mariage n'est pas un choix mais une nécessité économique, expliquai-je. Une fois qu'elles sont mariées, les enfants commencent à arriver, et chaque naissance aggrave leur situation. »

Une douzaine de paires d'yeux me regardaient fixement. Pour ces femmes, la faim se réduisait à un thé en retard ; se casser le dos au travail revenait à un long après-midi passé à tailler les rosiers ; et si d'aventure leurs époux, après quelques verres, se montraient trop ardents à leur goût, ils avaient généralement le bon sens de porter leurs attentions ailleurs.

« C'est pourquoi la contraception est si importante », ajoutai-je.

J'aurais aussi bien pu laisser un chien galeux entrer dans le salon et fourrer sa truffe dans leur chaste entrejambe.

« Je ne comprends pas comment nous en sommes arrivées à parler de cela, dit l'une d'elles.

— Vous salissez tout, madame Sanger.

— Vous nous exposez à des accusations d'immoralité.

— Les hommes s'en serviront pour nous faire taire.

— Les femmes susceptibles de soutenir le droit de vote seront scandalisées par... par... tout cela.

— Vous cherchez les ennuis », résuma l'hôtesse.

Je souris poliment. Elles étaient loin d'imaginer à quel point je les cherchais, les ennuis.

Un vent froid hurlait sur l'Hudson, s'engouffrant dans les rues transverses pour débouler sur l'East River, mais dans la salle de bal de l'hôtel Breevort poussait un jardin tropical, parfumé par les bouquets de fleurs de serre sur les nappes de lin blanc et les parfums des dames sur leur trente-et-un, sorties en ville pour défendre une bonne cause. La bonne cause, c'était moi. Le Comité des Cent, un groupe très chic de femmes de la haute, avait décidé de donner un dîner en mon honneur. Je comptais bien profiter de l'occasion.

La plupart des convives étaient des femmes, pas de ces bas-bleus qui croyaient en l'abstinence pour que leurs filles et petites-filles obtiennent le droit de vote, mais des représentantes d'une espèce plus sociable et mondaine. Quelques-unes avaient amené leur mari. Plusieurs médecins hommes étaient venus aussi.

Les discours furent longs, trop longs, comme le sont souvent les panégyriques de ce genre. Lorsque je me levai enfin pour délivrer mes remarques, un homme dans mon champ de vision était en train de s'assoupir. Sa voisine ouvrit grand la bouche pour bâiller à s'en décrocher la mâchoire, puis reprit ses esprits et la couvrit d'une main alourdie par un diamant énorme.

Je remerciai les invités pour leur présence. Je précisai à quel point j'étais honorée. Je parlai de l'injustice envers des centaines, que dis-je, des milliers, des millions de nos sœurs moins privilégiées, et envers leurs enfants non désirés, condamnés à la misère, à la maladie et à la mort. Je décrivis les files de femmes qui faisaient la queue tous les samedis, jour de paie, pour être reçues par l'avorteuse à cinq dollars. J'expliquai une fois de plus, car c'était stupéfiant de voir comme peu de gens le savaient, que la contraception n'est pas un avortement. La contraception était au contraire l'outil qui rendrait l'avortement obsolète. Je contai l'histoire de Sadie Sachs, mais en omettant cette fois la réplique du docteur disant à Jake d'aller dormir sur le toit. J'avais besoin du soutien des médecins présents dans la salle et de celui de leurs épouses.

Le menton du dormeur reposait sur sa poitrine. La contagion du bâillement se propageait. Les bagues et les bracelets des mains qui couvraient les bouches voletaient dans la salle comme des lucioles.

« C'est pourquoi je demande à cinquante d'entre vous, femmes mariées, de signer ce manifeste. » Je brandis une feuille de papier. « Je demande à cinquante d'entre vous d'exiger que toute personne mariée ait accès à des informations sur le contrôle des naissances, pas seulement ceux d'entre nous qui peuvent se payer un médecin privé, mais aussi les habitants des taudis qui dépendent des services sociaux. » Je marquai une pause. « Enfin, je vous demande de reconnaître que vous-mêmes avez eu recours à des moyens de contraception. »

Les yeux du dormeur s'ouvrirent d'un seul coup. Sa voisine se redressa sur sa chaise. Une exclamation sourde courut dans la salle telle une bourrasque venue de l'Hudson.

Je les remerciai et retournai m'asseoir.

Les applaudissements clapotèrent timidement dans la salle, puis enflèrent pour devenir une ovation. Les gens commencèrent à repousser leur chaise, à se lever et à circuler. Un attroupement se forma devant la table d'honneur. L'un après l'autre, les invités me félicitèrent, me complimentèrent, et jurèrent de me soutenir. Une inspiration, un triomphe, un tour de force. L'enthousiasme était tel que je ne pus revoir le manifeste qu'une fois la salle désertée. Je l'avais sous les yeux lorsque J. J. vint m'apporter mon manteau.

« J'imagine que nous devons avoir cent cinquante

ou deux cents signatures, dit-il. Dont peut-être trente hommes. Cela nous laisse une marge solide. »

Je ne répondis rien.

« Alors, combien ? »

Je lui tendis le manifeste.

Six femmes avaient exigé la diffusion de l'information sur le contrôle des naissances. Trois reconnaissaient avoir eu recours à la contraception.

« Pour le triomphe, c'est râpé, dis-je à J. J. tandis que nous retournions vers le Rutledge, nos cols remontés contre le froid, dans le vent qui soulevait mon manteau autour de mes chevilles. Chaque fois que je commence à croire que j'avance, j'essuie un nouveau revers.

— Tu avances bien.

— Bien sûr. Maintenant, au lieu de me jeter en prison, on donne des dîners en mon honneur. Donner un dîner, c'est le plus facile. Cela leur permet de se sentir progressistes, supérieures et courageuses. Mais pour ce qui est de s'exposer, c'est une autre histoire.

— Laisse-leur le temps.

— Va dire ça à une femme qui vit dans un logement social minuscule, dont le mari chômeur ne cherche même plus de travail, et qui est enceinte de son cinquième, de son dixième, ou – je pensai à ma mère – de son treizième enfant. »

Cette fois, il ne répondit pas. Il se contenta de prendre ma main et de la fourrer dans sa poche. Cela me surprit. Nous continuâmes de marcher ainsi, les doigts entrelacés dans le nid douillet de son manteau. Pour un contact innocent, celui-ci était chargé d'électricité.

À cinquante mètres de l'hôtel, je retirai ma main de sa

poche. J'étais une femme mariée qui défendait une cause encore suspecte. Le nombre dérisoire de signatures au bas de ma pétition en apportait la preuve.

Dans l'ascenseur, debout côte à côte, nous regardâmes en silence le dos vêtu de gris du liftier. Nous étions des modèles de bonne conduite, mais le désir bombait ses muscles indisciplinés au creux de mon ventre. Je descendis de l'ascenseur, il suivit, et nous enfilâmes le couloir, guindés et séparés uniquement par l'air renfermé de l'hôtel. Lorsque nous fûmes à ma porte, il l'ouvrit, et j'entrai devant puis me retournai face à lui. Il ne franchissait pas le seuil. J'attendis. C'était nouveau. Je n'avais encore jamais eu à attendre. Et pendant que j'attendais, je sentis l'attraction qui me poussait vers lui depuis que nous étions partis du dîner – depuis bien avant, en fait – tourner soudain à la colère. Une colère à la hauteur de sa prudence. Je haïssais les prudents.

Je lui dis bonne nuit et refermai ma porte.

Jonah J. Goldstein

Crois-tu que ce fut facile de ne pas te suivre dans ta chambre ce soir-là ? J'étais ivre de désir. Mais j'étais mieux renseigné sur ta vie que tu ne le pensais. Comme le général Sherman avait marché sur la Géorgie, tu marchais sur les hommes. Parfois, je me demande ce qui, chez toi, les rendait fous. Tu étais agréable à regarder, avec tes cheveux auburn, tes yeux verts et ton joli petit corps, mais disons les choses franchement, Peg, tu n'étais pas non plus d'une beauté renversante. Tu pouvais te montrer têtue et égoïste, et ta parole donnée n'était pas des plus fiables. Il y avait le sexe, bien sûr, mais il ne pouvait s'agir que de cela. Les hommes couchent avec les femmes, mais ils ne les demandent pas toujours en mariage pour autant. Et je ne suis pas le seul à avoir mis un genou à terre – du moins au sens figuré – un nombre incalculable de fois. Il m'arrive de me dire que c'était parce que tu te fichais complètement de nous, justement. Nous passions tous après le mouvement. C'est pour cela que toi et moi avons fini par nous toiser de part et d'autre de ce no man's land sexuel. J'étais peut-être fou de toi, mais je n'étais pas suicidaire.

16

Tout à coup, dans l'Amérique entière, les femmes, et quelques hommes, voulaient m'entendre parler. J'étais ravie, et terrifiée. En m'approchant des pupitres, je sentais mes genoux céder sous moi. Je parlais sans notes, et c'était une chance car mes mains tremblaient trop pour tenir un papier. Je vivais dans la peur que ma voix sorte comme un croassement, et cela arrivait parfois pour les premières phrases. Je me répétais que le trac passerait à force de pratique. Il n'en fut rien. J'avais le cœur au bord des lèvres avant mon vingtième discours comme avant le premier. Une fois ou deux, je tentai de commencer par une plaisanterie ou une remarque spirituelle, mais cela tombait à plat. C'est peut-être pour cela que le public me croyait dénuée d'humour. J'en avais, mais pas lorsqu'il était question de contrôle des naissances.

Plus tard, en repensant à ces semaines et à ces mois de tournée, je les visualisais comme ces séquences de cinéma dans lesquelles on voit un train foncer vers le public tandis que des noms de lieux tournoient en travers de l'écran. Boston, Buffalo, Rochester, Cleveland, Detroit, Chicago, Denver, San Francisco, Seattle. Les salles étaient pleines à craquer. Cinq cents personnes, mille, deux mille... Rupines et ouvrières, médecins et anarchistes, mondaines et mères de familles nombreuses qui sentaient la lessive et le vomi de bébé. À Indianapolis, une femme se leva pour déclamer un passage de la Bible, *Laissez venir à moi les petits enfants.* Le public la hua jusqu'à ce qu'elle se rassoie. À Saint-Louis, les gérants cédèrent aux menaces de l'Église catholique et m'empêchèrent d'entrer dans le théâtre. Je déplaçai l'événement dans un club de businessmen et attirai des foules plus vastes que les présidents Taft ou Roosevelt. Les groupes religieux n'étaient pas tous contre moi. À Spokane, je m'exprimai dans une église unitarienne bondée. À Los Angeles, je trouvai des exemplaires de mon pamphlet *La Limitation familiale* traduits en japonais et en espagnol. À Portland, je fus arrêtée avec plusieurs autres, et notre refus de payer la caution, qui nous valut une nuit en prison, provoqua des manifestations qui furent relayées par la presse nationale.

Malgré l'excitation de ces meetings et l'enthousiasme de mes auditrices, la vie sur la route était morose. J'étais fatiguée en permanence et fiévreuse la plupart du temps. On se sent seule dans une petite chambre d'hôtel. Mes enfants me manquaient. Parfois, en me couchant entre les draps froids de ces étroits lits sans amour, épuisée mais incapable de dormir, je rallumais la lampe électrique ou montais la flamme de l'éclairage au gaz pour lire et relire leurs lettres.

Chère maman, j'ai bien reçu les guimauves. Merci beaucoup. Maman, viendras-tu pour Thanksgiving ? Allez, écris dans ton agenda : 28 novembre, aller voir Grant. Réponds vite.

Je t'embrasse,

Grant.

Chère maman,

Comment vas-tu ? Moi, bien. Quand rentres-tu ?

Baisers,

Stuart.

Peggy était trop petite pour écrire. Si seulement elle ne l'avait pas été ! Je donnerais n'importe quoi, à présent, pour posséder un mot griffonné de sa main.

D'autres lettres arrivaient aussi en abondance. La plupart m'étaient envoyées à New York, mais il m'arrivait d'en trouver cinq ou dix dans les hôtels où je passais.

Chère madame Sanger,

J'ai neuf enfants, deux mort-nés, et mon mari n'a pas de travail. Je me tuerai si j'en attends un autre.

Chère madame Sanger,

Je vais régulièrement à l'église, je m'efforce de bien tenir ma maison et mon mari est respecté dans notre ville, mais il me battra si je retombe enceinte. C'est ce qu'il a fait la dernière fois.

Chère madame Sanger,

Le docteur dit qu'une nouvelle grossesse tuerait ma femme. Je sais que je ne devrais plus la toucher, mais la chair est faible.

Puis ils posaient tous la même question, celle qui avait tué Sadie Sachs. D'autres lettres, aussi, me suivaient d'un bout à l'autre du pays. Havelock écrivait à sa chère rebelle. Hugh, à sa Margaret chérie. Walter Roberts, à sa très aimée. Même Bill écrivait à Peg, « mon cœur ». Le seul qui ne m'envoyait pas de lettres était J. J. De temps à autre je recevais de lui un télégramme à teneur juridique. J'en étais soulagée. Sincèrement. Il valait mieux pour nous que nous gardions nos distances.

Je parcourus des centaines de kilomètres. Le paysage changeait, mais l'expérience restait invariable, à un point abrutissant. À l'exception d'une conférence, fin septembre 1915. Je me rappelle le moment, car l'incident se produisit la veille du jour où je fus interdite de discours à Boston, une soirée que je n'oublierai jamais. J'avais terminé mes remarques et je répondais aux nombreuses questions qui suivaient immanquablement. Soudain, en regardant le public, je vis Peggy dans sa chemise de nuit préférée, celle avec les marguerites jaunes, flottant au-dessus des têtes. Je fermai les yeux pour faire disparaître la vision. Quand je les rouvris, Peggy flottait encore, mais plus haut, jusqu'à atteindre le niveau des fenêtres, tout en haut des murs. Sous mes yeux éberlués, un léger courant d'air fit onduler sa chemise de nuit et son petit corps s'éloigna paisiblement, oh, si tranquillement, sortant par la fenêtre pour disparaître dans le crépuscule.

Je mis cette vision sur le compte de la fatigue.

17

Une semaine après cette étrange hallucination, une semaine dont je refuse de parler, je m'enfermai dans ma chambre au Rutledge. Les amis m'envoyaient des lettres et des cartes. J'y jetais à peine un coup d'œil avant de les jeter – sauf celle d'Emma Goldman. Allez savoir pourquoi, je m'accrochai à celle-là. « Il ne faut pas vous en vouloir, m'écrivait-elle. Je ne peux imaginer une personne de votre intelligence se tenant pour responsable d'un événement qui échappe si complètement à son pouvoir. »

D'autres venaient en personne. Je refusais de les voir. Leur compassion aurait rendu la chose réelle. Je préférais ma version des événements. J'habitais un monde dans lequel Stuart s'adaptait bien dans sa nouvelle école, où Grant s'épanouissait à Stelton et où Peggy avait autant de tartines de confiture sans croûte qu'elle le voulait. Dans ce monde-là, elle s'ébattait librement, sans attelle. Dans ce monde-là, nous faisions tout ensemble. Nous prenions les autobus à impériale de Londres, assistions à la relève de la garde à Buckingham et donnions du pain aux poules d'eau de St James Park. Nous ramassions des coquillages et faisions des châteaux de sable sur la plage de Provincetown et nous nous aventurions dans la mer, où je lui apprenais à nager. Je l'emmenais au ballet, dans les musées et à la bibliothèque. En grandissant, elle marchait dans mes pas et s'engageait dans les meetings, les grèves et les discours. La première fois que je l'avais prise dans mes bras, j'avais éprouvé un attachement plus profond que tout ce que j'avais jamais connu. Avec le temps elle était devenue mon espoir, ma source d'inspiration, l'incarnation de ma cause.

Au bout de la deuxième semaine, j'emballai ce monde pour le conserver – je savais que j'y reviendrais –, je me lavai les cheveux, mis un habit et un chapeau, et me regardai en face dans la glace. Les vêtements pendaient sur moi comme sur un cintre. J. J. s'était arrangé pour que la direction de l'hôtel laisse des plateaux-repas à ma porte, mais j'y avais à peine touché. Mes yeux étaient enfoncés dans des cernes noirs. Les os de mon visage saillaient violemment. Je me rendis compte avec un choc que je ressemblais à ma mère. Elle avait survécu à cinq fausses couches et deux enfants morts en bas âge. J'endurerais ce que je devrais endurer.

Je téléphonai à J. J. Pourquoi lui ? Je l'ignorais. Il y avait d'autres personnes dans le mouvement que j'aurais pu appeler. Ethel avait cherché à me voir plus d'une dizaine de fois. Mais je me sentais parfois plus protégée auprès de J. J. Lui, au moins, n'appartenait pas à mon ancienne vie.

Je demandai à le voir aussitôt que possible.

Il y eut un silence au bout du fil.

« J. J., tu es là ?

— Oui. Bien sûr. J'arrive. »

Un quart d'heure plus tard, il frappait à ma porte. J'ouvris. Son expression fut plus parlante que n'importe quel miroir. J'avais encore plus triste mine que je ne le croyais, mais pour la première fois de ma vie je me fichais de mon apparence.

Il alla pour poser une main sur mon épaule mais se ravisa, comme s'il avait peur de me toucher. Je le pris par la main et l'attirai dans la chambre.

« Je ne suis pas une poupée de porcelaine. »

Une poupée de porcelaine. La poupée au visage peint que j'avais envoyée à Peggy pour le Noël précédent. Je l'avais achetée les yeux de la tête chez Harrods. Ce souvenir me terrassa. Je n'allais pas y arriver, tout compte fait. Je n'avais pas la force de ma mère. J'allais chasser J. J. de ma chambre, déchirer mon masque de santé mentale, me recoucher et serrer mon chagrin comme un amant contre moi.

Je pensai de nouveau à ma mère, à des milliers de mères. « Il est temps de se remettre au travail », dis-je.

J'étais plus demandée que jamais. Des journalistes venaient m'interviewer au Rutledge. Des photographes me faisaient poser. J. J fit faire de moi un portrait officiel avec les garçons. Il le trouva très bien. Moi, je le haïssais. Grant, habillé à la Buster Brown, est adossé contre moi, son doux visage de petit garçon vieilli par le chagrin au-dessus de la lavallière. De l'autre côté, Stuart la tête inclinée sur mon épaule, hésite entre une demande d'attention enfantine et un effort de protection précoce. L'image n'est même pas une photographie, c'est un négatif, pas dans le sens où noir et blanc seraient inversés, mais dans le sens où ce qui compte n'est pas les corps contenus dans le cadre mais le vide béant en leur centre.

Un soir, quelques jours après que cette photo fut prise, Bill se présenta au Rutledge. Je ne l'avais pas revu depuis que je me terrais dans ma chambre. Ses traits puissants s'étaient en quelque sorte racornis. Toute force s'était évaporée de lui.

« Tu ne m'invites pas à entrer ? »

Il était encore dans le couloir et moi sur le seuil, une main sur le chambranle, l'autre sur le bouton de la porte.

« Je crois qu'il vaut mieux que tu me dises ici ce que tu as à me dire.

— Nous en sommes donc arrivés là, Peg ?

— Nous ne finirions que par échanger des reproches. Apparemment, nous ne savons plus que faire cela. C'est pourquoi il vaut mieux que nous restions séparés.

— Cela ne vaut pas mieux pour moi. Je t'aime.

— Tu as une bien étrange manière de le montrer. Raconter partout que j'étais une mauvaise mère ! »

Il garda le silence un instant, et quand il reprit la parole ce fut d'une voix pâteuse, comme si sa langue se refusait à former les mots.

« Tu n'étais pas... pardon, tu n'es pas une mauvaise mère, tant que tu es avec eux. Seulement, tu n'es jamais avec eux. Tu es toujours partie pour travailler ou donner des conférences.

— Et si je ne travaillais pas, si je ne donnais pas de conférences, de quoi vivraient-ils ? »

Il tressaillit, comme s'il avait reçu une gifle. J'aurais dû en être peinée, si j'avais eu encore de la peine à dépenser.

« Peg. »

Il tendit la main. Je reculai d'un pas.

« On vient », dis-je.

Ce n'était pas entièrement une ruse : j'avais bien entendu les portes de l'ascenseur s'ouvrir et se refermer.

Il se décomposa.

« Tu es un bloc de glace. Avec un trou à la place du cœur. »

J'aurais voulu lui hurler de ne pas parler du trou que j'avais à la place du cœur. Je parvins à tenir ma langue.

« Tu ne t'es jamais souciée de moi. » Son chagrin tournait à la colère. « Je suppose que, par une ironie du sort, il y a une certaine consolation à trouver là-dedans. Tu te fichais de moi, mais tu te fiches des autres aussi. » Il se montait la tête et nourrissait sa rage. « Tes liaisons, ta nymphomanie pathologique...

— Il y a un problème, Peg ? »

Au son de cette voix, nous nous tournâmes tous les deux. J. J. arrivait de l'ascenseur.

« Bill allait partir », dis-je.

Bill nous regarda tour à tour, J. J. et moi.

« D'accord, je m'en vais. Mais faites attention à vous, monsieur Goldstein. Vous vous considérez comme un avocat rusé, mais vous ne faites pas le poids face à cette femme. Elle va vous dévorer, vous recracher, et avant que vous ayez le temps de dire ouf, cette personne au cœur de pierre, contre-nature... »

J. J. se plaça à côté de moi.

« Bonsoir, monsieur Sanger. »

Bill resta à le dévisager. Je vis ses poings se serrer, se rouvrir, se refermer.

« Rentrez chez vous », dit J. J. avec calme.

Sa voix était aimable, mais froide, et je compris soudain l'impulsion qui m'avait poussée à lui téléphoner au moment où j'avais décidé de renouer avec le monde. Je ne supportais plus la présence de Bill. Ce n'était pas seulement à cause du passif d'amertume et de récriminations. C'était aussi l'intolérable intimité de la souffrance partagée. Nous déchiquetions mutuellement nos plaies telles des bêtes sauvages. J. J., lui, était étranger à la douleur. Il ressentait de la compassion, mais compatir n'est pas souffrir. Sa distance avec la douleur offrait une forme de réconfort, et pour la première fois de ma vie, plus que d'amour, plus que de sexe, j'avais besoin de réconfort. Cette nuit-là, je le trouvai avec J. J.

Nos ébats n'eurent rien de très romantique. Ses mains n'avaient pas l'habitude des crochets et des lacets. Les miennes, trop impatientes, arrachèrent un bouton à sa braguette. Nous dansâmes un gauche pas de deux jusqu'au lit. Il fut sur moi, puis moi sur lui. Nous étions trop avides, d'une ardeur trop désordonnée. Puis, tout à coup, nous nous arrêtâmes. Il était de nouveau sur moi, et il posa une main de chaque côté de ma tête, tendit les bras, comme s'il allait faire des pompes, et se tint ainsi sans me quitter du regard. Ses yeux étaient deux trous dans l'univers. Jamais je n'avais vu des ténèbres si profondes. Je montai vers eux et j'y sombrai.

Plus tard, J. J. me dirait que, sexuellement, cela avait été une révélation pour lui. Je ne lui avouai jamais que je ne pouvais en dire autant. Je ne m'attendais pas à un amant accompli. Mais lorsqu'il se souleva sur les deux bras pour me regarder, le monde ralentit. L'espace d'un instant, j'aurais pu jurer qu'il s'était arrêté. Il n'y avait plus rien au-delà de l'ici et maintenant et de nos deux corps résolus au plaisir. Encore une chose particulière avec J. J. : il n'y avait que nous deux dans le lit ce soir-là. Avec Havelock ou avec Hugh et la bande de Wantley, j'avais toujours perçu une foule. Je ne parle pas des occasions où d'autres personnes étaient physiquement présentes dans le lit. Je veux dire que, même seule avec un homme, je sentais le souffle chaud des autres qui augmentait l'enjeu, la compétition entre eux pour me donner le plus de plaisir, les meilleurs orgasmes, la rivalité pour retarder au maximum leur propre jouissance, la volonté de me faire crier comme jamais. Je ne m'en plains pas. Je dis simplement que c'était agréable d'être seule avec J. J. et, ne fût-ce qu'une minute ou deux, d'oublier mon chagrin.

Il trouva un appartement dans la 14e Rue Ouest pour moi et pour les garçons quand ils rentraient du pensionnat. L'immeuble avait perdu depuis des années toute prétention à la respectabilité, même si les rideaux en dentelle du rez-de-chaussée s'efforçaient de lui donner un peu d'allure et si deux géraniums rouge vif apportaient une touche de gaieté. L'appartement était au troisième, une chambre minuscule avec une fenêtre face à un mur de brique et une pièce carrée, plus grande, percée de deux fenêtres, l'une donnant sur la rue, l'autre sur le même mur de brique. Un tub en fer-blanc, un fourneau à gaz et un lavabo occupaient un angle de la grande pièce.

« Tu pourras les cacher derrière un paravent », me dit J. J. en me faisant visiter.

Il engagea une femme de Harlem pour le ménage. Tout à ma reconnaissance qu'il se charge de ces questions pratiques, je ne remarquais pas que le réconfort se rapprochait peu à peu d'une vie domestique.

Ethel aimait tellement l'appartement qu'elle en prit un plus petit – à peine plus qu'une chambre, en fait – à l'étage au-dessus. En dessous, une femme qui aurait voulu chanter des lieder mais jouait du ragtime dans un magasin de musique de Broadway faisait des vocalises à toute heure. L'immeuble était louche, malgré les rideaux de dentelle du rez-de-chaussée, mais cela nous arrangeait. J. J. pouvait y passer la nuit plutôt que devoir se lever, s'habiller et rentrer chez lui, comme il aurait dû le faire au Rutledge ou dans un établissement plus haut de gamme. Même ainsi, il devait rester prudent. Il était un avocat respecté qui nourrissait des ambitions politiques ; moi, une activiste notoire qui défendait une cause encore controversée.

« Nous n'aurions pas à nous inquiéter si nous étions mariés, commença-t-il à me dire.

— Pourquoi tout gâcher ? » répondais-je toujours. Et, pour le taquiner, il m'arrivait d'ajouter : « J'aime vivre dans le péché.

— Et les garçons ?

— Tu es formidable avec eux, disais-je tout en sachant que ce n'était pas ce qui le tracassait. Ils t'adorent. »

C'était vrai. Contrairement à moi, il leur enseignait le genre de choses que les garçons sont censés connaître. Contrairement à Bill aussi, d'ailleurs, qui, il faut dire, n'était pas très présent. J. J. les emmenait à des matchs, en excursion à Surprise Lake avec les jeunes des quartiers défavorisés qu'il soutenait, et à Coney Island dans une Stutz Bearcat qui appartenait à un ami du Tammany. Un après-midi, il les emmena dans le Lower East Side pour acheter à Stuart son premier pantalon long. Je lui avais promis de le faire dès que j'aurais le temps, mais j'étais tellement prise...

« Il lui va bien, non ? » commenta J. J. tandis que Stuart paradait dans le salon, tellement heureux qu'il renversa le paravent japonais que j'avais placé autour du lavabo, du tub et du poêle.

Ce soir-là, il me reparla de mariage.

« Je suis déjà mariée », objectai-je.

Bill refusait toujours de m'accorder le divorce, ou même un accord de séparation.

« Lui as-tu au moins demandé le divorce ?

— Dans toutes mes lettres, quand j'étais à l'étranger.

— Je voulais dire, plus récemment. »

La réponse était non. Je souhaitais être libérée de Bill, certes, mais il était aussi mon rempart contre un nouveau mariage. J. J. commença à me harceler à ce propos. Je finis par envoyer à Bill une invitation à dîner.

« Tu verras les garçons, et peut-être pourrons-nous régler nos affaires », lui écrivis-je.

Il arriva avec un bouquet de douze roses rouges à longue tige. Il y a quelque chose de pitoyable à voir un homme en costume luisant aux poignets effilochés vous apporter des roses.

La soirée ne se passa pas bien. Bill était trop chaleureux avec les garçons, eux trop polis avec lui. En les observant tous les trois, je me dis que c'était bien plus simple quand J. J. était là.

En plein dîner, Bill posa ses couverts et serviettes sur la table, et se leva.

« Je ne peux pas. »

Il sortit en titubant comme s'il avait bu, alors que ce n'était pas le cas.

Le lendemain, je reçus une lettre de lui.

« Je te prie de ne plus jamais m'inviter. Assis à cette table en face de toi, je t'aimais encore à un point insupportable. »

Ce soir-là, J. J. me demanda comment s'était passé le dîner. Je lui appris que nous n'avions pas parlé de divorce.

« As-tu abordé le sujet, au moins ?

— Il ne m'en a pas laissé l'occasion. Il est parti au milieu du repas. »

Je ne mentionnai pas la lettre, mais ce n'était pas nécessaire.

J. J secoua la tête.

« Le pauvre bougre », dit-il, et il cessa de parler de mariage.

L'exemple de Bill l'avait peut-être découragé. Ou peut-être qu'il continua d'en parler, mais que je ne l'entendais plus. J'étais trop préoccupée.

18

J'attendais dans l'aube fraîche du mois d'octobre. Ethel et la petite Fania, qui avait la blondeur éthérée d'une nymphe et les nerfs d'acier d'un cambrioleur, étaient rentrées dormir une heure ou deux, mais j'étais trop surexcitée pour me reposer. Nous avions toutes les trois passé la nuit à coller des affichettes sur les façades, les réverbères et les vitrines. Elles remuaient maintenant dans la brise matinale. En Hollande, j'avais vu comme les cliniques fonctionnaient bien. Maintenant, un an après mon retour, j'étais prête à en ouvrir une aux États-Unis.

Le soleil montait lentement au-dessus des taudis, divisant la rue en zones d'ombre et de lumière tel un masque d'Arlequin. Je guettais dans l'ombre.

De l'autre côté de la rue, un homme descendit les marches d'un immeuble, son casse-croûte emballé dans du papier journal sous le bras, les yeux encore à peine ouverts. Il partit dans la rue, jeta un coup d'œil à un réverbère et poursuivit son chemin. Tout à coup il s'arrêta, fit demi-tour et resta planté un moment devant l'affichette. Puis il secoua la tête et repartit.

Une femme sortit sur un autre perron, tirant une carriole d'une main, tenant un bébé sur l'autre bras, le corps déjà courbé par la fatigue. Elle avança dans la rue. L'affichette l'arrêta. Elle regarda autour d'elle pour voir si on l'observait, puis s'en rapprocha. Pendant qu'elle lisait, d'autres commencèrent à franchir les portes écaillées et à descendre les marches fendillées. Plusieurs hommes jetèrent un coup d'œil distrait aux affiches, mais la plupart passèrent sans s'arrêter. Les femmes, elles s'arrêtaient. Certaines lisaient en silence. D'autres étaient plus bruyantes.

C'est une plaisanterie.

Hochme.

C'est un piège.

Pulapka.

Un miracle !

Miracolo.

Je longeai Amboy Street jusqu'à Pitkin Avenue, passant devant des vitrines miteuses et des bâtisses croulantes. Ma propre location, à l'angle, ne valait pas mieux, mais les rideaux d'un blanc éclatant cousus par Fania égayaient les vitres, et M. Rabinowitz, le propriétaire, balayait le trottoir devant. Je ne savais toujours pas comment le remercier. Dans une ville où les propriétaires fonciers n'hésitaient pas à louer à des bars bruyants, des fabriques de cigares puantes et des ateliers inhumains, M. Rabinowitz était le seul à avoir accepté de céder un local à une infirmière prête à comploter contre Mère Nature avec une bande de mères de famille sans le sou. Et dire qu'au procès d'Ethel l'accusation nous accuserait d'avoir ouvert la clinique à Brownsville dans le but d'exterminer les Juifs ! J'aurais pu répondre que mes propres enfants étaient à moitié juifs, mais je m'abstins.

J'avais essayé de trouver un médecin pour diriger la clinique. La plupart en savaient moins que moi sur la contraception, mais la présence d'un docteur, si ignorant fût-il, nous aurait conféré un vernis de respectabilité, même dans l'illégalité. Ceux que j'avais approchés s'étaient révélés aussi poltrons que les propriétaires. Et pas un seul médecin de sexe masculin n'allait travailler dans une clinique fondée par une femme. J'avais fini par trouver une doctoresse, mais, après que l'hôpital Grosvenor l'avait chassée pour avoir prescrit un pessaire à une femme gravement atteinte de tuberculose, elle avait reculé. Ethel et moi allions donc diriger la clinique, assistées de Fania Mindell et d'Elizabeth Stuyvesant. Deux infirmières irlandaises du bas de la colline, une Juive des taudis de Chicago qui parlait trois langues et une assistante sociale dotée d'un vieux nom new-yorkais plaqué or allaient donc prendre les rênes de la première clinique de contrôle des naissances du pays.

« C'est ça, l'Amérique », commenta J. J.

J'enfonçai ma clé dans la serrure et entrai. Même déserte, la salle d'attente était encombrée. Un bureau, des armoires de rangement, des chaises et des bancs occupaient ce petit espace. Derrière de gais rideaux de chintz, également cousus par Fania, deux alcôves privées menaient à une minuscule réserve remplie de boîtes de pessaires Mizpah. Ethel et moi n'examinions pas les femmes, même si à La Haye j'avais appris à mener un examen gynécologique et à poser un pessaire. Nous étions infirmières, pas médecins, et je prenais des risques calculés. Enfreindre la loi afin de la changer était une chose ; se mettre à dos le corps médical entier, ou plutôt se le mettre encore plus à dos, en était une autre. Voilà pourquoi nous nous limiterions à expliquer le fonctionnement des pessaires, et, si une femme n'avait pas de quoi en acheter à la pharmacie, à en glisser une boîte dans le landau ou dans son cabas, entre les tomates pour la *pasta* et les légumes pour le bouillon.

Je regardai ma montre. Sept heures et des poussières. Ensuite, je n'eus plus le temps de la regarder avant neuf heures. La salle d'attente s'était remplie et la queue s'étirait sur tout le pâté de maisons. Les femmes attendaient patiemment, debout, en remuant des landaus, calmant les enfants turbulents qui filaient entre leurs jupes, jetant des regards gênés aux passants. Ce n'était sûrement pas casher, murmuraient-elles entre elles.

Dans la salle d'attente, Fania notait les informations sur des fiches bristol et encaissait les dix cents de leurs frais d'inscription en anglais, yiddish et polonais, plus quelques mots d'italien complétés par des gestes. Elizabeth évoluait parmi les femmes qui attendaient, consolant les enfants grincheux, rassurant les mères, veillant à les faire passer dans l'ordre. Derrière les rideaux, Ethel et moi expliquions et faisions la démonstration avec des images et des modèles en bois des organes reproducteurs. De temps à autre, nous faisions venir Fania pour qu'elle traduise, et Elizabeth la remplaçait alors derrière le comptoir. Chacune son travail, comme sur les nouvelles chaînes de montage de M. Ford, sauf que le produit que nous fabriquions était de l'espoir. Je pris une fiche à Fania, appelai le nom inscrit dessus et écartai le rideau de l'alcôve. Une femme laissa un petit garçon sous la garde d'une fille légèrement plus grande, qui ne devait pas avoir plus de quatre ans. En entrant dans l'alcôve, elle baissa la tête avec un geste d'oiseau, puis me jeta un bref coup d'œil. Son regard était empli de peur.

Je lui demandai si elle parlait l'anglais. Elle fit oui de la tête. Je n'aurais donc pas besoin de Fania. Je lui indiquai une des deux chaises, pris l'autre, et me mis en devoir de lui expliquer le pessaire Mizpah.

« Il a été inventé au départ pour les descentes d'organes. »

Son visage resta aussi inexpressif qu'une patate pelée.

Prenant un livre ouvert sur la table, je lui montrai le schéma d'un pessaire Mizpah retenant un prolapsus utérin. Elle le regarda et secoua la tête. Je n'aurais su dire si ce geste indiquait du dégoût ou de l'incompréhension.

« Cela fonctionne aussi pour empêcher les bébés », continuai-je lentement en articulant bien. Je pris le modèle d'une main, un pessaire de l'autre, et montrai comment l'insérer. « Si vous l'utilisez à chaque fois avec votre mari, vous ne... risquerez rien. Vous ne tomberez pas enceinte. »

Elle tourna vers moi des yeux émerveillés.

« Plus de bébés ?

— Non, à condition de l'utiliser à chaque fois. Il faut que ce soit à chaque fois. Même si vous êtes très fatiguée. Même s'il est très pressé. »

Le sourire qui s'épanouit sur ses lèvres fut aussi large que les grands espaces lointains dont elle ne pouvait que rêver dans la promiscuité de son quartier.

Je continuai ainsi toute la journée, et la suivante, et la suivante encore. Le bouche-à-oreille circulait comme une épidémie dans les taudis infestés de Brownsville et au-delà. De temps en temps, une bourgeoise, ou peut-être deux qui s'encourageaient mutuellement, faisait son apparition. Ces jours-là, les assistantes me parlaient du mérite des pauvres. Je leur rétorquais que nous traitions même les riches qui n'avaient aucun mérite.

Ethel était contre.

« Qu'elles aillent chez leur médecin privé !

— Qu'elles mangent de la brioche ! lui répondais-je. Ou mieux, qu'elles aient trois, quatre ou six gosses. À ce moment-là, elles aussi seront dans la classe laborieuse et on pourra les traiter. »

Mais la véritable question était de savoir quand nous attendre à une descente de police. Nous savions toutes que ce n'était qu'une question de temps. C'était prévu. Je devais me faire arrêter pour pouvoir défendre mon point de vue devant un tribunal.

La femme arborait une expression stupéfaite, comme si elle se demandait comment elle s'était retrouvée dans cette clinique rudimentaire, dans ce coin pourri de Brooklyn. Ethel jeta un regard à son manteau, qui clairement ne sortait pas de chez le chiffonnier, et à son chapeau chic orné d'une longue plume rouge, avant de me chuchoter :

« Enfin ! La police.

— Non, elle a trop peur, répondis-je à voix basse.

— Tu n'aurais pas peur, toi, si tu étais une chèvre de la police en territoire ennemi ? »

Je fis passer la femme dans l'alcôve, lui indiquai une chaise et pris l'autre. Nos genoux se touchaient presque dans cet espace confiné. Elle avait retiré ses gants et portait, à côté de son alliance, une petite bague de fiançailles en diamant sur ses mains douces et soignées. Elle n'était pas de la police, j'en étais persuadée.

Je consultai la fiche que m'avait passée Fania. Mme Horace McAllister, vingt-trois ans, pas d'enfants. Une policière aurait prétendu en avoir au moins cinq ou six, non ?

Je lui posai les questions d'usage sur sa santé, puis passai à son mariage. Nous parlions toujours de mariage, comme si le sexe n'existait pas en dehors.

« Que dois-je faire si quelqu'un vient qui n'est pas marié ? m'avait demandé Fania avant l'ouverture.

— Tu fais venir un prêtre », avais-je répondu, n'étant pas encore décidée sur la conduite à tenir.

Renvoyer les femmes non mariées eût été inconcevable. Les traiter eût été chercher les ennuis, encore plus d'ennuis. J'en avais discuté avec J. J. Je voulais mener cette expérience de la clinique pour convaincre les gens, pas pour les aliéner à la cause.

Mme McAllister garda les yeux rivés sur ses genoux pour répondre au compte-gouttes à mes questions. Enfin, je sortis le pessaire Mizpah. Elle ouvrit de grands yeux alarmés. Décidément, elle n'était pas de la police.

« Ce n'est pas pour cela que je suis ici.

— Vous ne venez pas vous informer sur la contraception ? »

Elle secoua la tête.

« Vous savez ce que c'est que la contraception, n'est-ce pas ?

— Un péché contre la nature.

— Qui vous a dit cela ?

— Je l'ai lu. Maman m'a donné un livre. Écrit par un

médecin. Le Dr Henry Guernsey. Il dit qu'empêcher la conception est un des plus grands crimes de notre époque.

— Je connais le livre du Dr Guernsey. S'il était un tant soit peu au fait de la santé des femmes et de celle des enfants, il ne débiterait pas de telles âneries.

— Mais n'est-ce pas un péché d'empêcher la nature de suivre son cours ?

— Est-ce un péché de soigner une infection ? Ou de retirer un appendice prêt à éclater ? » Je regardai ses longs doigts noués sur ses genoux. « Ou de se couper les ongles ? Tout cela va contre le cours de la nature. »

Elle releva les yeux.

« Je n'avais jamais vu les choses ainsi.

— Eh bien maintenant, vous pouvez.

— Mais je veux avoir des enfants.

— Avez-vous des difficultés à concevoir ? » Je pensai à toutes les oies blanches que j'avais connues dans ma vie. « Vous avez eu des rapports avec votre mari, n'est-ce pas ? »

Elle baissa de nouveau les yeux et fit oui de la tête.

« Est-ce que votre mère, un médecin ou quiconque vous avait parlé des aspects sexuels du mariage ?

— Maman m'a dit que je ne devais jamais m'habiller ni me déshabiller devant mon mari. Que si je n'avais pas de cabinet où me retirer, je devais éteindre la lumière.

— Ça, c'est de la pruderie victorienne, pas de l'éducation sexuelle.

— Non, elle m'a dit que c'était un fait bien connu. Que ce serait trop... stimulant.

— Pour votre mari ?

— Bien sûr.

— Et pour vous ? »

Elle poussa un petit gémissement désemparé que j'eus du mal à interpréter.

« Et vous a-t-elle dit autre chose ?

— Elle m'a donné le livre du Dr Guernsey.

— Qui ne contient pas un seul mot sur l'acte sexuel. Rien que des bondieuseries sur l'amour chrétien, et le fait que les hommes doivent dompter leurs appétits sexuels tandis que les femmes n'en ont aucun, à moins d'être des filles perdues. Ce que je ne comprends pas, c'est que si nous n'aimons pas le sexe, alors pourquoi, selon lui, passons-nous notre temps à essayer de débaucher les hommes ? »

Une larme roula sur sa joue et fit une tache noire sur sa jupe en serge bleu marine.

« L'acte vous trouble-t-il ?

— Pas l'acte en soi, murmura-t-elle vers ses genoux.

— Y a-t-il un autre aspect de l'amour physique qui vous dérange ? »

Elle eut un hochement de tête imperceptible.

Je songeai à Havelock.

« Rien de ce qui donne du plaisir à deux personnes n'est répréhensible. »

Elle ne répondit pas.

« Votre mari vous donne-t-il du plaisir ?

— C'est le problème.

— Qu'il vous donne du plaisir ? »

J'étais complètement perdue.

« Que je m'oublie quand il le fait. Je bouge. Mon mari me dit que je... que je gigote... et... »

Sa voix mourut de nouveau.

« Oui ?

— Que je fais des bruits. C'est plus fort que moi. J'essaie de me taire, mais je n'y arrive pas.

— C'est une réaction parfaitement naturelle.

— Ce n'est pas ce qu'il dit. Il dit qu'il n'a jamais entendu une fille bien se comporter ainsi.

— Il se trompe. »

Elle secoua la tête.

« Le Dr Guernsey dit la même chose. Vous l'avez reconnu vous-même. Seules les filles perdues aiment cet aspect du mariage. Les femmes correctes ne font que le supporter par devoir. Et parce qu'elles veulent des bébés.

— Je ne parlais pas sérieusement ! J'essayais de vous montrer l'illogisme du Dr Guernsey et de sa clique. Les femmes aiment l'acte sexuel. Elles ne font pas qu'accomplir un devoir conjugal.

— Mais je ne veux pas aimer cela. Pas si cela met mon mari en colère.

— En colère ?

— Il dit qu'il m'avait toujours prise pour une fille convenable. Que c'est pour cela qu'il m'a épousée. Pour le rendre plus vertueux, pour l'empêcher de céder à sa nature bestiale. Et voilà qu'il découvre que je suis mille fois pire que lui.

— Ce que vous êtes, c'est une femme qui a de la chance. Vous devriez vous réjouir de votre réaction. Et lui aussi.

— Il ne peut pas.

— Vous voulez dire qu'il ne veut pas, à cause de ses préjugés bourgeois. »

Mes mots dépassaient ma pensée. Nous étions dans une clinique, pas à un meeting socialiste.

« Non, je veux dire qu'il ne peut pas. » Elle baissa

encore la tête. « Je le dégoûte tellement qu'il... n'arrive pas à continuer.

— Vous voulez dire qu'il en perd son érection ? »

Elle acquiesça en silence.

« Il y a un livre que je pourrais recommander pour lui. Havelock Ellis...

— Oh, non ! Il serait fou de rage s'il apprenait que j'en ai parlé !

— Alors que voulez-vous que je fasse ?

— Que vous me donniez quelque chose qui me fasse arrêter d'aimer ça. »

Durant toute ma carrière d'infirmière, je n'avais jamais eu tant envie de secouer une patiente.

« Madame McAllister, je n'ai rien à vous donner. Cela n'existe pas. Et si cela existait, je ne le ferais pas.

— Il me quittera. »

Voilà qu'elle était en larmes.

Je pris un crayon, un papier sur lequel j'écrivis le nom de Havelock et les titres de plusieurs de ses livres, et je le lui tendis. Ce soir-là, en fermant la clinique, je retrouvai le papier par terre dans la salle d'attente.

Cette femme-là portait un de ces cols de renard où l'animal se mord la queue.

« Dis-lui d'aller voir un médecin privé », me souffla Ethel en me croisant dans les alcôves.

La fiche que me passa Fania indiquait que Mme Arthur Whitehurst, vingt-neuf ans, était mariée depuis cinq ans et avait quatre enfants.

« C'est peut-être terrible à dire, madame Sanger, mais

je n'en veux plus. J'ai pensé que vous comprendriez, vous qui n'en avez que deux. »

Je me détournai du modèle des organes reproducteurs pour la regarder, interdite.

« J'ai vu la photo de vous avec vos deux garçons dans le journal », précisa-t-elle.

Je ne discutai pas. Elle n'était responsable ni de la photo ni du message que celle-ci envoyait.

Nous étions en train de fermer, ce soir-là, lorsque Fania me montra un billet de deux dollars.

« Vous vous souvenez de Mme Whitehurst ? demanda Ethel. La femme aux renards ? »

Fania hocha la tête.

« Ça vient d'elle. Je lui ai dit que l'inscription coûtait dix cents, plus vingt-cinq pour le pamphlet qu'elle achetait, et elle m'a dit qu'elle voulait faire un don à la clinique de Mme Sanger. »

Fania souleva le couvercle de la caisse à monnaie, mais je lui chipai le billet avant qu'elle l'y ait mis, puis pris une fiche bristol sur son bureau, écrivis dessus, et l'apportai avec le billet jusqu'au panneau d'affichage. Ethel, Fania et Elizabeth lurent par-dessus mon épaule pendant que j'épinglais l'argent et la carte.

« Reçu de Mme Arthur Whitehurst, de la police de New York. »

Elizabeth n'était pas à la clinique ce matin-là, mais Ethel, Fania et moi étions au travail depuis plusieurs heures lorsqu'ils arrivèrent. Si je m'attendais à être arrêtée, je n'avais en revanche pas prévu une descente de la brigade des mœurs. Je sortais de l'alcôve derrière un patient lorsque je vis Mme Whitehurst passer la porte. Elle était en civil, mais sans col de renard. Les trois hommes qui surgirent derrière elle ne portaient pas non plus l'uniforme, mais je m'étais fait malmener dans suffisamment de manifestations pour identifier des policiers. Les traits durs comme du granit, le regard mort d'en avoir trop vu.

L'un d'eux se pencha sur une femme assise avec un bébé sur les genoux et exigea son nom. Un autre souleva une femme de sa chaise et la poussa contre le mur. Les policiers criaient, les femmes hurlaient, les enfants et les bébés pleuraient. J'essayai de séparer l'homme de la jeune mère qu'il plaquait contre le mur. Il me repoussa d'une main sans cesser de tenir la femme de l'autre.

Je me retournai vivement vers Mme Whitehurst.

« Dites à vos hommes de se tenir. Nous sommes dans une clinique, pas dans une maison de passe.

— Ça ne vaut pas mieux ! Vous êtes en état d'arrestation, madame Sanger. »

Derrière moi, je vis un des hommes en civil ouvrir un tiroir, en sortir les dossiers et les jeter dans un carton. Fania le tira par l'épaule. Il la repoussa, et elle fut brutalement projetée au sol. En se retournant vers les dossiers, il remarqua un de mes modèles en bois. Il le prit dans ses grosses pattes et le tourna dans tous les sens. Ethel voulut le lui arracher. Il l'éleva au-dessus de sa tête, tel un adulte tourmentant un enfant.

Mme Whitehurst m'empoigna par le bras et commença à me tirer vers la porte.

« Venez sans faire d'histoires, madame Sanger. »

Je me dégageai.

« Ne me touchez pas. Je viendrai de mon plein gré.

— De votre plein gré. Vous parlez bien, pour une criminelle. »

Devant la clinique, un attroupement de curieux était venu s'ajouter à la file d'attente des femmes. Je reconnus un reporter du *Brooklyn Eagle*.

« Vous avez fait venir un photographe ? lui criai-je tandis que Mme Whitehurst essayait de me traîner vers le panier à salade.

— Il arrive ! »

Un autre policier poussait déjà Ethel dans le véhicule. Arrivant derrière lui, je le tirai en arrière.

« Nous irons, criai-je dans le vacarme, mais seules. Nous nous rendrons au commissariat à pied, ajoutai-je à l'intention du journaliste.

— On n'est pas à la parade du 4-Juillet, ma petite, me dit le policier.

— Qu'elle marche si ça lui chante ! s'esclaffa Mme Whitehurst. Elle sera bientôt derrière les barreaux. »

Je tendis le bras pour aider Fania à descendre du fourgon de police, et nous partîmes toutes les trois bras dessus, bras dessous dans Pitkin Avenue.

Les badauds nous emboîtèrent le pas.

« Honte à vous ! cria une femme aux policiers.

— *Shonda !* reprirent les autres.

— *Vergogna !* »

Tout à coup, une femme surgit de la foule. Sous le chapeau cabossé qu'elle tenait sur sa tête, ses cheveux volaient.

« Madame Sanger ! me cria-t-elle, pantelante. Madame Sanger ! Arrêtez-vous. Je vous en prie, arrêtez-vous ! J'ai besoin d'aide. »

Je ne m'arrêtai pas. Le photographe du *Brooklyn Eagle* était arrivé. Un cliché de Margaret Sanger, la pasionaria du contrôle des naissances, traînée dans la rue par la police, c'était bien, mais cela ne valait pas une photo de Margaret Sanger poursuivie par une femme échevelée, désemparée, les bras tendus, aux yeux écarquillés, la bouche ouverte dans un cri de désespoir.

19

Ethel fut jugée la première. Déclarée coupable et condamnée à trente jours de prison à Blackwell's Island, elle annonça qu'elle commençait une grève de la faim.

Je tentai de l'en dissuader, avec l'appui de Kitty Marion, l'ancienne actrice anglaise devenue suffragette qui vendait ma nouvelle revue, la *Birth Control Review*, devant chez Macy's, à la gare de Grand Central, à Coney Island et dans d'autres lieux où elle se faisait huer et bousculer. Kitty avait fait de la prison en Angleterre pour avoir manifesté en faveur du droit de vote. Elle avait fait des grèves de la faim et subi de nombreux gavages forcés. Elle disait que c'était une pratique atroce, dont son corps ne s'était jamais entièrement rétabli. Mais Ethel fit la sourde oreille. Elle soutenait qu'une grève de la faim attirerait l'attention sur la cause.

J'étais d'accord sur ce point, et je m'abstins de faire remarquer que cela attirerait aussi l'attention sur sa personne. Elle avait toujours été la favorite de notre mère, mais celle-ci nous avait quittés, et avoir une grande sœur célèbre n'était certainement pas facile à vivre pour elle.

Ethel Byrne

Peut-être que je voulais te voler la vedette, oui, Marg. Personne n'a jamais prétendu que l'amour entre sœurs n'était pas compliqué. Mary était notre roc, Nan notre boussole, mais toi et moi étions deux faces de la même médaille, indéfectiblement liées, infernalement rivales. Nous étions si proches que quelques années plus tard, tu as réussi à oublier laquelle d'entre nous avait fait une grève de la faim et été nourrie de force.

J'ai d'abord pris ta lettre pour une plaisanterie. J'avais entendu parler du projet de film inspiré de ta vie. D'après Hedda Hopper – je n'aurais jamais imaginé qu'un jour je lirais les potins d'Hollywood pour apprendre ce qui se passait dans la vie glamour de ma sœur, mais à cette époque-là nous nous voyions de moins en moins – il devait s'intituler *First Lady of the Century*, la Première Dame du siècle, avec Ida Lupino en vedette. Au moins, ils avaient choisi pour le rôle une actrice et réalisatrice intelligente et féministe.

L'idée du film ne m'étonnait pas, mais ce qui m'a surprise a été que tu me demandes de renoncer par écrit à une partie de ma vie. Je pouvais comprendre que, pour l'intégrité dramatique de la narration, il vaille mieux que ce soit toi la gréviste de la faim. Les gros titres dans les quotidiens qui donnaient des nouvelles de mon état de santé, ton hommage public à l'importance historique de mon sacrifice... tout cela serait vite oublié. Comme tu me l'as fait remarquer, les gens ont la mémoire courte.

Je me suis désolée que le film ne se fasse pas. Cela

aurait été une belle célébration de ta vie. Et j'aurais pu être engagée comme conseillère technique – je crois que c'est le terme en vigueur –, car s'il y a un domaine dans lequel je suis experte, c'est bien la souffrance d'une grève de la faim, et la douleur, l'horreur impuissante, du gavage forcé. Tu as une grande imagination, Marg, mais même toi, tu ne peux pas savoir ce que c'est.

La matonne m'a eue dans le nez dès mon arrivée. Elle venait sans cesse me narguer et me tenter dans ma cellule.

« Si vous n'aviez pas fait n'importe quoi, vous ne seriez pas ici », me disait-elle.

« Prenez donc un peu de soupe, je ne le répéterai pas. »

« Buvez au moins un peu d'eau. »

Elle me tendait un verre. Le liquide scintillait comme du cristal sous l'ampoule nue. Je détournais la tête.

Mais elle ne renonçait pas. Le soir, quand elle faisait la tournée du bloc en proposant aux détenues un dernier verre d'eau, elle s'attardait devant ma cellule.

« Rien qu'un verre, madame Byrne. Une gorgée. »

Derrière la haute fenêtre étroite, j'entendais bouillonner l'East River et j'imaginais la sensation de l'eau froide coulant dans ma gorge en papier de verre.

Mais elle avait tout de même un cœur : elle m'a passé un journal en douce. Ou peut-être pas ? Un article en une annonçait que je serais nourrie de force le lendemain. Il précisait aussi que j'avais passé cent trois heures sans nourriture ni eau. Je ne pouvais que croire le préfet de police sur parole : j'avais perdu le compte. Le reste de l'article détaillait ce qui m'attendait. Je me suis souvent demandé pourquoi ces hommes, qui se vantaient pourtant d'avoir du flair pour les nouvelles, ne consacraient jamais un paragraphe aux femmes mortes en couches ou en avortant, mais en revanche se repaissaient d'une femme, une seule, décidée à s'affamer. L'idée que les femmes puissent prendre le contrôle de leur corps les effrayait peut-être.

« C'est simple et sans douleur, expliquait le préfet aux journalistes. La détenue est enroulée dans un drap pour éviter qu'elle se débatte, on lui passe un tube dans la gorge et on y introduit une mixture de lait, d'œufs et de brandy. Si le tube ne passe pas, ou si elle essaie de mordre ou de résister, on lui insère deux tubes plus petits dans les narines. »

Jusqu'alors, je n'avais pas pensé à mordre. Le lendemain matin, allongée sur ma paillasse, j'étais dans un état semi-conscient. Cela m'arrivait beaucoup, depuis peu. Parfois, quand mes pensées dérivaient, je rêvais de nourriture. Peu à peu, j'entendis le murmure de la matonne mêlé à ceux d'un homme, de plusieurs hommes – combien en fallait-il ? – approchant dans la coursive. Une clé tourna dans une serrure. J'essayai de m'asseoir, mais des mains me soulevèrent avant que j'en aie eu le temps.

« Allez-y doucement avec elle, messieurs », dit la matonne, mais en riant.

Ils me déposèrent dans une chaise roulante, me firent franchir une porte d'acier et me poussèrent dans un long couloir. En haut de l'un des murs, des ouvertures étroites laissaient passer un filet de mince lumière hivernale. Je ne pouvais voir qu'un ciel blanc et glacé. J'entendais toujours l'eau de la rivière, et mes lèvres se pinçaient par réflexe.

Nous atteignîmes une seconde porte métallique au bout du couloir. Un gardien l'ouvrit tandis que l'autre me poussait dans une pièce exiguë. Quatre hommes en blouse blanche se tenaient autour d'une table d'examen. Que de ressources déployées pour nourrir une toute petite femme ! Les hommes m'étaient étrangers, mais je reconnus l'expression de deux d'entre eux. L'air supérieur des médecins qui, quand je travaillais à l'hôpital, attendaient de moi que je m'incline et me rabaisse. Les deux autres – des aides-soignants, j'imagine – étaient moins à l'aise.

Il y avait une desserte à côté de la table d'examen. Parmi les instruments, flacons et récipients divers était lové un tube en caoutchouc. Un ustensile banal. J'en avais moi-même souvent utilisé avec mes patients. Mais là, dans cette pièce nue et glaciale, il me parut aussi mortifère qu'un serpent.

Les deux sous-fifres me soulevèrent aussi facilement qu'une enfant pour me poser sur la table. Ils commencèrent à tenir mes bras le long de mes flancs. Je me débattis. Le garde qui avait poussé ma chaise m'immobilisa tandis que l'un d'eux me tenait les jambes et que l'autre entreprenait d'enrouler le drap autour. Je voulus me défendre, mais je n'étais pas de taille contre six bras costauds. Ils continuèrent de m'emmailloter. L'image qui me vint en tête fut celle du linceul dans lequel Mary et Nan avaient enroulé maman. Lorsque leur tâche fut terminée, ils se reculèrent, fiers du travail accompli. Ils avaient fait de moi une femme-tronc, insignifiante, inhumaine.

L'un des médecins s'avança et me toisa de haut. Il tira sur le drap pour s'assurer que celui-ci était bien serré.

« Beau travail, messieurs. »

Sur son hochement de tête, les deux aides se remirent à agir. L'un me tenait les pieds, l'autre agrippa mes épaules. J'essayai encore de me dégager, mais il n'y avait rien à faire. La panique montait en moi comme une marée. Je sentais la présence du second médecin derrière ma tête. Il couvrit mes cheveux d'un bonnet, puis appuyant ses doigts des deux côtés de ma mâchoire, la força à s'ouvrir. Je voulus tourner la tête pour le mordre, mais ses mains étaient comme un étau.

Le premier médecin s'approcha, descendit la lampe suspendue au plafond et étudia attentivement ma gorge. Je le sentais sonder et palper.

Il sortit de mon champ de vision, puis revint avec un vaporisateur qu'il actionna au-dessus de moi. Je savais grâce à Kitty qu'il s'agissait d'un mélange de cocaïne et de désinfectant. Cela me monta au nez et me descendit dans la gorge tel un essaim d'abeilles furieuses.

Il disparut une fois de plus. Cette fois, quand il revint, ses mains tenaient le tuyau de caoutchouc. Je tentai plus que jamais de me débattre. Les assistants me tinrent plus fort. Comme j'essayais encore de mordre, le médecin me gifla.

« Cela ira mieux si vous coopérez. »

Sa voix était d'une douceur étrange après cette gifle.

Il entreprit de faire descendre le tuyau dans ma gorge. Tranchant comme un rasoir se frayant un chemin dans mon corps. La douleur commença à irradier, dans mon nez, mes oreilles, ma poitrine et jusqu'en bas de mon échine. Elle montait par vagues successives sans que j'en voie la fin. Des spasmes me secouèrent. Je priai pour perdre connaissance. Au-dessus de moi, la lumière devint brumeuse. Mais je sentais encore la douleur.

Je ne pouvais en être certaine, car le monde s'était troublé, mais il me sembla que les mains du médecin étaient de retour au-dessus de moi, un entonnoir dans l'une, un pichet dans l'autre. La paire de mains qui maintenait ma mâchoire se serra fermement. Je perçus un mouvement. Ils inséraient l'entonnoir dans le tuyau de caoutchouc. Le pichet repassa devant mes yeux. Un torrent de glace s'engouffra dans mon corps. Le liquide entrait. Je grelottais, transpirais, convulsais. La glace continua d'affluer et la douleur aiguë d'irradier. Cela se poursuivit, me sembla-t-il, pendant une éternité. Enfin, la vague tache blanche qui devait être le pichet disparut et je sentis qu'on retirait le tube. Se faire éviscérer devait procurer la même sensation.

Puis soudain, ce fut terminé. Le médecin lâcha ma mâchoire. Les deux assistants reculèrent. Ma vue s'éclaircit. Les quatre hommes se détournèrent de moi, mais avant cela, j'aperçus leur expression. Ils arboraient une fois de plus la mine satisfaite qui accompagne le travail bien fait. Non, c'était plus que cela. Cela ressemblait à de l'orgueil post-coïtal.

Voilà, Marg, le gavage que je n'ai jamais enduré et que tu as subi, toi, prétendument.

Ils gavèrent Ethel deux fois de plus ce premier jour, dans l'après-midi puis dans la soirée. Ils ne me laissèrent pas la voir, mais le préfet continua de publier ses bulletins de santé. Tension, respiration et rythme cardiaque normaux, disait-il. Son pouls était légèrement trop rapide. Elle n'avait pas régurgité.

« L'alimentation forcée n'est pas si terrible, ajouta-t-il avec un sourire enjôleur. Elle est couramment pratiquée sur les ivrognes et les drogués. »

L'analogie me mettait en rage. Je n'étais pas dupe des bulletins de santé. Je savais que le préfet mentait avant même que J. J. ne s'arrange pour qu'une femme, qui travaillait dans la prison et lui était reconnaissante d'avoir pris son fils sous son aile, ne nous procure les vrais bulletins en catimini.

Les gavages se poursuivirent trois fois par jour. La santé d'Ethel se dégradait régulièrement. Elle ne voyait plus clair. Elle faisait de l'arythmie cardiaque. Elle était plongée dans un état semi-conscient.

Pendant qu'elle s'étiolait, la bataille faisait rage dans la presse et les forums publics. Le préfet de police, le maire et les responsables de la ville continuaient de mentir sur son état. Le Comité des Cent, des dizaines de femmes, J. J. et moi écrivions sans relâche des déclarations dans la presse et envoyions des réclamations aux services officiels.

Lorsqu'ils refusèrent de laisser J. J. la voir, alors qu'elle était sa cliente, il menaça de la sortir de prison en invoquant l'habeas corpus.

« Essayez toujours, on vous regarde », telle fut la réponse du préfet.

Le Comité des Cent écrivit au maire. « Nous maintenons qu'il n'est pas plus indécent de parler d'anatomie, de physiologie et d'hygiène sexuelles dans une perspective scientifique que de parler des fonctions de l'estomac, du cœur et du foie. »

Voyant que cela restait sans effet, ils s'en prirent au gouverneur et exigèrent de lui qu'il commuât la peine d'Ethel.

La contestation atteignit son apogée lors d'un meeting géant à Carnegie Hall. Une foule de trois mille personnes, presque entièrement constituée de femmes, se pressait sur les fauteuils de velours rouge : grands-mères se battant pour leurs petites-filles, lycéennes soucieuses de leur avenir, femmes pauvres qui avaient déboursé vingt-cinq cents pour une place au balcon, bourgeoises qui crachaient soixante-quinze dollars pour un fauteuil d'orchestre, riches élégantes qui avaient réservé des loges entières. Les ouvreuses évoluaient dans le public en vendant la *Birth Control Review* pour quinze cents le numéro. Derrière moi sur la scène, j'avais placé deux douzaines de mères de Brownsville.

« Voici les femmes pour qui nous nous battons », lançai-je aux photographes de presse avant que la soirée ne commence, et leurs flashs crépitèrent comme des pétards du 4-Juillet.

Le Dr Mary Hunt, une radicale qui ne craignait pas la censure de la profession médicale, s'avança et se lança dans une diatribe contre les médecins de la 5e Avenue, ceux qui pratiquaient le contrôle des naissances dans leur propre famille et aidaient leurs riches patientes à faire de même, mais s'opposaient à la diffusion de l'information parmi les femmes les moins en mesure de nourrir une nouvelle bouche affamée.

Elle se retourna pour s'incliner devant les mères de Brownsville, et le public lança un concert d'acclamations. Lorsqu'elle me présenta comme étant la bâtisseuse du pont grâce auquel les femmes accéderaient à la liberté, les applaudissements redoublèrent. Je fis un pas en avant et levai les mains pour réclamer le silence.

« Je vous parle ce soir, non pas depuis le bûcher de Salem où les femmes étaient immolées pour blasphème, mais depuis son équivalent moderne, Blackwell's Island, où les femmes sont torturées pour ce que les hommes de pouvoir appellent "obscénité". Où ma sœur Ethel Byrne risque sa vie en protestant contre une loi injuste. »

Nouveau concert d'applaudissements.

« Theodore Roosevelt parcourt le pays en recommandant aux gens d'avoir des familles nombreuses, et il est acclamé. »

Il y eut des huées.

« Mais quand ma sœur Ethel Byrne et moi essayons d'informer les femmes sur leur propre corps, on nous arrête et on nous brutalise. »

Il y eut des applaudissements pour moi, des huées pour la police, et le mot « honte » parcourut le public comme une tornade.

« Nous devons obtenir l'abrogation de cette loi inique. »

Je ne pensais pas que les acclamations pouvaient augmenter encore, mais je me trompais.

« Nulle femme ne peut se considérer comme libre tant qu'elle ne peut pas choisir quand et à quelle fréquence elle sera mère. »

Le public était debout, maintenant, et scandait mon nom. Je relevai les mains et attendis une accalmie.

« Ethel Byrne, ma sœur, c'est elle qu'il faut applaudir. »

Et c'est ce qu'ils firent.

Malgré le gavage, l'état de santé d'Ethel continua de se dégrader. Je ne pouvais pas la laisser poursuivre sa grève, même si je savais qu'elle ne me remercierait pas pour cela, et qu'elle n'approuvait pas ma méthode de combat. Elle m'avait dit et répété son opinion sur mes nouveaux amis. Elle ne pouvait pas comprendre que le mouvement pût gagner en respectabilité. À ce moment-là, il requérait pourtant plus de volonté que de courage, une attitude plus conciliante avec les gens susceptibles de faire bouger les choses, et moins de pieds de nez à leurs prérogatives. J'avançais. Elle ne me le pardonnait pas. Et, je l'admets, je lui en voulais pour son attitude de supériorité morale. Cette animosité réciproque fut un accroc de plus dans notre relation déjà embrouillée.

Ethel avait de l'antipathie pour la plupart des bourgeoises dont je recherchais le soutien, mais elle avait particulièrement dans le nez Juliet Rublee et Gertrude Pinchot, peut-être justement parce que ces deux femmes s'étaient prises d'affection pour moi.

Juliet était une héritière de Chicago qui débordait d'énergie. Gertrude, une suffragette philanthrope qui avait des relations haut placées. Toutes deux connaissaient le gouverneur Whitman. Neuf jours après le début de la grève de la faim d'Ethel, six après ses premiers gavages, Juliet, Gertrude, J. J. et moi prîmes le train pour Albany. Au début, je ne voulais pas que J. J. nous accompagne. J'étais sûre que notre complicité et notre attraction mutuelle trahiraient notre liaison.

« Tu crois être la seule à pouvoir duper les autres, Peg ? »

Je trouvai cette remarque vaguement déstabilisante, sans bien savoir si c'était parce qu'elle sous-entendait qu'il n'était pas dupe de moi, ou que j'étais dupe de lui.

Un larbin nous fit entrer dans une vaste pièce décorée de portraits des grands hommes de l'histoire de l'État de New York. Le gouverneur se leva derrière son large bureau flanqué d'un drapeau de l'État et d'une bannière étoilée.

« Quel plaisir de vous voir, madame Rublee ! Madame Pinchot, comment allez-vous ? »

J'étais de retour dans la classe de Mme Graves, exclue, honteuse. Le gouverneur me tendit la main.

« Enchanté, madame Sanger.

— C'est très aimable à vous de nous recevoir, monsieur le gouverneur. » Où avais-je pêché cet accent ? Mes consonnes étaient raides, mes voyelles flasques comme des huîtres. J. J. et le gouverneur échangèrent une poignée de main, après quoi il nous indiqua des sièges et se rassit.

« En ce qui concerne la santé de Mme Byrne, je suis disposé à la gracier. À la condition qu'elle s'engage, pour l'avenir, à respecter la loi en vigueur. »

Toujours le même minable rameau d'olivier. Accepter de se soumettre à une loi inique que nous nous efforcions d'abolir, auquel cas les hommes au pouvoir nous tapoteraient la tête et nous enverraient paître comme les bonnes petites filles que nous étions, ou que nous aurions dû être.

« C'est une chose que je ne peux pas vous promettre, monsieur le gouverneur. »

À mon grand soulagement, je parlais à nouveau normalement.

Son masque de cordialité se fendilla.

« Je croyais que l'objet de ce rendez-vous était d'obtenir une grâce pour Mme Byrne.

— La loi à laquelle vous voulez voir ma sœur se conformer est précisément la loi inique qu'elle cherche à abolir en s'affamant. Il m'est impossible d'accepter vos conditions sans son consentement.

— Margaret... commença Juliet.

— Songez à la santé de votre sœur », dit Gertrude.

J. J., lui, m'observait en silence. Il me connaissait par cœur. Il savait qu'il était inutile de discuter.

« C'est à sa santé morale que je songe, répondis-je.

— Vous pouvez certainement comprendre ma position, madame Sanger, insista le gouverneur. Mme Byrne est condamnée pour avoir enfreint la loi volontairement et en toute connaissance de cause. Je ne peux pas gracier une femme qui compte continuer dans cette voie.

— J'ai une suggestion à faire. » J. J. prenait la parole pour la première fois, et tous les yeux se tournèrent vers lui. C'était une des choses que j'adorais chez lui. Bill avait du bagou ; Hugh, un esprit fantasque ; Havelock, de la profondeur. Mais quand J. J. parlait, on l'écoutait. Il avait une autorité naturelle. « Le préfet interdit les visites à Mme Byrne. Si vous pouviez faire remettre un laissez-passer à Mme Sanger pour qu'elle aille voir sa sœur, peut-être parviendrait-elle à convaincre Mme Byrne d'accepter vos conditions. »

Le gouverneur s'illumina comme si c'était lui qui venait de recevoir une grâce.

Une infirmière m'escorta le long du couloir qui menait à l'infirmerie. Ethel avait été déplacée de sa cellule vers une chambre dans l'aile médicale. L'infirmière s'écarta pour m'y laisser entrer. Je fis quelques pas dans la chambre, et m'arrêtai net. Ce spectre en blouse d'hôpital ne pouvait pas être ma sœur. Sa peau, cireuse et jaunâtre, était couverte de grandes taches noires. Lorsqu'elle tourna la tête en entendant mes pas, ses yeux roulèrent dans leurs orbites comme ceux d'une aveugle. Des touffes de ses cheveux auburn, si jolis naguère, gisaient sur l'oreiller. On lui voyait le crâne en plusieurs endroits.

J'allai m'asseoir au bord du lit et je la pris dans mes bras. On aurait dit une poupée de chiffon.

« Ethel. »

Elle ne réagit pas.

« Ethel, tu m'entends ? »

Ses yeux chassieux roulèrent de plus belle.

« C'est moi, Margaret. »

Un soupir souleva son corps mou.

Je demandai à l'infirmière, qui se tenait toujours sur le seuil, de descendre dire à Mme Pinchot de téléphoner au gouverneur. Ethel n'était pas en état de donner son accord, mais je l'étais, moi. Elle me haïrait peut-être pour ce que j'étais en train de faire, mais en tenant ce corps inerte dans mes bras, je fus envahie par une bouffée d'amour, et de responsabilité. Je ne pouvais pas prendre le risque de la perdre comme j'avais perdu Peggy.

Le gouverneur ne gaspilla pas une minute. Après moins d'une demi-heure, deux aides-soignants entrèrent dans la cellule, soulevèrent Ethel du lit et l'emmenèrent dans le couloir en la traînant à moitié. Sa tête dodelinait d'un côté et de l'autre. Ses jambes traînaient derrière elle, le dessus de ses pieds s'écorchant sur le sol.

« Stop ! criai-je. Vous ne voyez pas qu'elle a besoin d'une civière ?

— Ordre du préfet, madame. Il dit que les journalistes doivent voir la victime sortir sur ses deux pieds. »

Je les dépassai et leur barrai le passage.

« Allez lui chercher une civière. »

Ils restèrent un instant plantés là, à chercher des yeux un tenant de l'autorité.

« Faut-il que je rappelle le gouverneur ? » Je pris Ethel dans mes bras et repoussai l'un des deux hommes. « Une civière, tout de suite ! »

Son collègue et moi restâmes sur place avec Ethel entre nous le temps qu'il aille chercher de quoi la porter. Sur ces entrefaites, Gertrude arriva.

Les aides-soignants posèrent la civière au sol et, à nous trois, nous y installâmes le corps inerte d'Ethel. Ils la soulevèrent.

« Attendez. » Je me tournai vers Gertrude et pris le revers de son manteau en zibeline entre le pouce et l'index. « Vous permettez ?

— Bien sûr. »

Elle retira le vêtement et me le tendit.

Je le disposai sur Ethel et la bordai soigneusement.

« C'est bon », dis-je aux deux aides.

Et ils sortirent avec le corps dévasté de ma sœur, devant la foule des reporters qui avaient traversé l'East River afin de voir la petite femme qui avait failli mourir de faim pour le droit à la contraception.

« Il n'y a pas un sacrifice personnel, dans l'histoire du mouvement pour le contrôle des naissances, qui ait fait davantage pour éveiller les consciences dans le public ou donner du courage aux femmes », déclarai-je tandis que Gertrude et son chauffeur installaient ma sœur drapée de zibeline dans la limousine qui attendait.

« Pour un linceul, c'est un beau linceul », me souffla Ethel lorsque je montai en voiture.

Elle parvint à s'arracher un sourire grimaçant avant de sombrer à nouveau dans l'inconscience.

20

La pagaille régnait dans la salle d'audience. Les spectateurs se battaient pour un siège. Les reporters se marchaient dessus. Trente femmes, citées à comparaître par le procureur parce que leurs noms apparaissaient dans le registre que la police avait confisqué à la clinique, se serraient sur les bancs avec leurs enfants, des couches de rechange et des en-cas emballés dans du papier journal. J'en repérai plusieurs que je me rappelais avoir vues au 46 Amboy Street. Derrière elles étaient assises des membres du Comité des Cent, avec leurs fourrures coûteuses et leurs beaux chapeaux, mais leur savon à la lavande ne faisait pas le poids face aux odeurs de cornichons casher, de salami et d'ail.

Lorsque je fis mon entrée, les bras chargés d'un bouquet de roses American Beauty écarlates envoyé par le Comité, les reporters et les photographes se précipitèrent pour me mitrailler de leurs flashs et me bombarder de questions.

« Regardez par ici, madame Sanger.

— Pensez-vous que vous aurez droit à un procès équitable ?

— Si vous êtes condamnée, comptez-vous faire une grève de la faim comme votre sœur ? »

Sans cesser de sourire, je continuai de me frayer un chemin dans la foule, jusqu'au moment où un journaliste posa une nouvelle question.

« Craignez-vous le témoignage de ces femmes citées à comparaître, madame Sanger ?

— Non, c'est pour elles que j'ai des craintes, répondis-je. La plupart n'ont nulle part où laisser leurs enfants, comme vous pouvez le voir. C'est à peine si elles ont pu payer le trajet jusqu'ici. Et pourtant, le procureur les a menacées d'une amende de deux cent cinquante dollars si elles ne venaient pas témoigner de ce que je reconnais déjà. J'ai diffusé des informations sur la contraception. De mon point de vue, toute loi qui réprime l'aide aux personnes défavorisées est anticonstitutionnelle. Et le fardeau que fait peser l'accusation sur ces pauvres femmes est intolérable. »

Une vague d'applaudissements accueillit cette tirade. Les flashs crépitèrent de plus belle. Des doigts tachés de nicotine griffonnaient dans des calepins. Puis on entendit crier « Levez-vous », et les trois juges entrèrent.

Ils prirent place sur la haute estrade, sans un regard pour moi ni pour aucune des femmes présentes dans la salle. Peut-être qu'aucune personne de sexe féminin n'était réelle pour eux, à l'exception de leurs épouses et de leurs filles, et encore. Ils avaient les traits fermés et impassibles. Peut-être pensaient-ils à l'affaire qui les attendait, ou à quelque intrigue politique, ou bien à ce qu'ils mangeraient à midi.

Le juge qui présidait, John Freschi, était catholique, tout comme le juge George O'Keefe. J. J. disait que notre seul espoir résidait dans le troisième, Moses Herrman, un juif d'un certain âge. En les observant, je compris que J. J. avait parié sur le mauvais cheval. Herrman avait le teint et les cheveux gris, la mine sévère, les yeux petits et perçants. Avec sa robe noire, il évoquait une caricature de la Mort. Il ne lui manquait plus que la faux.

Le procureur de district appela Mme Arthur Whitehurst à la barre. Elle portait à nouveau le col de renard, qu'elle caressa pendant tout son récit de sa visite à la clinique. Si la cour voulait une définition de l'obscénité, elle l'avait sous les yeux.

Le procureur lui demanda d'expliquer à la cour ce qu'elle avait découvert lors de sa première visite. Elle décrivit la file d'attente qui s'étirait sur cinquante mètres de trottoir, la salle d'attente bondée, les enfants partout, Fania au comptoir.

« Elle inscrivait les femmes. Pendant les quarante-cinq minutes que j'ai passées là-bas, elle en a inscrit vingt, à qui elle faisait payer dix cents chacune.

— Cette clinique est donc une entreprise à but lucratif ? »

J. J. bondit sur ses pieds.

« Objection !

— Objection retenue, dit le juge Freschi.

— Comment étaient inscrites ces femmes ?

— Nom, adresse, âge, nombre d'enfants.

— Leur demandait-on si elles étaient mariées ou non ?

— En effet. » Mme Whitehurst hésita, ce qui ne donna

que plus d'effet à la chute. « Mais toutes étaient reçues, qu'elles le soient ou non. »

Du coin de l'œil, je vis que les reporters prenaient des notes frénétiques. Nous en arrivions aux détails croustillants.

« Madame Whitehurst, des transactions financières ont-elles eu lieu pendant que vous étiez dans la clinique ?

— J'ai payé mon inscription et acheté un livret.

— Le livret était payant ?

— Vingt-cinq cents.

— Ce livret était-il écrit par l'accusée, Mme Margaret Sanger ?

— Son nom était dessus.

— Et qu'y avait-il dans ce livret ?

— Des informations sur la contraception.

— Vous voulez dire, des informations pour empêcher la venue d'enfants à naître.

— Oui.

— Madame Whitehurst, d'après votre expérience dans la police, comment décririez-vous le quartier de Brownsville ?

— Les gens y sont très démunis.

— Appartiennent-ils à une race en particulier ? »

Je ne voyais pas du tout où le procureur voulait en venir. Je tournai les yeux vers J. J., mais il était concentré sur l'adversaire.

« La plupart sont des Juifs. Il y a un peu d'Italiens, et d'autres étrangers.

— Mais principalement des Juifs ?

— Oui.

— Donc, seriez-vous d'accord pour dire qu'en vendant à des Juifs ces informations sur la contraception, Mme Sanger s'employait à éradiquer la race juive ? »

J. J. bondit plus vite encore cette fois.

« Objection !

— Retenue », dit le juge Freschi.

Le procureur n'essaya pas d'aller plus loin, et je pensai que la question était réglée. Ma naïveté me gêne, maintenant, quand j'y repense.

Mme Pincus Berger fut ensuite appelée à la barre. Une femme rondelette aux épaules couvertes d'un châle tendit son bébé à sa voisine, passa devant la rangée de mères et se présenta. Elle se tenait droite comme un soldat prussien, le menton en avant.

Elle jura de dire la vérité, puis s'assit et rajusta le châle sur ses épaules.

« Pouvez-vous me dire, madame Berger, pourquoi vous vous êtes rendue au 46 Amboy Street ? »

Elle regarda le procureur comme elle aurait regardé un enfant simplet.

« Pour qu'elle arrête les bébés.

— Qui donc ? »

Elle me montra du doigt.

« Mme Sanger.

— Et vous a-t-elle fourni les informations désirées ? »

Mme Berger fit oui de la tête et me sourit.

« Oh oui. De très bons conseils. »

Le procureur hocha la tête et retourna s'asseoir. J. J. se leva et s'approcha de la barre.

« Combien d'enfants avez-vous, madame Berger ?

— Huit.

— Quel âge a l'aîné ?

— Douze ans.

— En avez-vous perdu d'autres à la naissance ou en cours de grossesse ?

— Deux morts, trois fausses couches.

— Votre mari a-t-il un emploi ?

— Il est repasseur en atelier.

— Combien gagne-t-il par semaine ?

— Seize dollars.

— Avez-vous des enfants qui travaillent ?

— Pour sûr, qu'ils travaillent. Ce sont de bons petits. Ils travaillent à la pièce. Comme moi. »

Il en alla ainsi pendant un moment. L'une après l'autre, les femmes confièrent leurs bébés à d'autres, montèrent à la barre, et racontèrent au procureur qu'elles s'étaient rendues à la clinique du 46 Amboy Street pour s'informer afin d'éviter les grossesses, et que je les avais renseignées. Beaucoup d'entre elles croisèrent mon regard et m'adressèrent un sourire reconnaissant.

Lorsque le procureur en avait terminé avec l'une d'elles, J. J. prenait le relais. L'une après l'autre, elles dressèrent le catalogue de leurs malheurs. Fausses couches, enfants mort-nés ou morts en bas âge ; tuberculose, maladies non diagnostiquées, troubles féminins. Maris gagnant quinze dollars par semaine, maris ne trouvant pas de travail, maris ne cherchant pas de travail.

Le procureur appela à la barre Mme Guido Giuseppe. Elle tendit deux bébés à sa voisine et s'avança entre les bancs. Elle était si maigre que ses os pointaient sous son corsage. Sa peau avait la teinte d'un drap usé, trop souvent lavé, grisaillé. Arrivée à la barre, elle s'y cramponna un instant pour reprendre son équilibre.

Elle répondit aux questions de l'accusation d'une voix à peine audible. Puis J. J. s'approcha d'elle.

« Combien d'enfants avez-vous, madame Giuseppe ?

— Douze.

— Pourriez-vous parler plus fort, madame ? demanda le juge Freschi d'une voix presque déférente.

— Douze, répéta-t-elle.

— Et combien en avez-vous perdu ?

— Trois fausses couches. Tout le temps, je suis tellement malade que le docteur il dit je vais mourir. Un bébé mort.

— À la naissance ?

— Deux ans.

— Votre mari a-t-il un emploi ?

— Quand il en trouve.

— Et quand il travaille, combien gagne-t-il au maximum ?

— Dix dollars par semaine. »

La plupart des spectateurs étaient concentrés sur le témoin, mais moi, j'observais le juge Freschi. Il était accoudé sur la table, le front posé dans la main. Ses doigts dissimulaient ses yeux, mais je voyais sa bouche. Il serrait les dents. Soudain, il laissa tomber sa main et releva la tête.

« Assez ! cria-t-il. Votre démonstration est faite, maître. La séance est levée jusqu'à demain matin, neuf heures. »

S'il y a une chose que j'aime voir, c'est un homme qui comprend soudain.

Je félicitai J. J. et le remerciai, mais je lui tus une pensée qui m'avait traversé l'esprit pendant que je le regardais questionner les femmes ce matin-là. Pour la première fois depuis qu'il avait commencé à me parler mariage, je parvenais à visualiser une telle union. Pas l'aspect domestique, non. Mais justement. J. J. ne chercherait pas à m'enfermer dans une maison de rêve. Il voudrait me savoir dans le monde, à combattre l'injustice, comme lui. Je me battrais pour la cause dans les cliniques et dans les meetings, sur scène et sur le papier, et pendant ce temps-là il se battrait pour moi au tribunal.

La romantique en moi croyait à ce conte de fées. La rebelle, en revanche, flairait l'escroquerie. Cette nuit-là, je rêvai que j'étais à Wantley, au lit avec Hugh. J'écartais les jambes, arquais le dos et frissonnais de plaisir, et lorsque j'ouvris les yeux je découvris avec stupéfaction que j'étais en train de faire l'amour avec J. J.

Je fus jugée coupable. Quatre jours plus tard, j'étais de retour au tribunal pour l'annonce de ma condamnation. Cette fois, le juge Freschi me regarda lorsque je vins à la barre. Je n'aurais juré de rien en ce qui concernait ses deux confrères, mais je savais qu'il avait entendu, lui, les histoires des femmes.

« Madame Sanger, commença-t-il. Si vous promettez de vous conformer scrupuleusement à la loi, cette cour est disposée à faire preuve d'une clémence extrême. »

Je lui dis que j'obéirais en attendant la décision de la cour d'appel. Car bien sûr, nous allions faire appel.

Le juge se rembrunit.

J. J. souligna que si j'enfreignais la loi après l'appel, je m'exposerais à une nouvelle arrestation.

« Monsieur Goldstein, pourquoi tourner autour du pot ? Nous ne cherchons pas une issue sanglante, seulement la promesse que Mme Sanger se conformera à la loi. » Il se tourna vers moi. « Madame Sanger, si vous déclarez publiquement et ouvertement, sans aucune condition, de redevenir une honnête citoyenne, le verdict sera extrêmement clément.

— Cette affaire fera jurisprudence, votre honneur. Je peux vous promettre de cesser mes activités uniquement en attendant l'appel. »

Le juge ferma un instant les yeux, comme s'il priait pour faire preuve de patience.

« Nous accepterons votre parole si vous la donnez, madame Sanger.

— Je ne peux pas respecter la loi telle qu'elle est aujourd'hui. »

Derrière moi, les murmures d'approbation commençaient à monter.

Le juge abattit son maillet.

« La cour a besoin d'une réponse, madame Sanger. Oui ou non ?

— Oui. »

Dans mon dos, les spectateurs poussèrent une exclamation collective.

« Jusqu'à l'appel. »

Une vague d'applaudissements retentit, accompagnée de quelques bravos. Le juge exigea le silence.

« Vous êtes condamnée à une amende de cinq mille dollars ou trente jours d'emprisonnement. »

Cette fois, une seule voix s'éleva.

« Honte sur vous ! »

C'était devenu le cri de ralliement de mes soutiens.

Je choisis les trente jours.

« L'expérience de Mme Byrne, dis-je aux journalistes, m'a convaincue que je peux faire plus de bien en exécutant une peine de prison qu'en payant une amende. Les conditions de vie à Blackwell's Island sont intolérables. Je me propose de les révéler au public.

— Et une grève de la faim ? me cria un reporter.

— Allez-vous faire la grève de la faim comme votre sœur ? »

Non, je n'allais pas faire la grève de la faim. Le médecin m'avait avertie que cela ne ferait qu'exacerber ma tuberculose et me tuerait presque à coup sûr. Mais mon état de santé n'était pas le seul argument contre. Un peu plus de deux ans auparavant, j'avais fui le pays, sachant que tant que les hommes se battraient et mourraient dans les tranchées à l'étranger, personne ici ne se soucierait d'une femme se battant pour la justice. À présent, le conflit se rapprochait. Le Kaiser avait déclaré une guerre sous-marine sans restrictions, et les États-Unis avaient rompu les relations diplomatiques avec l'Allemagne. Nous ne tarderions pas à entrer dans le conflit, et les rédactions n'auraient bientôt plus besoin de grèves de la faim pour vendre des journaux. Mais je ne dis pas cela aux reporters. Ce serait apparu comme égoïste et calculateur. En outre, après l'héroïsme d'Ethel, cela m'aurait fait passer pour une lâche. Je leur dis que je n'avais pas encore pris de décision.

La prison de Blackwell's Island refusa de me prendre. Ethel lui avait déjà rapporté assez d'ennuis ; la direction en avait assez des tapageuses sœurs Higgins. Je fus envoyée à la prison pour femmes de Queens. Ce ne fut pas une partie de plaisir, mais c'était tout de même mieux que Blackwell. J'occupais une cellule individuelle. Parfois, je faisais la lecture aux autres détenues, dont la plupart, prostituées, droguées ou les deux, étaient illettrées. Je leur parlais aussi de sexe et de contraception. La gardienne en chef était livide de rage.

« Elles n'ont pas besoin qu'on leur apprenne ce genre de choses ! Elles en savent déjà plus qu'il n'en faut. »

La seule grosse difficulté fut mon célibat. Les visites de J. J., qui préparait mon appel, le rendaient encore plus pénible. Nous nous faisions face dans la lumière chiche, sous l'œil morose d'un maton. Parfois, lorsqu'il tournait le dos, je caressais du pied le mollet de J. J. sous la table en bois éraflé. Il reculait sa jambe. Ou alors, j'avançais peu à peu ma main jusqu'à ce qu'elle touche la sienne. Il retirait sa main.

« Un peu de sérieux, Peg », me soufflait-il.

Mais quand je plongeais mes yeux dans les siens, il craquait.

La seule violence que j'endurai se produisit juste avant ma libération. Ce fut surtout mon orgueil qui fut brutalisé, et je me défendis bec et ongles.

Peut-être parce que j'étais arrivée via Blackwell's Island, l'administration de Queens avait négligé de prendre mes empreintes digitales à mon admission. Maintenant que j'allais sortir, le gardien-chef voulut réparer cette omission. Je refusai.

« C'est le règlement, se justifia-t-il.

— Le règlement pour les criminels de droit commun. Je suis une prisonnière politique.

— On ne peut pas vous faire sortir tant que vos empreintes ne seront pas dans le fichier.

— Alors il faudra me garder. »

Il appela deux gardiens, leur dit de prendre mes empreintes et sortit. J'aurais dû me douter de ce qui m'attendait, mais j'étais trop occupée à me réjouir de sa fuite. L'un des matons s'était placé derrière moi. Il me bloqua les épaules et la poitrine avec son bras et me traîna jusqu'à une table où étaient préparés une feuille de papier et un tampon encreur. L'autre saisit ma main droite. Je m'efforçai de me dégager, mais à eux deux ils devaient peser cent kilos de plus que moi. Celui qui me tenait le bras parvint à appuyer mon pouce contre le tampon.

« Allez, elle va être bien gentille », dit-il en pressant mon pouce contre le papier.

Je cessai de me débattre, et il relâcha la pression. Aussitôt, je brouillai l'empreinte en frottant mon pouce contre le papier.

La lutte entre nous reprit, et encore deux fois de plus après cela. J'étais couverte de taches d'encre, mais eux aussi. Finalement, le gardien-chef revint en disant que mon avocat avait protesté contre le retard. Il me relâchait donc sans avoir pris mes empreintes.

J. J. m'attendait à l'accueil.

« Bon retour à la liberté, madame Sanger. »

Je n'avais pas vu l'extérieur depuis un mois. L'air glacé était paralysant, et la lumière si vive que je dus plisser les yeux malgré la couverture nuageuse. Un attroupement de femmes devant la prison se précisa à mon regard. Elles devaient être environ deux cents : des amies du mouvement, des femmes que nous avions traitées à la clinique, des mondaines du Comité des Cent, et Ethel.

« Elles attendent dans le froid depuis l'aube », me dit J. J.

Il ajouta autre chose, que je n'entendis pas car les femmes s'étaient mises à chanter.

Allons enfants de la patrie,

Le jour de gloire est arrivé !

En les écoutant, les larmes aux yeux, j'entendis d'autres voix derrière moi se joindre au chœur. Je tournai la tête et regardai vers le haut. Aux fenêtres du premier étage, les femmes qui un instant avant étaient encore mes codétenues s'étaient rassemblées au coude à coude et fredonnaient l'hymne, elles aussi. Elles ne connaissaient pas les paroles, ne savaient sans doute même pas que c'était du français, mais toutes comprenaient ce qu'il exprimait.

Comment aurait-on pu appeler cela un sacrifice ?

21

J. J. fit appel. La cour maintint le verdict, comme nous nous y attendions. La section 1142 de la loi de l'État contre l'obscénité interdisait aux hommes et femmes non médecins de diffuser des informations sur la contraception. Mais la décision du juge alla plus loin. Il écrivait que les docteurs en médecine étaient autorisés à prescrire des moyens contraceptifs pour raisons médicales, et voici ce que J. J. appela le coup de théâtre, le double coup de théâtre : le juge donnait aux « raisons médicales » une définition qui allait bien au-delà des maladies vénériennes. Et il incluait les femmes aussi bien que les hommes. Les cliniques de contrôle des naissances étaient légales, du moment qu'elles étaient dirigées par des médecins.

Ce soir-là, dans le petit appartement de la 14e Rue Ouest, j'allai m'asseoir seule dans le salon comme la nuit où j'avais mis au monde Sadie Sachs. Contrairement à Bill, J. J. ne se releva pas pour tenter de me convaincre de retourner au lit. Il me connaissait assez pour savoir que c'était inutile.

Emmitouflée dans une couverture, mes pieds nus remontés sous moi, je me remémorai cette autre nuit en pensant au chemin parcouru et à celui qui m'attendait encore. Ce faisant, je sentis la présence de Peggy à mes côtés.

Le jugement en appel était une victoire, mais j'avais toujours des ennemis puissants à l'extérieur du mouvement, et, de manière presque aussi frustrante, des ennemis aux idées erronées à l'intérieur. Mary Ware Dennett était la plus agaçante. Je ne lui ferai même pas l'honneur d'employer un mot plus fort. Elle croyait pouvoir changer des lois injustes simplement en harcelant les législateurs pour qu'ils les récrivent. Elle ne comprenait pas qu'aucun politicien ne soutiendrait une cause si celle-ci avait la moindre odeur de soufre, c'est-à-dire de sexualité, surtout s'il s'agissait de la sexualité des femmes. Je savais, moi, que le seul moyen de faire évoluer les lois était de les enfreindre et de forcer les tribunaux à se prononcer, comme cela s'était produit lors de mon appel. Mary avait aussi des préjugés contre les médecins. Je constatais bien leurs limites et leur arrogance, mais pour ma part j'étais prête à m'allier avec le diable si celui-ci pouvait mettre des contraceptifs entre les mains des femmes qui en avaient besoin. Si je pardonnais à Mary sa naïveté, et même son entêtement, il se trouve que sa mesquinerie, en revanche, m'époustoufla. L'incident se produisit lors d'un dîner chez Juliet Rublee. Juliet avait un mari très occupé à travailler auprès du président Wilson, à Washington, et était sans enfant. Une intervention chirurgicale mal réalisée dans l'enfance avait définitivement réglé la question de la contraception pour elle. Elle jouissait aussi d'une énergie sans limites, d'une bonne dose de passion qui se cherchait un objet, et d'une fortune. Moi, j'avais un mouvement qui avait besoin des trois : entre nous, c'était le mariage idéal. Quand j'y pense, ce fut même mon mariage le plus réussi.

Cela dit, je n'avais pas envie de sortir ce soir-là. J'avais mal partout, la fièvre me martelait le crâne, et derrière ma fenêtre une pluie diluvienne faisait briller la rue comme un cuir verni. Mais je ne pouvais pas laisser tomber Juliet. Toutes les quelques semaines, elle invitait à dîner dix ou douze de ses amis très chics. Une fois qu'ils étaient réunis autour de la longue table, que l'argenterie luisait dans la lumière des chandelles, que le vin miroitait dans les verres en cristal, que la bonne chère et la boisson rosissaient les joues des hommes, que les femmes tournaient leurs chignons élaborés d'un convive à l'autre entre deux plats, elle orientait la conversation vers le contrôle des naissances et me demandais mon avis sur tel ou tel aspect de la question. C'était le signal pour lancer mon petit numéro. Je revêtis donc la robe longue en soie qui faisait ressortir le vert de mes yeux, j'enfilai mon manteau de pluie, et je sortis dans la rue trempée.

Mary Dennett était présente ce soir-là. Elle était issue d'une des premières familles de Boston, et ne vous laissait aucune chance de l'oublier. Pardon. Je m'étais juré de ne pas m'abaisser jusqu'à son niveau.

Lorsque les femmes se levèrent pour laisser les hommes à leurs cigares et à leur brandy – car même une rebelle comme Juliet séparait encore les sexes à l'heure de la digestion –, Juliet vit à mes joues colorées que je brûlais de fièvre et me suggéra, pendant que les femmes passaient au salon, d'aller m'étendre quelques instants sur la chaise longue de son boudoir.

« Nous laisserons Mary porter l'étendard », dit-elle.

Cette remarque nous fit sourire car la levée de fonds n'était pas le point fort de Mary. Une femme élevée dans le principe selon lequel parler d'argent est de mauvais goût est rarement douée pour en quémander.

Je ne compris pas tout de suite d'où venaient les voix. Puis je me rendis compte que le boudoir de Juliet communiquait non seulement avec sa salle de bains privée mais aussi avec un autre cabinet de toilette, donc la porte était restée entrouverte.

« Oh, Mary, quelle langue de vipère vous faites ! lança une voix que je n'identifiai pas.

— Je regrette, mais c'est vrai, répondit celle de Mary. Je reconnais qu'elle est ravissante dans cette robe en satin vert, et qu'elle est envoûtante, mais, oh, son anglais ! Et ses faits qui n'en sont pas, sa logique bancale, son étonnante capacité à incarner tout "l'mouvement", comme elle dit ! Cette femme ne sait même pas prononcer ce qu'elle prétend diriger ! »

Mes joues s'embrasèrent, et pas uniquement de fièvre. Alors que je me levais, enfilais mes chaussures et lissais mes cheveux, je décidai de m'inscrire dès le lendemain à un cours de diction. Il était temps que je chasse de ma langue le bas de la colline, une bonne fois pour toutes. Après tout, je gagnais ma vie en parlant en public.

Mary Ware Dennett

Je suis désolée si tu n'as pas apprécié mon imitation, Margaret, mais ton accent était vraiment affreux, et c'est vrai que tu avais l'habitude de tordre les faits pour mieux arriver à tes fins. Cela ne m'a pas empêchée de suggérer que nous coopérions pour le bien du mouvement. Nous nous battions pour la même cause. Nous avions même subi des chagrins similaires. J'étais divorcée de mon mari architecte, j'avais perdu une fille en bas âge. Mais tu n'avais que faire de collègues ou d'amies ; ce qu'il te fallait, c'étaient des suiveurs et des admirateurs. Non, plus que cela, il te fallait des laquais et des flagorneurs. Et tu en avais à foison, même si je ne comprendrai jamais la fascination que tu exerçais. Les hommes tombaient fous amoureux de toi. Les femmes, et pas seulement les pauvresses des taudis que tu aidais, mais celles du mouvement, étaient prêtes à donner leur vie pour toi, en dépit du fait que tu étais impossible à vivre – exigeante, impitoyable – et que tu volais la vedette à tout le monde. Ce dernier point était le pire. À t'entendre, Margaret Sanger avait créé à elle seule le mouvement pour le contrôle des naissances, tel le Bon Dieu créant l'univers. Elle avait juste mis un peu plus longtemps que lui.

Plus tard, quand je serais reconnue comme étant la mère du mouvement pour le contrôle des naissances, la défenseuse sans peur qui avait sauvé la vie à des millions de femmes et enfants dans le monde, mon autorité serait perçue comme prédestinée, presque comme le fruit d'une volonté divine, ou au moins de la fatalité. La réalité était plus complexe, comme toujours.

22

En tant que figure de proue incontestée du mouvement, je devais me montrer plus prudente que jamais, et pas seulement en ce qui concernait ma vie sexuelle. Je ne pouvais pas me permettre d'être rabaissée au rang d'hurluberlue par les médecins, les chercheurs, les philanthropes et les législateurs, pas plus que je ne pouvais les laisser me censurer au prétexte d'une vie dissolue. Cela explique pourquoi je parlais le moins possible de mon intérêt pour le rosicrucianisme. J'étais encore plus discrète à propos des séances auxquelles j'assistais.

Oui, je pratiquais le spiritisme. Est-ce un si grand mal ? Si nous sommes persuadés de l'inexistence du monde des esprits, n'est-ce pas simplement parce que notre raison limitée est incapable de prouver son existence ? Je refuse de croire que les liens d'amour qui se forment entre les âmes cessent tout bonnement d'être lorsque les corps qui les abritaient ne sont plus parmi nous. Je refuse de laisser les limites de la raison humaine tracer celles des possibilités de l'esprit. La vie ne se cantonne pas à la naissance, à la mort et aux tâches du quotidien entre les deux. J'étais bien décidée à découvrir ce qu'elle est. Donc, le soir en question, le soir qui me permit enfin d'entrer dans cette autre sphère, j'allai écouter la parole d'un Indien parsi. Juliet Rublee m'accompagnait. Elle aussi était en quête de vérité.

L'orateur était fascinant. La vie, expliqua-t-il, est un état temporaire, mais la mort l'est tout autant. À la fin des temps, lors du renouveau final, les âmes des morts reviendront à la vie sous leur forme non morte. Je ne raconte peut-être pas très bien, mais dans sa bouche tout était clair.

Après la conférence, Juliet et moi étions en train d'attendre sa voiture sur le trottoir lorsqu'une petite femme s'approcha de nous. Elle semblait savoir qui j'étais. Je supposai qu'elle m'avait entendue parler ou qu'elle avait vu ma photo dans le journal. Elle m'expliqua qu'elle était médium. Je me méfiai aussitôt. Je crois au monde des esprits, certes, mais les inconnus qui m'abordent dans la rue en proclamant leurs pouvoirs me laissent sceptique. Je continuai de marcher vers la voiture de Juliet, qui était avancée. La femme posa une main sur mon bras. Je commençai à me dégager, mais elle reprit la parole.

« J'ai communiqué avec Peggy. »

Je m'arrêtai net. Il ne pouvait pas s'agir d'une escroquerie. Le monde n'était tout de même pas cruel à ce point.

« Le clair de lune dansait sur ses cheveux blonds, et elle courait comme le vent. Sans attelle. »

Comment pouvait-elle être au courant pour l'attelle ? Je

restai clouée sur place. Juliet, qui allait monter en voiture, se retourna, me vit et revint vers moi.

« Tout va bien, Margaret ? Tu as l'air secouée.

— Elle a vu Peggy. »

Juliet tourna les yeux vers la femme.

« C'est vrai ?

— Vous n'avez pas entendu l'allocution de ce soir ? Je ne suis pas du genre à raconter des salades. »

J'avais envie de la croire, mais elle pouvait toujours avoir vu une photographie de Peggy. Peut-être en existait-il une avec l'attelle, prise par Bill sans qu'il me l'ait jamais montrée.

« Parlez-moi encore d'elle, implorai-je.

— Elle est avec Doma. »

Après ce mot, mes derniers doutes s'envolèrent. Doma était le petit nom par lequel Peggy appelait la mère de Bill. Personne ne le savait en dehors de la famille.

« Avec Doma, répétai-je en agrippant le bras de la femme. Dites-moi encore quelque chose. Tout ce qui vous vient. »

Mais elle se dégagea et disparut dans la foule.

Je fis jurer le secret à Juliet et ne parlai à personne de l'incident. J'avais bataillé contre Bill autour du corps de Peggy ; je refusais de me battre pour son âme. Les garçons étaient trop petits pour comprendre. J. J. m'aurait dit que la femme était une artiste de l'escroquerie qui cherchait à exploiter mon chagrin. Quand il me surprenait seule dans une chambre, avec à la main un ruban à cheveux, un jouet ou un vieux tricot, il n'essayait pas de me consoler, et c'était le seul réconfort que je pouvais espérer. Mais cela, il ne le laisserait pas passer. « Allons, Peg, réfléchis », me dirait-il sur son exaspérant ton raisonnable. Je gardai donc pour moi le secret de Peggy et de sa réapparition dans ma vie.

23

Je me lançai dans une nouvelle tournée de conférences. Le programme était encore plus chargé que pour la précédente, et le public plus nombreux. À mon retour j'étais épuisée, faible et malade. Le médecin me prescrivit des vacances. Je ne pouvais pas m'arrêter de travailler, mais je pouvais emmener Grant pour plusieurs mois en Californie. Là-bas, j'écrirais un livre et nous apprendrions à nous connaître. C'était Peggy qui m'avait soufflé cette idée.

La rencontre après la causerie du Parsi m'avait donné une soudaine bouffée d'espoir. L'esprit de Peggy était là, parmi nous. Tôt ou tard, elle entrerait en contact avec moi. Mais, alors que les jours et les semaines passaient sans qu'elle m'envoie un signe, j'éprouvai de nouveau toute l'intensité de la perte. C'était comme si elle m'abandonnait une seconde fois. Je refusais toutefois de baisser les bras. Je me rendis à des séances de spiritisme. D'autres âmes apparurent, mais Peggy ne se montrait pas. Je consultai des médiums. « Patience, me conseillaient-ils. Les esprits se manifestent en temps voulu. » Je tâchai donc de me convaincre, comme si cela pouvait duper Peggy, que je n'attendais pas. Et là, alors que j'avais abandonné tout espoir, elle commença à m'apparaître en rêve. Je sais ce que diront les sceptiques. Nous rêvons tous de ce que nous désirons. Mais pas avec cette intensité. Sa présence était si réelle, si vive, qu'elle s'attardait longtemps après mon réveil. J'avais l'impression qu'elle était dans la pièce avec moi. Je ne tardai pas à entendre l'écho de sa voix. Là encore, les sceptiques se moqueront de moi. Nous portons tous en nous les voix de ceux que nous aimons, diront-ils. Mais ils se trompent. Le souvenir d'une voix s'efface plus vite que celui des mots, de l'apparence, des habitudes. Demandez aux femmes dont le mari est parti au bout du monde pendant la guerre. Elles chérissaient leurs photos. Elles lisaient et relisaient les lettres. Mais elles avaient beau essayer, elles n'arrivaient plus à entendre leur voix. C'est ce qui m'a convaincue que celle de Peggy, chuchotant à mon oreille, était vraiment là.

Et comme j'y croyais, comme j'étais confiante, elle commença à m'envoyer des signes. Des photographies apparaissaient dans des tiroirs où j'étais certaine de ne pas les avoir rangées. La lettre de Grant me disant combien je lui manquais était posée sur mon bureau lorsque je rentrai de chez le médecin qui m'avait recommandé de prendre des vacances. Le lien était aussi clair que si Peggy elle-même avait rédigé l'ordonnance.

J'avais une autre raison, plus pragmatique, de partir pour la Californie. J. J. me parlait encore de mariage.

« Tu ne comprends donc pas, Peg ? Un vrai chez-nous. Je ne te parle pas d'une maison dans une banlieue résidentielle, je sais que tu détesterais ça. Mais d'un appartement digne de ce nom, avec une chambre pour les garçons. Fini le pensionnat.

— Ils adorent leurs pensionnats.

— C'est ce qu'ils te disent.

— Tu insinues que mes fils me mentent ?

— Ils ne veulent pas t'inquiéter. Tu ne les connais donc pas encore ? Mais tu les vois bien, quand la rentrée arrive. Ou pire, quand ils ne peuvent pas venir pour les vacances parce que tu es partie donner des conférences quelque part.

— On dirait Bill !

— Ce n'est pas ce que je voulais dire, et tu le sais. Simplement, même si tu étais par monts et par vaux, les garçons pourraient être ici avec moi. On garderait l'appartement bien chaud jusqu'à ton retour. Avoue que cela fait envie, Peg. »

Son tableau idéal me rappelait un peu trop la rosace de Bill. Cela avait été une erreur de dire oui pour la rosace, mais j'étais incapable de dire non à J. J. Je comptais sur ces trois mois en Californie pour me donner du courage, ou du moins pour mettre les choses en perspective.

Je m'installai avec Grant dans une petite maison à Coronado. Elle était entourée de palmiers qui bruissaient et claquaient au vent, d'une végétation luxuriante qui éclatait de fleurs aux couleurs flamboyantes, et d'un concert de chants d'oiseaux. Je promis à mon fils que nous apprendrions les noms de toute la flore et toute la faune. Peggy avait eu raison de me dire de le sortir de son pensionnat pour passer quelques mois à mes côtés. *Tu lui manques, maman*, m'avait-elle chuchoté dans mes rêves.

Il entra à l'école publique et se fit des petits camarades parmi les garçons du voisinage. Ils passaient des heures à arpenter les rues bien entretenues sur leurs bicyclettes, à explorer les flaques dans les rochers de la plage, et à faire ce que font les garçons de onze ans après l'école. Il s'épanouissait.

Un après-midi, je sentis sa présence à la porte de mon bureau, mais ne levai pas les yeux. J'étais en train de dérouler une idée et je craignais de la perdre.

« Maman », commença-t-il.

Je levai une main, la paume tournée vers lui. Il savait ce que cela signifiait et attendit. Mes doigts volaient sur les touches de la machine à écrire. Je terminai mon paragraphe et relevai cette fois la tête. Le soleil avait blondi ses cheveux et bronzé sa peau.

« Quoi donc, mon joli ?

— Puis-je te demander une faveur ? »

Il était si bien élevé ! Cela allait au-delà de la politesse. Il se montrait protecteur. Il l'avait été avec Peggy, et faisait de même avec moi.

« Bien sûr.

— S'il te plaît, ne dis pas aux gens d'ici que tu as fait de la prison. »

Peggy avait raison. Il avait besoin de passer du temps avec moi. Je lui avais ouvert les yeux sur des mondes nouveaux, au-delà des conventions bourgeoises.

Mais bien qu'il fût en plein épanouissement et que mon livre avançât bien, mon moral était en berne. Je mettais cela sur le compte de la météo. La perpétuelle lumière éblouissante, le bleu constamment changeant de la mer, le soleil écarlate qui y plongeait chaque soir lors de ses chauds adieux étaient un narcotique conçu pour émousser les souffrances du monde réel, mais moi je refusais de fuir la réalité. Mes vieux amis Jack Reed et Louise Bryant étaient jugés à Washington pour leurs déclarations bolcheviques. Emma Goldman avait été expulsée. La liberté d'expression était morte, et, à présent que le pays était en guerre, les gens ne se souciaient plus que de s'amuser. Les jupes raccourcissaient, les inhibitions sexuelles tombaient et les femmes se libéraient. J'accueillais tout cela avec joie, mais le manque de sérieux me désolait. Si les gens avaient plus que jamais besoin de contraception, tout le monde paraissait trop ivre de jazz et d'alcool de contrebande pour se battre en sa faveur.

Mes fièvres revinrent. On me prescrivit des rayons X, qui n'y firent rien. D'autres médecins me recommandèrent alors des piqûres de fer. Celles-ci furent tout aussi inefficaces. Je mangeais comme un docker, et pourtant mes vêtements pendaient sur moi comme sur un cintre.

Fin avril, nous montâmes dans un train pour rentrer. Grant terminerait son année scolaire dans l'Est. J'avais un manuscrit dans ma valise, une complicité toute neuve avec mon fils et plusieurs mois de repos à mon actif, mais je me sentais toujours affreusement mal. La dernière lettre de J. J. ne fit rien pour améliorer mon humeur. Il me parlait toujours de mariage, et, curieusement, employait les mêmes mots que Bill le jour où il avait loué la calèche et fait venir un pasteur. « C'est maintenant ou jamais, Peg. »

L'ultimatum se dessinait à la suite de plusieurs lettres dans lesquelles il avait évoqué une certaine Harriet Lowenstein. J'avais fait connaissance avec elle lorsqu'il l'avait amenée à une de mes causeries. Elle arborait sa nature conventionnelle telle une femme-sandwich. J'avais envoyé un câble à J. J. pour lui indiquer quel train nous prenions, et il nous attendait sur le quai à l'arrivée. Je le vis de la fenêtre avant que le train soit arrêté. Il me repéra alors que je descendais le marchepied du wagon Pullman, suivie par Grant et un porteur. Nous nous approchâmes l'un de l'autre en jouant des coudes dans la foule. Après des mois de séparation, voilà que nous n'étions plus qu'à quelques centimètres de distance. Nous restâmes un instant ainsi, puis je lui tendis la main. Il la prit. À l'époque, les personnes respectables ne s'embrassaient pas sur les quais de gare, et nous ne l'aurions pas fait même si d'autres s'y étaient risqués. Il y avait souvent des photographes de presse à l'arrivée des trains express, plus glamour que les autres, et même si nous n'étions pas une star de cinéma et un joueur de base-ball ou un sénateur, il suffisait qu'un journaleux n'ait rien à se mettre sous la dent pour qu'il se rabatte sur une photo de la pasionaria du contrôle des naissances avec l'avocat qui la défendait devant les tribunaux.

Il se tourna vers Grant, qui m'imita et lui tendit la main. Cela n'empêcha pas J. J. de le serrer dans ses bras avec affection. Je m'attendais à ce que Grant ait un mouvement de recul : il penserait sûrement avoir passé l'âge de ce genre d'embrassades. Mais J. J. l'avait mieux cerné que moi. Grant ferma les yeux et se cramponna à lui de toutes ses forces. Lorsqu'ils s'écartèrent l'un de l'autre, J. J. ébouriffa les cheveux de Grant, qui lui donna un coup de poing pour rire dans le bras, après quoi chacun retrouva sa dignité masculine. Comment aurais-je pu ne pas l'épouser, cet homme ?

Grant Sanger

C'est ce que je me suis dit le jour où il est venu nous chercher à la gare, maman. J'en avais tellement envie ! Et Stuart aussi. Si tu épousais J. J., nous formerions une famille normale. Tu sais que c'est ce à quoi aspirent les enfants, n'est-ce pas ? Mais je crois que, même alors, je savais déjà que c'était ce que tu désirais le moins au monde, car j'avais appris à te connaître. J'ai mûri pendant ce voyage, maman. Je crois bien qu'on devient grand le jour où on comprend qu'un parent ne fait que ce qu'il peut, comme dans la vieille histoire du géant aux pieds d'argile. Cela m'est juste arrivé un peu plus tôt et plus soudainement qu'aux autres.

Tu tenais à m'ouvrir l'esprit, et tu l'as fait. Tu m'as obligé à remettre en question le catéchisme consensuel qu'on nous servait à l'école. Tu m'as forcé à m'interroger sur les injustices du monde, que nos voisins, dans ce paradis élégamment isolé, refusaient de voir. Tu m'as présenté à des gens originaux aux idées extravagantes. Et tu laissais passer dans la maison un flot continu d'hommes entichés de toi. Je t'en ai voulu à mort pour cela. J'avais l'impression que tu trahissais non seulement J. J., mais aussi Stuart et moi.

Je me rappelle un soir où des voisins donnaient un *luau* et avaient engagé des danseurs hawaïens pour l'occasion. Je revois encore ton visage tandis que tu regardais la lueur du feu de joie miroiter sur les corps huilés de ces hommes à demi nus. J'étais à l'orée de la puberté et j'ai dû détourner les yeux, car je pressentais une chose que je ne comprenais pas et que je ne voulais pas comprendre.

Comprends-moi bien, maman. Je n'ai pas perdu ma foi en toi au cours de ces quelques mois. À certains égards, j'en suis venu à t'admirer plus que jamais. Je n'avais jamais connu, et je ne connais toujours personne qui soit autant ouvert aux expériences et idées nouvelles. Tu semblais te trouver dans un état d'émerveillement perpétuel. Mais pour la première fois je te voyais en entier : ta perfidie, ta malhonnêteté et ton égoïsme aussi bien que ta force, ta compassion, ton sens aigu de la justice. Comprendre tout cela m'a tout d'abord fait peur, mais j'ai fini par apprendre à tout appréhender à la fois, le noir et le blanc, le Jekyll et le Hyde, l'arrogance et le manque de confiance en toi, l'ambition dévorante et la capacité d'amour. Stuart, lui, n'en a jamais eu l'occasion. C'est peut-être pour cela qu'il t'en veut encore tellement.

Nous prîmes un taxi jusqu'à Pennsylvania Station afin de mettre Grant dans un train pour le pensionnat.

« Tu vas me manquer », lui articulai-je par la fenêtre, debout sur le quai.

Grant nous regardait d'en haut. Il tentait de sourire, mais ses efforts pour ravaler les larmes transformaient son expression en grimace.

« Toi aussi », me répondit-il.

Le train se mit en mouvement, lentement d'abord, puis de plus en plus vite. Il l'emporta comme une marée qui se retire. Je me retins de le suivre en courant. J'avais déjà ressenti cela en disant au revoir aux enfants, mais jamais avec une telle puissance. Nous nous étions tant rapprochés, en Californie ! Je restai plantée là, les poings serrés, les yeux fermés, à regretter de ne pas être comme les autres femmes. Je tins bon, encore un instant. Cela passa. J'étais à nouveau moi-même.

Dans le taxi pour rentrer, J. J. et moi nous assîmes aux deux bouts de la banquette. Dans l'escalier, je sentis ses yeux sur moi, mais il ne me toucha pas. Sur le palier, il ouvrit la porte et s'écarta pour me laisser entrer devant lui. Il referma derrière nous. Nous posâmes les bagages. Et là, contre le mur, alors que nous avions toujours nos chapeaux, manteaux, chaussures, il se mit à genoux et je remontai ma jupe et baissai ma culotte. Je dus alors m'avouer que je n'étais pas plus proche d'une réponse que le jour où j'étais partie.

Nous passâmes dans la chambre pour faire l'amour au ralenti tandis que le ciel derrière la fenêtre virait du bleu au violet et au noir, que les réverbères s'allumaient et que la pleine lune se levait par-dessus le toit de l'immeuble d'en face. Plus tard, nous reposions côte à côte dans les draps froissés, pâles dans la lumière du réverbère qui entrait par la fenêtre. Sa respiration était encore légèrement tendue. Je ne voulais pas qu'il parle, mais je savais qu'il allait le faire.

Il roula sur le côté, posa la tête sur sa main et baissa les yeux vers moi.

« Puis-je considérer cela comme un oui ? »

Sa voix était hésitante. Il savait que pour moi le sexe n'affirmait rien d'autre que le sexe, mais il gardait espoir.

Je me tortillai sous son regard fixe pour m'asseoir et m'adosser à la tête de lit en fer.

« Pourquoi veux-tu m'épouser, J. J. ? »

Je ne demandais pas cela par coquetterie. Il savait que j'étais contre le mariage. Il savait aussi que je n'étais pas douée pour cette institution. Alors, pourquoi se mettre dans cette situation ?

Il se redressa à côté de moi et secoua la tête.

« Parce que je t'aime. Et que tu dis m'aimer. Quand les gens s'aiment, ils se marient, en général.

— Mais nous ne sommes pas les gens, nous sommes des rebelles, dis-je alors que je savais qu'il n'en était pas un.

— Même les rebelles se marient. Sinon, il n'y aurait pas de petits rebelles pour devenir des révolutionnaires en grandissant.

— Justement. Il y a cela, aussi : je ne veux plus d'enfants. Toi, si.

— Nous en avons déjà bien assez, en ce qui me concerne. Stuart et Grant. Sans compter les gamins des Grand Street Boys que j'emmène en excursion. Ce que je veux, c'est toi. »

La conversation se poursuivit un moment sur le même ton. Nous nous arrêtâmes le temps de sortir dîner puis rentrer et encore faire l'amour, mais les phrases tournaient en rond à l'infini. Chacun suppliait l'autre d'entendre raison. Il éleva la voix. Moi aussi. Il sortit du lit pour faire les cent pas dans l'appartement. J'éclatai de rire.

Il se tourna vivement vers moi.

« Qu'est-ce qu'il y a de drôle ?

— Cet appartement est trop petit pour faire les cent pas. »

Il me regarda avec la tête d'un homme que cela démange de serrer le cou d'une femme, et pas de manière affectueuse. Un instant passa. Puis il éclata de rire à son tour et revint au lit. À l'aube, je lui dis que j'étais prête à l'épouser.

Je me réveillai avec l'impression vague que quelque

chose n'allait pas. Je mis quelques instants à comprendre quoi.

En me retournant, je vis que J. J. était parti. Un frisson de soulagement, froid et vif comme un glaçon, me parcourut l'échine. Un instant plus tard, je reconnus son pas dans l'escalier. La porte s'ouvrit et il apparut, une miche de pain dans une main et un bouquet de roses dans l'autre. J'aurais pu supporter l'un ou l'autre, mais les deux ensemble, c'en était trop pour moi. Je ne voulais pas que les miettes du quotidien viennent joncher la couche fleurie de la passion. En le regardant s'approcher de moi, avec ce sourire qui promettait de ne plus changer jusqu'à la fin de mes jours, je sus que c'était sans espoir. Jamais je ne pourrais rester fidèle à un seul homme. C'était contraire à ma nature. Et contraire à mon credo. Ce serait céder aux forces obscures des conventions, de l'étroitesse d'esprit et des préjugés bourgeois. Ce serait une trahison de mon essence même. Ce serait choisir la facilité.

« Je ne peux pas », dis-je.

Jonah J. Goldstein

De temps en temps, j'essaie de me rappeler ce que j'ai ressenti ce matin-là, quand j'ai vu ta tête en entrant. Avant que tu aies prononcé le moindre mot, j'ai su que tu n'irais pas jusqu'au bout. J'étais malheureux. J'étais furieux. Mais sans doute, aussi, très légèrement soulagé. Aussi fou d'amour que je l'aie été, j'ai dû comprendre que je m'en tirais à bon compte. Tu m'as brisé le cœur, ce matin-là, Peg. Mais si tu n'avais pas fait cela, tu aurais détruit ma vie. En somme, tu m'avais bien compris. Je n'étais pas évolué comme ces intellectuels anglais et ces

Roméo américains avec qui tu t'amusais. L'amour libre, pour moi, c'était de la foutaise. Quelqu'un finit toujours par payer. Dans notre cas, cela aurait été moi. D'après ce que j'ai entendu, ton second mari a payé le prix fort, même si la rumeur prétend qu'il ne l'a jamais su. Si c'est vrai, il devait être sourd, muet et aveugle. Mais moi, je ne l'aurais pas été. Il n'empêche que, planté là comme un minable toutou, avec mon bouquet de fleurs et ma miche de pain de seigle, j'ai eu mal, très mal.

Daisy, la femme de Harlem que J. J. avait engagée pour s'occuper de l'appartement et des garçons quand ils étaient là, avait terminé son ménage et allait partir lorsque le télégramme arriva. Je ne l'ouvris pas tout de suite. J'avais l'intuition de ce qu'il m'apprendrait.

Je pris mon temps pour m'approcher de mon bureau, trouver un coupe-papier, le glisser sous le rabat.

HARRIET ET MOI MARIÉS À LONDRES CE MATIN STOP JJ

Debout dans le cercle de lumière jaune de la lampe, je contemplai fixement le papier. Daisy me demanda si tout allait bien. Je relevai la tête et plaquai un sourire sur mes lèvres.

« Tout va bien, oui. De bonnes nouvelles, en fait. M. Goldstein s'est marié. »

Elle me regarda encore un instant, puis mit son chapeau, boutonna son manteau et secoua la tête.

« Pour une dame si intelligente, vous faites parfois des choses bien bêtes.

— Je suis sûre qu'il sera très heureux.

— Je parlais de vous, pas de lui. Il a marié qui, la gentille Mlle Lowenstein qu'il a amenée après que vous êtes rentrée de Californie ?

— Oui, la gentille Mlle Lowenstein.

— Elle lui fera une bonne épouse. »

J'allais pour dire que c'était exactement ce que serait Harriet : une bonne petite épouse, loyale, docile, femme d'un seul homme. Pourquoi ne pas prendre un labrador, plutôt ? Mais je me repris. Je refusais d'être aussi mesquine. Harriet serait tout cela, oui, mais elle serait bien davantage aussi. Elle ferait le bonheur de J. J., et le sien à elle. En tant que femme qui avait consacré sa vie à améliorer l'existence des autres femmes, je me devais de m'en réjouir. Et c'est ce que je fis. Sincèrement.

24

Je ne regrettai pas ma décision. Je ne crois pas plus aux regrets qu'aux remords. Ce ne sont que deux faces de la même complaisance. Pire, ce sont deux facettes de l'apitoiement sur soi-même. Et j'étais bien trop occupée pour perdre mon temps avec cela. J'écrivais un nouveau livre. J'étais constamment sur les routes, et pas seulement aux États-Unis mais dans le monde entier, à donner des conférences, organiser des événements, rencontrer des gens qui avaient le pouvoir et l'entregent pour mettre mes idées en œuvre.

Albert Einstein m'envoya une lettre de soutien.

Gandhi m'invita dans son ashram. Quelle déception ! Je n'insinue pas que ce n'était pas un grand homme. Il est l'un des saints véritables de l'histoire, canonisé non par un rituel ecclésiastique aussi absurde que politique mais par sa bonté naturelle. Toutefois, comme tant de saints, il était têtu comme une mule. Lui qui vivait dans un pays outrageusement surpeuplé, infesté de maladies, de souffrance et de mort, il voyait la solution non dans la science de la contraception mais dans la prétendue vertu de la chasteté. Il n'aurait pas été déplacé dans la petite église de Corning. Au lieu de la soutane et du col romain, il portait un linge blanc ; au lieu de menacer les ouailles de la damnation éternelle, il rayonnait avec béatitude, mais le message était le même. Le célèbre penseur pour lequel je voyageai jusqu'au bout du monde était aussi naïf et égaré en matière de sexe que lorsqu'il parlait d'irriguer la terre à l'aide de moulins médiévaux. Et même plus. Ses projets agricoles, au moins, ne faisaient que nier le progrès scientifique et technique ; ses méthodes de planning familial, elles, étaient un affront à la nature humaine.

Quoi qu'il en soit, j'étais trop prise pour me languir de J. J. Et les hommes ne manquaient pas pour me consoler de lui, à supposer que j'eusse besoin d'être consolée. Havelock m'accueillait toujours à bras ouverts chaque fois que je me trouvais à Londres. Wantley était toujours un refuge merveilleux à l'écart de la ville. Et puis, H. G. Wells entra dans ma vie. L'étincelle jaillit instantanément entre nous. Plus tard, il m'avouerait qu'il avait d'abord cru à un feu de paille, comme toutes ses passions amoureuses.

« Mais tu n'es pas comme les autres, ajouta-t-il. Tu n'es pas collante.

— Toi non plus, tu n'es pas comme les autres. Tu n'es pas étouffant. »

C'était un amant intense, mais enjoué. J'ai gardé les petits mots qu'il m'envoyait en commémoration de nos rencontres, souvent ornés de croquis. Dans mon préféré, la page est décorée d'éclairs pour évoquer l'électricité que nous produisions. Un après-midi où nous étions au lit dans sa chambre d'hôtel, il se leva et s'approcha du bureau. Je m'adossai à l'oreiller pour mieux regarder la lumière et l'ombre jouer sur sa peau tandis qu'il traversait le rayon de soleil qui s'insinuait entre les rideaux. Il revint, un manuscrit à la main. Sur la première page, ce titre était tapé à la machine : LES COINS SACRÉS DU CŒUR.

« Je veux te lire quelque chose », me dit-il en remontant dans le lit.

Et, étendue là à côté de lui, je l'écoutai parler de V. V. Grammont, une jeune Américaine qui était l'incarnation de la Femme nouvelle, une païenne intrépide qui prenait le sexe où et quand l'envie lui en prenait, sans péché ni honte, sans engagements ni regrets. Elle connaissait mieux la récente littérature du socialisme que le jeune héros – cela me plut énormément – et avait en matière d'économie des vues fort peu féminines.

Plus tard, les critiques bien informés clameraient que l'un des plus grands écrivains de notre époque m'avait immortalisée par sa plume. Je préfère penser que j'avais inspiré l'un des plus grands écrivains de notre époque. Nuance.

Vous le voyez donc, ma vie était trop remplie d'amour et de travail pour que je songe une minute à J. J. Une fois pourtant, dans un train allant de Los Angeles à San Francisco, détournant les yeux du Pacifique étincelant, je vis un homme qui me le rappelait, bien qu'il y eût peu de ressemblance physique en dehors du corps compact et des cheveux et des yeux noirs. Puis il me vint à l'idée que la similitude ne se trouvait pas dans ses traits mais dans sa manière de se tenir. Il était avec une petite fille de cinq ou six ans. C'était peut-être elle qui avait attiré mon regard, même si elle aussi était brune et très différente de Peggy.

Mais quelque chose dans la manière qu'il avait de lui parler, sans prendre cette voix chantante et puérile que la plupart des gens adoptent avec les enfants, en poursuivant plutôt avec elle une conversation normale et respectueuse, me rappela la manière d'être de J. J. avec Stuart et Grant, et l'espace d'un instant la douleur de la perte, de toutes les pertes, me frappa par surprise.

Je commençai à rassembler mes affaires. Un porteur vint me demander si quelque chose n'allait pas. Je lui répondis que le wagon était trop enfumé et que je devais changer de place.

Puis, des années plus tard, par un après-midi pluvieux pendant la guerre, je tombai par hasard sur le vrai J. J., sur Constitution Avenue, à Washington. Je marchais tête baissée et le parapluie incliné vers l'avant pour me protéger du vent, si bien que je ne vis pas celui qui arrivait en face avant que nous nous soyons percutés.

Rencontrer par hasard un ancien amant est toujours un peu risqué. Il est trop facile de sombrer dans la paranoïa, ou au contraire dans un orgueil mal placé. *Son expression stupéfaite indique-t-elle que j'ai beaucoup vieilli, ou est-ce le signe qu'après toutes ces années ma présence le désarçonne toujours autant ?* Je me félicitai – bêtement, vu que je portais un imperméable – d'avoir commencé avec Juliet ce régime à base d'agrumes qui m'avait fait perdre deux kilos. Mais je n'arrivais pas à voir si J. J. était frappé d'amour ou d'horreur. Ses traits ne trahissaient rien. Aussi bien, il aurait pu être en train d'analyser des arguties juridiques, et non se trouver à trois centimètres d'une femme avec qui il avait vécu, qu'il avait aimée et suppliée de l'épouser.

Nous nous serrâmes sous nos parapluies tandis que

les piétons mouillés passaient à la hâte devant notre duo insipide de « Comment vas-tu ? », de « Très bien, et toi ? », de « J'ai lu ton article dans tel ou tel journal ». Il était juge, maintenant, et on parlait d'une candidature aux municipales. Chacun demanda à l'autre ce qu'il faisait à Washington.

Je lui expliquai que j'étais venue dans l'espoir de convaincre le Woman's Army Corps de distribuer des contraceptifs aux femmes militaires. Malheureusement, les gens que je devais persuader étaient des hommes, et vu leur expression autour de la table de conférence aussi rutilante que les boutons de leurs uniformes, on aurait pu croire qu'aucun n'avait jamais entendu parler de sexe hors mariage. On n'aurait pas deviné, en tout cas, que l'armée dépensait des millions de dollars en préservatifs distribués aux G.I.'s, en affiches pour mettre en garde contre les Mata Hari qui propageaient des maladies vénériennes, et en projections de films d'épouvante conçus pour instiller une terreur surpassant la peur de la guerre. Mais je m'étais bien gardée de raisonner en termes d'égalité sexuelle. Je n'avais parlé que de l'effort de guerre. Voulaient-ils vaincre Hitler et Hirohito, ou préféraient-ils que la moitié des femmes portant l'uniforme donnent leur démission uniquement parce qu'elles s'étaient senties seules et effrayées et avaient trouvé un peu de consolation auprès d'un G.I. tout aussi seul et deux fois plus effrayé ? Les officiers réunis autour de la table n'avaient jamais pensé à cela. Ils avaient froncé les sourcils, s'étaient raclé la gorge, et avaient expliqué que s'ils proposaient des moyens de contraception aux femmes militaires, celles-ci se tiendraient aussi mal que les hommes, et ils étaient bien placés pour savoir à quel point leurs hommes pouvaient mal se tenir.

« Tu as réussi à les convaincre ? demanda J. J.

— À ton avis ? »

Il secoua la tête et expliqua que, pour sa part, il était en route pour une conférence de presse afin d'annoncer sa démission de l'Association du barreau, une organisation si rétrograde et ignare qu'elle avait refusé un diplôme à un brillant étudiant de Yale sous le prétexte qu'il était noir.

Sous l'abri de nos parapluies et de notre rectitude morale, cernée par des trombes d'eau, j'eus soudain un bref aperçu de ce qu'aurait pu être notre vie ensemble. Puis cela passa. Je ne dis pas que je n'étais pas heureuse. D'ailleurs, je m'étais remariée.

Noah Slee était un homme d'affaires conservateur et dévot. Il était riche, aussi. Nous nous étions rencontrés lors d'un des dîners de Juliet. D'une certaine manière, il était mon pigeon pour ce soir-là. Juliet m'avait dit qu'il donnait généreusement pour les bonnes causes. Il ne me restait plus qu'à le convaincre que la contraception en était une.

J'en avais après son argent, mais au-delà de cela, il m'intriguait. La plupart des hommes que je connaissais voulaient réparer le monde. Lui se satisfaisait du monde tel qu'il était. Il faut dire que ce monde avait été très généreux envers lui.

Il n'était pas beau, mais à l'exception de mes deux Hugh – de Sélincourt et Brodie – j'ai rarement été séduite par des traits superficiels. Il avait une crinière argentée, un visage plein de bonté qui avait tendance à rougir lorsqu'il s'échauffait et le corps trapu, mais il dégageait un air de réussite qui retenait l'attention. Et puis, il y avait le sexe. C'est impératif, toujours. Avant même qu'il m'eût parlé de sa femme, je sus que j'étais en train de préparer un festin pour un affamé. Je le vis à sa manière de me regarder ce premier soir. Rien d'ostensible ni de vulgaire, simplement un regard si intense que je le sentais presque me toucher.

Noah Slee

Je frémis en pensant que j'ai failli ne pas venir ce soir-là, Margy. À l'époque, je vivais plus ou moins à l'Union League. Je ne voyais pas l'intérêt de rentrer dans le comté de Duchess. Mary n'avait pas plus envie de ma présence que moi de la sienne. Tout ce que je désirais ce soir-là, c'était un repas au club, un brandy, un cigare et les journaux. Je n'étais vraiment pas d'humeur à endurer une des soirées de Mme Rublee, avec tous ces gens à la mode qui peignaient, dansaient ou cherchaient la formule magique pour sauver le monde. Pas un d'entre eux n'aurait su concocter une vraie formule, comme celle que j'avais inventée pour mon huile Trois-en-Un, même si leur vie en avait dépendu. Je n'étais pas d'humeur non plus à voir Mme Rublee. Je n'ai jamais compris comment son mari pouvait supporter sa manie des toquades farfelues.

Puis tu es arrivée, et je n'ai plus eu envie de partir où que ce soit. Je suppose que la manière dont j'ai bousculé les autres pour m'approcher de toi a dû te paraître un peu malséante, mais je n'en serais pas là où j'en suis aujourd'hui si je m'étais soucié de bienséance. Je suis un homme d'affaires mal dégrossi, pas un salonnard.

Tu as été douce comme le miel avec moi ce soir-là.

Ces jours-ci, tu racontes que tu as failli t'évanouir quand j'ai parlé de mon travail à St George, l'école du dimanche à Stuyvesant Square, mais tu as bien caché ton étonnement sur le moment. Tu m'as questionné sur l'école, tu as voulu connaître la taille des familles de la congrégation, tu as évoqué le fait que ces femmes avaient accès à la contraception, contrairement à celles des milieux défavorisés. Là, c'est moi qui ai failli me trouver mal à mon tour. Je n'en revenais pas que cette petite dame qui me regardait avec ces grands yeux verts parle de contrôle des naissances comme on parle de la pluie et du beau temps. Mary n'avait jamais mentionné le sexe. Elle refusait d'en parler. Et de le pratiquer. Chaque fois que j'y parvenais, elle appelait sa maman en pleurant le lendemain matin. Mais je t'ai déjà parlé de ces coups de téléphone. « Maman, il a recommencé », pleurnichait-elle.

Devant toi, je me suis senti si grand, ce soir-là. Était-ce joué ? As-tu ri sous cape, à l'arrière de ma berline, quand mon chauffeur nous a raccompagnés en bas de chez toi ? Tu devais me prendre pour un plouc, un plouc riche, mais plouc quand même. À ce moment-là déjà, je savais que c'était en partie ma fortune qui t'attirait, mais cela ne me dérangeait pas. Ma fortune faisait partie de moi. Je l'avais bâtie moi-même. Quand je t'ai raconté qu'à mes débuts je me promenais en voiture dans la campagne, je repérais une grange qui avait besoin d'un coup de neuf, puis je proposais au fermier de la repeindre à condition qu'il me laisse faire de la publicité pour la Trois-en-Un sur le côté visible depuis la route – je raisonnais que s'il n'avait pas repeint sa grange jusqu'à présent il n'était pas près de le refaire, et que la pub resterait donc en place pendant longtemps – tu m'as dit combien c'était malin, et que je devais être un grand progressiste pour avoir pensé à cela. Lorsque je suis descendu de voiture pour te raccompagner à ta porte, je me sentais comme un géant. Lorsque tu as accepté de dîner avec moi, je ne me suis plus senti de joie, comme diraient tes amis anglais. Je donnerais cher pour revivre ces moments-là.

Noah et moi nous entendions mieux qu'on aurait pu s'y attendre, du moins au début. Si les autres hommes le contrariaient, il n'en laissait rien paraître. Je ne peux pas croire qu'il ne savait pas. Disons simplement qu'il avait la sagesse de jouer les ignorants.

J'étais déjà consciente que son argent serait une aubaine pour la cause, mais je ne m'étais pas doutée que lui-même nous serait si utile. Mon mari l'homme d'affaires convenable devint un véritable contrebandier pour le mouvement, introduisant clandestinement des diaphragmes allemands et hollandais aux États-Unis dans ses conteneurs d'huile Trois-en-Un. Il réussit également à mettre la main sur le secret de fabrication d'un gel spermicide allemand, à employer avec les diaphragmes clandestins – il refusait de dire comment, mais il m'apprit la nouvelle avec une joie manifeste – et il en lança la production dans une de ses usines du New Jersey. Il mit aussi de l'ordre dans mes finances. Soudain, l'organisation n'était plus au bord de la faillite et je ne vivais plus comme l'oiseau sur la branche. De plus, il était généreux, du moins au début. Il me construisit mon propre Wantley, avec lac artificiel, sur quarante-cinq hectares, à Fishkill, dans le comté de Duchess. C'était une grande baraque – je sais que le mot est vulgaire, mais je n'en vois pas de meilleur pour décrire la maison – de style Tudor à une courte distance en voiture de New York. Willowlake était ma maison en haut de la colline, et j'étais désormais une de ces bourgeoises enviables qui flottent sur des pelouses vertes comme les dollars par les douces soirées d'été. Je me mis même au tennis et au golf.

Je prenais plaisir à la belle vie, mais maintenant que j'avais de l'argent j'y pensais encore moins. Les fabricants de contraceptifs me faisaient des offres financières pour que je recommande leurs produits. Je refusais. Une firme du Midwest essaya de capitaliser sur ma réputation en prenant comme nom « The Margaret Sanger Company ». J'attaquai en justice. Au moment du krach boursier, Noah perdit son siège à la Bourse et nous dûmes changer de train de vie, mais il me suffisait de regarder les familles échouées sous des tentes à Central Park, les hommes qui vendaient des pommes au coin des rues et les femmes qui m'écrivaient, prêtes à tout pour éviter d'avoir une nouvelle bouche à nourrir, pour savoir que notre vie était encore honteusement belle.

Chaque année apportait désormais un nouveau triomphe au mouvement. En 1936, la Cour suprême entérina le fait que les contraceptifs pouvaient être envoyés aux médecins par la poste. En 1937, l'Association médicale américaine approuva le contrôle des naissances. La contraception devenait respectable au point qu'on trouvait dans le catalogue de la chaîne de grands magasins Sears Roebuck des « préventifs », comme ils les appelaient pudiquement. CBS m'invita à la radio nationale, où je fis un discours sur le planning familial. Pendant des années, j'avais été bannie des ondes. La Commission fédérale des communications accordait une licence à Aimee Semple McPherson, cette charlatane que j'avais vue à Londres le soir où j'étais tombée par hasard dans un meeting religieux, et la laissait diffuser *urbi et orbi* son escroquerie, alors qu'on refusait de me laisser approcher du moindre micro. Et soudain, voilà qu'on décidait que cela valait la peine de m'écouter.

Les honneurs pleuvaient sur moi. Tokyo me remit la clé de la ville. L'université Smith College m'accorda un diplôme honoraire. J'appris que le président Johnson aurait aimé me décerner la médaille présidentielle de la Liberté, mais qu'il craignait de se mettre à dos l'Église catholique. Je fus couronnée « femme du siècle » lors d'un dîner de plus de mille convives, parmi lesquels le duc et la duchesse de Windsor.

Ethel Byrne

Le duc et la duchesse de Windsor, ma chère, voyez-vous cela ! Ma sœur l'ancienne socialiste, l'ancienne socialiste irlandaise, ne se sentait plus de joie parce qu'elle allait rencontrer le roi d'Angleterre, qui avait abdiqué, et l'ambitieuse qui avait cru pouvoir devenir reine en couchant. Pauvre Marg. Tu n'as jamais su décider si tu haïssais ou si tu adorais les gens du haut de la colline. C'est peut-être pour cela, entre autres, que tu n'es pas aussi heureuse que tu voudrais le faire croire au monde.

Si tu veux mon avis, toutes ces vantardises sur tes réussites et tes honneurs me font l'effet de quelqu'un qui siffle dans le noir. Si la vie était si lumineuse, si tu étais si comblée, pourquoi gardais-tu le lit tous les 6 novembre ? Tu refusais de voir qui que ce soit. Même moi, tu ne me prenais pas au téléphone. Je ne te le reproche pas. Je suggère simplement que si tu cessais d'affirmer que tu ne crois pas aux remords, si tu t'autorisais un peu d'émotions ordinaires – et je sais combien tu hais ce mot –, tu te faciliterais peut-être un peu la vie.

Ou pas. Assumer sa culpabilité n'adoucit pas forcément la douleur. Surtout quand il s'agit de ses propres enfants. J'en suis la preuve vivante.

25

J'avais remporté le combat pour légaliser la contraception et la mettre à la portée de grand nombre de femmes, mais je n'avais pas trouvé le moyen de la rendre simple, facile ou même praticable pour les millions d'entre elles qui vivaient dans des taudis urbains sans plomberie adéquate ni intimité, ou dans des masures à la campagne avec cabinets à l'extérieur, et pour toutes celles qui n'avaient pas accès à un médecin capable de leur poser un diaphragme et de leur expliquer comment s'en servir. Je voulais une forme de contraception qui pût être efficace dans toutes ces circonstances. Je rêvais d'une piqûre ou d'une pilule ou de je ne sais quelle substance miracle. *Tu peux toujours rêver*, me répliquaient les sceptiques. Mais enfin, si la science était capable d'inventer des vaccins contre la diphtérie, le tétanos et la coqueluche, elle pourrait sûrement trouver une substance empêchant la conception. Je ne comptais pas renoncer avant que ce fût le cas.

Boston, Massachusetts
18 novembre 1950

Chère madame Sanger,

L'héritage de feu mon mari a été réglé, et je me trouve en possession d'un fonds considérable. Avez-vous des suggestions sur la meilleure manière d'employer cet argent ? Où en est la recherche sur la contraception, et où une contribution ferait-elle le plus de bien ?

Avec mes sentiments sincères,
Katharine Dexter McCormick

Tucson, Arizona
1er décembre 1950
Chère madame McCormick,

La recherche sur la contraception nécessite un apport financier gigantesque. Jusqu'à présent, le Dr Gregory Pincus, de la fondation Worcester dans le Massachusetts, a apporté la preuve que des injections répétées de progestérone bloquaient l'ovulation chez les animaux. Ne soyez pas rebutée par le fait qu'il travaille dans un petit laboratoire sous-financé, qu'il a lancé avec un confrère, plutôt que dans une grande université. Il travaillait auparavant à Harvard, où une chaire lui a été refusée. D'aucuns racontent qu'il a été rejeté en raison de ses expériences controversées sur la fertilisation de lapines in vitro, qui ont soulevé une vague d'indignation morale. D'autres attribuent sa situation à des intrigues politiques au sein de l'académie, à l'antisémitisme ou à la simple jalousie. Quoi qu'il en soit, il obtient d'excellents résultats et je suis convaincue que financer son travail ne pourra que faire triompher notre cause.

Sincères salutations,

Margaret Sanger

Boston, Massachusetts

14 juin 1954

Chère madame Sanger,

Le Dr Pincus est resté deux heures ici hier, et ses avancées sont fort encourageantes. Comme vous le savez, la progestérone coûtait jusqu'à présent deux cents dollars le gramme, une dépense réaliste pour des chevaux de course, mais pas pour la femme moyenne qui a besoin de contraception. Cependant, le Dr Pincus me dit qu'on sait désormais la produire de manière synthétique.

Le prochain problème qui nous attend sera celui des essais cliniques. J'ai fait remarquer au Dr Pincus que nous aurions du mal à dénicher une réserve de femmes en pleine ovulation. Il songe au Japon, à Hawaï ou à Porto Rico.

Sincères salutations,

Katharine Dexter McCormick

New York Times, 10 mai 1960
LA PILULE CONTRACEPTIVE AUTORISÉE AUX USA

Ma postérité était assurée.

Grant Sanger

Ta postérité, assurée, maman ? Heureusement que tu ne peux plus lire ce qu'on écrit sur toi de nos jours. Je ne comprends pas comment c'est arrivé. Tu n'avais aucun préjugé, à part peut-être contre l'Église catholique. Tu as fait de la prison pour avoir voulu aider ces pauvres femmes juives et italiennes de Brownsville. Tu as monté des cliniques à Harlem et dans le Sud profond. Tu as prononcé un discours lors de la messe de la fête des mères à l'Église baptiste abyssinienne[1]. Tu as donné des interviews dans des journaux nègres, où tu disais que l'homme blanc devait être éduqué pour surmonter son intolérance. Tu as créé des remous en invitant ces deux médecins noirs à ta conférence dans un club blanc d'Oklahoma City, puis en prétendant que tu n'avais pas imaginé qu'ils n'y seraient pas les bienvenus. Puis, quand Hitler a commencé à rafler les Juifs, tu as combattu les fachos du département d'État et réussi à faire venir des médecins et des chercheurs pourchassés dans leurs pays d'origine. Pendant un moment, ta maison à « Villowlake », comme ils disaient, a ressemblé à un foyer de réfugiés. Tu étais si bien du côté des anges que les nazis ont brûlé tes livres. Alors ce que je voudrais

1. Cette église géante (quatre mille places) de Harlem fut fondée par seize Afro-Américains. Elle rassemblait à l'époque la plus grande congrégation des États-Unis.

savoir, c'est comment tu t'es retrouvée comparée à Hitler et accusée de génocide par le moindre olibrius doté d'une machine à écrire et d'une dose de ressentiment.

Le recul n'est-il pas chose merveilleuse ? Ne nous rend-il pas plus sages ? Mais pour comprendre ce qui s'est réellement passé, il faut oublier ce qui arriva plus tard – Hitler, les camps de concentration, les chambres à gaz, les expériences épouvantables sur des êtres humains – et revenir au monde tel qu'il était dans les premières décennies du vingtième siècle. Je m'en souviens plus précisément que de ce que j'ai mangé hier au déjeuner.

L'eugénisme était une idée dans l'air. Tout le monde en était grisé. Nous allions éradiquer la maladie et éliminer les défauts, en gérant la reproduction humaine. Nous guéririons la société de ses maux en cultivant non pas une race maîtresse, mais simplement un être humain nouveau et amélioré. La perfection était à portée de main.

En bonne réformatrice, j'étais pleine d'idéal, mais j'avais aussi une motivation plus pragmatique. L'eugénisme était une science auréolée d'une belle réputation. Des penseurs sérieux et des politiciens respectés l'épousaient. On l'enseignait dans des universités prestigieuses. Mais malgré les succès que j'avais récoltés, le contrôle des naissances était encore considéré dans certains cercles comme sulfureux. Les hommes politiques redoutaient d'y toucher. J'espérais que la science de l'eugénisme apposerait une feuille de vigne sur l'indécente effronterie de la contraception.

Seulement, voilà : l'eugénisme se révéla être une imposture, et non une science. Et je devins une cible mouvante pour tous les esprits chagrins ennemis de la contraception. L'Église catholique me compara à Hitler. Mes détracteurs affirmaient, comme l'avait fait le procureur bien des années auparavant, que je cherchais à éradiquer la population juive. Il y a pourtant une chose que je voudrais bien savoir : pourquoi ces mêmes critiques et détracteurs ne se sont-ils pas déchaînés après les juges Oliver Wendell Holmes et Louis Brandeis, lorsque ceux-ci ont approuvé la stérilisation forcée ? Pourquoi n'ont-ils fait aucun reproche à W.E.B. Dubois et Roger Baldwin, de l'A.C.L.U[1], pour leur subversion des droits des minorités ? Je vais vous le dire, pourquoi. Parce qu'il s'agissait d'hommes dotés de références impressionnantes et de causes en apparence sérieuses. Moi, j'étais une femme qui parlait de sexe et qui menaçait leurs sacro-saintes prérogatives masculines. Il fallait me discréditer. Plus que cela, il fallait me faire tomber en disgrâce.

Ils ont bien travaillé. J'avais vu les livres dans lesquels j'étais qualifiée de nazie et accusée d'avoir voulu créer de toutes pièces une race maîtresse. J'avais lu de quelle manière ma parole avait été rabotée, tordue, sortie de son contexte. Je savais comment ils s'y étaient pris pour me diaboliser et discréditer ma cause. Mais leurs insultes ne peuvent pas venir à bout de ce que j'ai accompli. J'ai changé le monde pour le mieux. Et cela, nul ne peut me l'enlever.

1. Union américaine pour les libertés civiles.

26

6 novembre 1960
Tucson, Arizona

La première chose que je vis en ouvrant les yeux fut la délicate lueur rose qui montait peu à peu sur les pics lointains. Ma maison se déploie en éventail sur le sol du désert, et toutes les pièces offrent une vue sur la montagne.

Lorsque j'avais acheté le terrain qui jouxtait celui de Stuart et de sa famille, j'avais demandé à mon ami Frank Lloyd Wright de me dessiner une maison adaptée au développement de mon âme. J'étudiais toujours le rosicrucianisme et j'étais décidée à nourrir ma force de vie aussi bien que mon sens de l'esthétique. Mais il m'avait dit que le terrain n'était qu'un mouchoir de poche et que tout édifice construit dessus ressemblerait à une grange à bestiaux. Frank ne mâchait pas ses mots, en revanche il mangea son chapeau quand il vit la maison qu'un autre ami architecte m'avait bâtie. La lumière vibrait dans toutes les pièces. Les lignes étaient nettes et dépouillées, sans le moindre soupçon d'espagnolade kitsch. Comment ne pas être heureuse en ces lieux ? D'ailleurs je l'étais la plupart du temps, quoi qu'en dise Ethel. Mais le 6 novembre était toujours une journée hors de ma vie.

Je me retournai et fermai les yeux. Je savais que je ne me rendormirais pas, mais je n'avais aucune raison de me lever. Je ne prenais pas de rendez-vous le 6 novembre. Je ne voyais personne. Je ne travaillais même pas. La journée était consacrée à mes enfants. Stuart et Grant m'appelaient, sans faute. Peggy venait à moi, à condition que je sois patiente.

Je restai étendue, à penser à ma petite fille. J'avais changé avec les années. Mes cheveux avaient pris une teinte gris rouillé et avaient perdu leur épaisseur. Mes rides, qui jadis n'étaient guère que des suggestions de la vie à venir, s'étaient creusées en ravins trahissant mon passé. Mes grands yeux presque verts se cachaient sous des paupières lourdes. Les changements – non, les injures du temps ! – s'accumulaient année après année. Mais Peggy, elle, restait inchangée, petite marguerite aux cheveux jaunes, au sourire de lutin et aux yeux d'innocente. Même après toutes ces années, ses yeux me fixant dans mes souvenirs me broyaient le cœur.

Mes paupières s'ouvrirent d'un coup. Cette journée rôdait autour de moi depuis des semaines, comme tous les ans, mais je n'avais pas encore songé à l'année. 6 novembre 1965. Cinquante années de 6 novembre. Un demi-siècle de journées passées au lit, à la pleurer et à l'attendre. Comment était-ce possible ? Comment avais-je pu vivre si longtemps ? Tellement plus longtemps qu'elle ?

Je me retournai de nouveau pour contempler la photographie posée sur ma table de chevet. Elle avait été prise devant les jardins du Luxembourg. On y voit Stuart en veste et knickers de velours côtelé, dépenaillé d'avoir joué. Grant a des patins à roulettes aux pieds et des traînées de poussière sur la figure. Et Peggy regarde fixement l'objectif sous une frange blonde qui tombe de son chapeau tel un rideau de soie, défiant le monde, ou moi, de la faire sourire. Les enfants n'ont pas l'air heureux sur cette photo, mais elle vaut mieux que l'autre, celle que J. J. m'avait persuadée de faire prendre par un professionnel. Je n'aurais jamais dû l'écouter. J'avais failli me raviser au dernier moment. Sur le chemin du studio de photographie, je m'étais affolée.

« Je ne peux pas », avais-je dit, plantée sur le trottoir, morose dans ma robe grise au col blanc à festons.

J'avais commencé à me vêtir d'une jupe noire, d'un corsage blanc et d'une cravate ce matin-là, mais J. J. avait jugé l'uniforme de suffragette trop provocateur.

« Tu ne peux pas quoi ? » Il se tenait face à moi, une main sur l'épaule de chacun des garçons. « Te faire prendre en photo ?

— Exploiter la situation. L'exploiter, elle.

— Ce n'est pas de l'exploitation, Peg. C'est lui donner un sens. N'as-tu pas toujours dit que tu militais pour elle ? »

Je refermai les yeux et restai allongée dans la faible lueur de l'aube, à l'attendre.

La sonnerie du téléphone éclata dans le silence. Il était trop tôt pour que ce fût Stuart, mais Grant vivait sur la côte Est. Je tendis la main vers le combiné, puis me rétractai. Je me rappelais soudain non pas le demi-siècle d'appels de lui tous les 6 novembre, lui qui cherchait à m'offrir un réconfort, à compatir dans notre chagrin commun, mais le premier 6 novembre. Couché sur le ventre, il avait tapé de ses petites Oxford marron contre le sol. « Ils ont emmené ma sœur à l'hôpital et ils ont rapporté un cadavre », répétait-il en hurlant.

C'était un cri de rage contre le monde. Il était encore trop petit et trop terrifié pour se retourner contre sa mère.

27

S'il y avait la moindre vérité dans la publicité, cet endroit ne s'appellerait pas la Maison au bord de la route mais la Maison au bout de la route. C'est là que j'en suis. Au bout de ma route. Je suis arrivée à court de ruses pour garder les souvenirs à distance. La vérité est exposée dans le soleil impitoyable qui martèle ma chambre, dans cette prison à vous broyer l'âme qu'on appelle une maison de retraite. Il est aussi intrusif que les employés qui vont et viennent avec leur gaieté à semelles de crêpe. La mémoire est tout ce qu'il me reste. Je fais face à mes souvenirs, enfin.

Octobre 1915

J'avais un sentiment prémonitoire, ce soir-là à Boston, mais, lorsqu'en arrivant à Ford Hall je trouvai des policiers postés autour de l'auditorium, j'eus l'arrogance de penser que le malaise que j'éprouvais était simplement lié à une nouvelle tentative pour me faire taire. À la dernière minute, les pères de la ville de Boston, houspillés par l'Église, s'étaient avisés qu'ils ne pouvaient pas laisser une défenseuse du contrôle des naissances s'exprimer en public.

Un agent vint me trouver à la porte et me tendit une feuille de papier. Il y était écrit, en jargon juridique alambiqué, que Mme Margaret Sanger avait interdiction de s'exprimer dans Ford Hall et partout ailleurs en ville. Je regrettai l'absence de J. J., même si je doutais qu'il eût pu faire grand-chose. L'ordonnance n'était peut-être pas légale – et quelque chose me disait qu'elle ne l'était pas –, mais les forces de police étaient bien décidées à me bâillonner.

À l'instant où le mot « bâillonner » se forma dans ma tête, je sus ce qu'il me restait à faire. J'envoyai une jeune volontaire chercher un rouleau de gaze chirurgicale. C'était une chance que je sois infirmière. (Oh, comme l'ironie de cette pensée me foudroya, un peu plus tard !)

« Vous êtes-vous blessée ? me demanda-t-elle.

— Allez chercher la gaze et retrouvez-moi aux lavabos. »

Je m'y rendis et, en l'attendant, sortis un calepin de mon sac à main, en arrachai une page, écrivis un bref paragraphe et remis le calepin dans le sac. La volontaire revint avec la gaze. Je lui pris le rouleau des mains et l'envoyai chercher le professeur Arthur Schlesinger dans l'auditorium. Sa femme, qui était active dans les cercles féministes, m'avait écrit qu'elle viendrait de Harvard m'écouter avec son mari.

Je dus me servir de mes dents, mais je parvins à arracher un morceau de gaze long d'une quinzaine de centimètres. Plus long, il se serait pris dans mes cheveux et m'en aurait arraché quand je l'aurais retiré – pire, il aurait détruit mon chignon ! Le souvenir de ma vanité ce soir-là me traverse aujourd'hui comme un poignard. Face au miroir, je collai la gaze sur ma bouche, d'une oreille à l'autre. Une fois sûre qu'elle tenait bien, je pris mon sac et regagnai la scène. Le professeur Schlesinger m'y attendait.

Je montai les marches, j'échangeai une poignée de main avec lui, et je lui tendis le paragraphe que j'avais rédigé. Il l'étudia pendant quelques instants.

« C'est lisible ? lui demandai-je d'une voix étouffée par la gaze.

— Parfaitement. »

Nous pivotâmes pour faire face au public. Je me tins la tête haute, défiant la police et le monde, pendant qu'il lisait.

En tant que pionnière militant pour une cause, je suis pour la liberté d'expression. En tant que propagandiste, je trouve des avantages immenses à être bâillonnée. Cela me réduit au silence, mais cela fait parler et penser des millions de gens à ma place, en attirant leur attention sur ma cause.

Lorsqu'il eut terminé sa lecture, les applaudissements firent trembler la salle.

Quelqu'un m'aidait à retirer la gaze, et je m'efforçais de ne pas y coller mes cheveux, tandis que le public envahissait la scène. Un garde se fraya un passage pour me tendre un télégramme. Il venait de Bill. À cette époque-là, mon ex-mari ne m'écrivait et ne me câblait que pour me harceler. Je commençai à fourrer le papier jaune dans ma poche : je n'allais pas laisser ses reproches gâcher mon triomphe. Mais un mot me sauta aux yeux. Peggy.

Je ne sais même pas comment j'arrivai à la gare ni qui m'acheta un billet de train. Je me revois seulement assise sous la lumière cruelle du wagon Pullman, en train de lire et relire le câble de Bill. Un message anémique, bien trop pauvre en informations.

Je le froissai et regardai fixement par la fenêtre. Il n'y avait aucune vue, seulement des lumières ici et là qui creusaient un trou désolé dans les ténèbres, et dans mon reflet. Je lissai le papier et le relus une fois de plus.

Peggy transférée urgence de Stelton à Mt Sinai pour pneumonie STOP Reviens dès que possible STOP T embrasse Bill

Je relevai les yeux vers la vitre enténébrée. Le visage de ma mère me retourna mon regard. *Maintenant tu sais*, me disait-elle.

Devant la gare de Grand Central, la ville était encore plongée dans la nuit, mais un rayon de mince lumière automnale s'était pris dans un réservoir d'eau sur les toits. Une file de taxis attendait. Je montai dans le premier.

« À l'hôpital Mount Sinai. »

Les odeurs de l'hôpital, la gaieté forcée des activités matutinales, les traits tombants des infirmières quittant leur service et de celles qui arrivaient, encore ensommeillées, tout cela m'était familier, mais en revanche ma présence en ces lieux était étrange, étrangère, déplacée. C'était une erreur. Forcément.

Une femme à l'accueil me donna le numéro de la chambre. Pas d'erreur, Peggy était bien là.

L'ascenseur monta à une allure d'escargot. J'en descendis et je m'engouffrai dans le couloir. Avant même d'avoir atteint la chambre, j'entendis le bruit. Ce raclement torturé ne pouvait pas être la respiration d'une enfant de cinq ans. Cela devait venir d'un autre patient, d'un vieillard moribond, d'un inconnu.

J'arrivai à la chambre. Le spectacle de ce petit corps cherchant de l'air m'arrêta sur le seuil.

Pendant les trois, ou cinq, ou dix jours qui suivirent – je ne comptai pas à l'époque, et maintenant je ne sais plus – je ne quittai pas son chevet. Je n'osais pas. J'étais sa mère. C'était à moi qu'il incombait de la sauver. Toute autre infirmière, même Ethel, n'aurait pas suffisamment rafraîchi la compresse, pas assez réchauffé le bassin en fer-blanc glacial, ne lui aurait pas fait sa toilette avec autant d'amour. Elle aurait malmené le corps fragile et affaibli. Elle aurait omis d'extraire tout le mucus de ses poumons.

Cela, c'était le pire. Je ne pouvais me fier à personne pour le faire. Je me penchais sur elle, en me forçant à marteler sa maigre poitrine de mes mains cruelles, encore et encore. Les larmes roulaient sur mes joues et tombaient sur elle. Sa peau, si lisse et translucide naguère, était crêpelée comme celle d'une vieille femme. Une fois, alors que je venais de terminer l'opération, je me plaignis à Ethel du bruit dans le couloir.

« C'était toi, Margaret. C'était toi qui hurlais. »

Si désencombrer ses poumons était une torture, l'oisiveté était pire. Quelle infirmière faisais-je, quelle mère, à rester assise près de ce lit, impuissante, tandis que la vie s'écoulait peu à peu de mon bébé ? J'exigeais de voir les médecins. J'interdisais la chambre aux autres infirmières. Je détestais avoir Bill dans les pattes. Toujours à s'interposer entre Peggy et moi. Toujours à me poser une main compatissante sur l'épaule. Je me dégageais brutalement. Je ne supportais pas qu'il me touche.

J'étais avec elle lorsque cela arriva. Son corps fut pris de convulsions, puis retomba inerte. Je me jetai en travers du lit et la serrai contre moi. Je la retiendrais dans ce monde, rien que par la force. Mais je n'y parvins pas. Elle n'était plus là.

Je suis incapable de mettre dans l'ordre les jours qui suivirent.

Des larmes coulent sur les joues de Bill.

Stuart se cramponne à moi comme il ne l'a pas fait depuis des années. Il se cache sous un lit et refuse de sortir de là.

Grant tambourine des pieds et des poings par terre et maudit la terre entière.

Un bouillonnement de visages. Ethel. J. J. Des sœurs, des amies et des femmes du mouvement. Navrées, disent-elles, désolées.

Désolé. Quel mot minable. Je ne supportais pas de l'entendre. Je ne supportais pas de voir tous ces gens continuer de vivre. Je ne me supportais pas moi-même. Je regagnai ma chambre au Rutledge, m'enfermai à clé et posai sur la table l'urne de Peggy. Elle était si petite, elle prenait si peu de place.

28

Tout est si blanc... Non, pas blanc, aveuglant. Aveuglant, silencieux, flottant. Est-ce donc ainsi, la mort ? Ou bien serais-je encore en train de rêver ? Pourquoi rêvé-je si souvent que je meurs ? Mon journal intime est empli de rêves de mort.

Ah, je comprends, maintenant. Je me trouve dans l'appartement blanc de Mabel Dodge, où tout le monde discute et boit, fait du raffut et fait l'amour. John Rompapas rôde le long des murs, m'envoie un frisson le long de l'échine, et Big Bill Haywood marmotte en somnolant dans son rêve socialiste, tandis que cette pauvre Emma Goldman se tortille sous l'attention cruelle de son Roméo aux yeux baladeurs.

Un bouton de porte émet un cliquetis dans le silence. Des semelles de crêpe chuintent sur le linoléum. Je tourne ma tête sur l'oreiller pour voir à qui elles appartiennent, mais je ne distingue qu'une brume. La brume se rapproche. Encore du blanc. Un éclair de lumière sur des verres de lunettes. Mais le visage est une tache floue.

Une main vient encercler mon poignet. Elle s'en va. Des doigts ouvrent ma blouse. Du métal froid contre ma poitrine. Le contact est doux mais impersonnel.

Les mains disparaissent. Quelqu'un se déplace à nouveau sur le sol. La porte cliquette. Cela veut-il dire que je suis seule ? Je baisse les paupières pour me préserver de ce blanc éblouissant.

Je rouvre les yeux. Combien de temps s'est écoulé ? Est-ce le matin, l'après-midi, le crépuscule ? La chambre est toujours aveuglante. Ai-je manqué la nuit, ou n'est-elle pas encore tombée ?

Le bouton de la porte tourne à nouveau. Ces chaussures-là claquent avec énergie. Des talons hauts se rapprochent de moi, presque en dansant. Bill fait irruption dans le cercle des médecins qui m'entourent, me tend la main, je la prends et lui tombe dans les bras. Je suis Bill Sanger, me dit-il, et tu vas m'épouser.

« Grand-mère ? »

Ce mot fait taire la musique de notre danse. Bill a disparu.

« Grand-mère, c'est moi. Margaret. »

Je tourne la tête sur l'oreiller. Une silhouette se précise. Elle prend forme. Ma belle-fille, Barbara ? Non, ce n'est pas Barbara. C'est sa fille. Margaret.

« Margaret. »

Un souffle entre mes lèvres gercées.

« J'ai amené la petite pour qu'elle te voie. »

Elle me tend quelque chose. Un paquet ? Le matelas bouge quand elle le pose à côté de moi. Je plisse les yeux pour distinguer les contours. Une petite fille en robe rose à smocks, assise, m'observe avec ce regard vif et sans pitié qu'ont les tout-petits.

« C'est Peggy, grand-mère. N'est-ce pas qu'elle a grandi ?

— Peggy ? »

Ma voix est rauque.

« Margaret. La quatrième génération de Margaret. Mais nous l'appelons Peggy. »

Maintenant, je me souviens. Peggy. Je soulève la tête de l'oreiller pour mieux voir. Peggy. C'est Peggy. J'extirpe ma main de sous le drap. Il faut que je la touche. Je dois m'assurer que ce n'est pas encore un tour que me joue ma mémoire. Ses boucles sont de soie. Sa peau plus douce que le duvet d'un caneton.

« Peggy. Ma petite Peggy à moi. Je savais que tu reviendrais me voir. »

Je pleure. Un sanglot me secoue le corps. J'entends la plainte du chagrin, et cette fois je sais que cela vient de moi.

La petite n'est plus là. Je ne l'ai pas vue partir. Je n'ai pas entendu les talons sur le lino. Une femme évolue dans mon champ de vision. Ou bien sont-elles deux ? Il y a trop de mains pour que ce n'en soit qu'une. Une voix me dit que tout va bien.

Je crie.

« Je l'ai tuée ! »

J'entends : chhhht.

Je tente de me lever.

« Je l'ai tuée. »

Des mains me clouent au matelas.

« Ils avaient raison. Stuart, Grant, Bill. C'est moi qui

l'ai tuée. C'est comme ils le disent. Je suis un monstre. Un monstre sacré, qu'ils m'appelaient. »

Les mains me tiennent toujours. Quelque chose de pointu me pique la peau du bras. Le monde blanc scintille, puis s'éloigne.

Peggy Sanger
Puis-je te demander quelque chose, maman ?
Bien sûr, ma chérie, tout ce que tu voudras.
Si c'était à refaire, tu recommencerais ?
... J'attends une réponse, maman.
...
C'est bien ce que je pensais.

La chambre est de retour. Mais Peggy n'y est pas. Je tente de m'asseoir pour mieux voir. Je retombe contre les oreillers et ferme les yeux. Peggy. Voilà que je pleure encore. Peggy.

La porte s'ouvre. J'entends des semelles sur le sol, une paire, deux, quatre, des dizaines, semelles de crêpe, talons hauts, gros souliers, tapotis de pieds nus. Des voix commencent à chuchoter. Je ne distingue pas les mots, mais j'entends le timbre. Des voix de femmes, sopranos, altos, contraltos. Qui chuchotent, crient, chantent, rient. Un chœur de femmes babillant dans toutes les langues.

J'ouvre les yeux. La chambre est bondée. Les femmes qui sont venues témoigner au tribunal, berçant des enfants sur leurs genoux, chargées de sacs de nourriture et de couches, huant le juge lorsqu'il a prononcé le verdict, se rassemblent autour du lit. Des clientes de la clinique les bousculent, les yeux écarquillés d'émerveillement, leur sourire éclairant un monde encore plongé dans les ténèbres de l'ignorance. Elles se pressent, me tendent les mains, poussent des clameurs. *Merci, madame Sanger. Une sainte. M'avez sauvé la vie, m'dame Sanger.*

Je les sens tournoyer autour de moi, donner des coups de pied en l'air, téméraires, libres. Elles secouent leur chevelure indomptable avec une joie tapageuse et ouvrent grand la bouche pour en laisser sortir les rires et les mots.

Nous aussi, nous sommes tes filles, clament-elles. Et tu nous as sauvées.

Sources et remerciements

Pour leur générosité avec la documentation et leurs précieux conseils, je dois beaucoup à Esther Katz et Cathy Moran Hajo, respectivement directrice et éditrice du Margaret Sanger Papers Project ; à Amy Hague, curatrice des manuscrits à la Sophia Smith Collection de Smith College ; et à Patrick Kerwin, bibliothécaire de référence de la division des manuscrits à la bibliothèque du Congrès.

Woman of Valor : Margaret Sanger and the Birth Control Movement in America, d'Ellen Chesler, s'est révélé d'une valeur inestimable dans mes recherches sur la vie de Margaret Sanger et sur les complexités et courants croisés du mouvement qu'elle a contribué à fonder. Le Margaret Sanger Papers Project en ligne est un trésor d'informations sur elle et sur sa bataille pour rendre la contraception légale et accessible.

Je me dois aussi de remercier Alex Sanger, qui a eu la gentillesse de partager avec moi ses souvenirs de sa grand-mère, et Jay Barksdale, ancien directeur de la Allen Room de la New York Public Library, ainsi que Mark Bartlett et tout l'extraordinaire personnel de la New York Society Library, pour m'avoir aidée dans mes recherches et créé un havre de paix pour les écrivains.

Beaucoup d'amis et de collègues m'ont généreusement prodigué des informations, de l'inspiration et du soutien pendant la phase de recherches puis l'écriture du livre. Tous mes remerciements à Andre Bernard, Gilda Delmonaco, Edward Gallagher, JoAnn Kay, Judy Link, Sara Nelson, Michael Schwartz, Ann Weisgarber, ainsi que Brenda Wineapple, et aussi Liza Bennett et Richard Snow pour le temps passé à écouter des discussions sans fin sur Margaret Sanger et pour avoir lu le manuscrit avec tant d'attention et de pertinence.

Une fois de plus, j'ai la chance d'avoir avec moi une agente magnifique doublée d'une amie très chère, Emma Sweeney. Et enfin, je suis redevable à Jennifer Barth, dont la vision éditoriale, la persévérance et la gentillesse sont tout ce dont un écrivain peut rêver.

MIXTE
Papier issu de sources responsables
FSC® C003309
www.fsc.org

Les papiers utilisés dans cet ouvrage
sont issus de forêts responsablement gérées.

Imprimé en France par EPAC Technologies
N° d'impression : 4550414316519
Dépôt légal : octobre 2019